九歌
109年
散文選

主編
黃麗群

散文

九歌１０９年散文選
年度散文獎得主

袁瓊瓊

〈普通人結弦的神話〉

得獎感言

鯨落　袁瓊瓊

在網路上看到鯨落的影片。濛濛藍的海水中，一團霧似的龐大物體，漂浮著一動不動。講述者說那是鯨魚，正在緩慢下沉中。我盯著畫面，半天，都沒看到明顯的下沉狀況，鯨魚自若的凝固在海水中，幾乎像靜物。

據說鯨魚知道自己的死期。在將亡之際，它會游到深海區，之後垂直下沉。由於海水浮力，這個下沉非常緩慢，緩慢到如同花開，如同種子發芽，並非肉眼可見。要用延時攝影，才能觀察到動靜。而在這似乎靜止的狀態中，鯨魚的身體成為了供養。一大群魚類環繞它分食。在深海中，這個狀態，能維持四個月到半年，視鯨魚的體積而定。

沉到海床上後，繼續有其餘的深海生物，在鯨魚的軀骸中各取所需。一座「鯨魚食堂」，據說可以供應上萬種生物體的存續繁衍。這種供養，長達百年。不但滋生萬物，還改變了海洋生態。

當文章被收集成書之後，某種程度，可以視同「鯨落」。該完成的已然完成，而浮沉在時光長流中，供養了什麼人，我們其實不知道。九歌這許多年來，每年固定以年度文選，製造了一個又一個美妙的「鯨落」，定錨文學海床上，看似無聲，而如同真正的鯨落，其影響和威力要在百年後才見真章。

我非常榮幸，在今年，成為了「鯨落」的一塊小小的小小的肉片。

目錄

黃麗群　普通，然而貴重——《九歌109年散文選》編序　11
邵慧怡　嶄新生活　19
張小虹　張愛玲否寫1949　28
徐振輔　藏戲　36
馬尼尼為　我公公進醫院了　43
唐捐　無所不談？　49
張讓　光的重量：重讀《遺愛基列》　51

陳姵穎　水鹿沙拉　59
湯舒雯　杜甫他不知道恐龍曾經存在　62
李蘋芬　毛　67
韓麗珠　報仇　70
楊雨樵　幾種標點符號的感情結束方式　76
黃崇凱　但不能想起太多　82
周芬伶　雨客與花客　89
林俊頴　一個人的神聖時間　114
林青霞　高跟鞋與平底鞋　118
林薇晨　花園／玩興　125
李政亮　電影廣告百年物語　131
張惠菁　敘事的意志／頻率　145
伊森　讓錦鯉鬆綁　150
林銘亮　防空論字　155
離畢華　買一尾詩集　163
鍾怡雯　別再大掃除　166

郭本城　在綠島，追憶父親柏楊　173
楊牧　家書四封　184
言叔夏　今天什麼都沒有發生：讀《鷹頭貓與音樂箱女孩》　190
劉靜娟　一支麻竹筍／一領花仔衫　195
王盛弘　黑色是豐饒的顏色　200
范俊奇　致我們終將逝去的：鍾楚紅　210
賴舒亞　山與海之間　218
羅任玲　光音之塵　226
胡子丹　牢房趣事　240
袁瓊瓊　普通人結弦的神話　253
汪正翔　這大概就是代溝：為什麼我一直不想談ＩＧ攝影　271
季季　張愛玲為什麼那麼紅？：龔之方憶述他問那句話的時代　277
羅菩兒　教堂　290
陳素芳　那些字條和那把椅子　295
李靜宜　最後一篇總統文稿　302
木匠　老祖　307

劉沛林　棋盤上　316
黃信恩　長照森林　321
王文美　媽媽在某處　328
小令　山與木頭人　333
石明謹　你說我們下了那幾年的棋到底能幹嘛？　336
鄭雨光　關於一片海的重新敘述　341
陳雨航　羊事　347
Apyang Imiq　你那填滿Bhring的槍射向我　352
附錄　一〇九年年度散文紀事　杜秀卿　359

《九歌109年散文選》編序

普通，然而貴重

——黃麗群

散文似乎並不難？此處所謂「不難」的意識表現在兩方面，其一是環境中某種暗默的、關於文類位階的排序，在這個排序中，散文常被置放於或許並非次等、但在典律中偏於一側的位置，因為它「似乎較為不難」。其二是「似乎較為不難」的內因：我不覺得散文比較簡單，但它確實是種就手的文類，語言更寬綽，量體更有彈性，結構的拿捏與體裁成立的條件更廣泛，我腦中總是有個畫面：原野上，許多拉繩的圈地，每塊圈地都是具備相對明確基本技術規則的文類，例如這一塊是小說、那一塊是詩、那一塊是劇本、那一塊是紀實與報導文學——在原野以內圈地之外的所有鴻蒙都能稱作散文。它普遍覆蓋，四通八達，它最終顯得普通。

但這就像是一個好說話的普通人發起脾氣特別可怕，正因這些「不難」，反而會回到它最困難的一面：什麼是散文？

「什麼是散文」的問題發散在各種方面。例如幾年前文學獎中發生的虛實之辯／辨（且直至二〇二〇年仍有餘波），即可部分肇因於散文一向不具有加法式的規格列表。由於沒有強硬的拉繩與框條，在台灣現代文學的場景它很大部分搭建於「寫作者與讀者的默契」之上，像《綠野仙蹤》的機器人，我們為它再造一個核心，而此默契或核心，或許為了模擬其他文類邊界所具有的不可取代與專屬性質，它長期被設定為「必須來自寫作者的貼身現實與真人真事」：因為私人經驗與內在敘事，同樣具有不可取代與專屬的氣質（只有某人才經歷過的發生與細節、只有某人才能透過文字展開的情感表現），或許這是為何以個人生命史為主軸的抒情散文，在這過程中持續居於領導地位。

然而散文的成立，僅是這樣包括口供式、和盤托出的「如實」嗎？（世間又有絕對的如實嗎？）一個散文寫作者對讀者最重要的承諾，原來不是技藝而是自剖嗎？或者，假使生命並不給一個人跌宕的經歷，他在散文寫作的路上注定輸在起跑點嗎？關於這些問題我總是偏向保留。可是散文的重大虛構完全沒有倫理問題嗎？或也未必。我認為畫在虛構與非虛構寫作中間的一線，在於處理材料時一道關鍵的工序：「關於現實感的說服」。「現實感的創造與說服」是虛構的技藝核心，而非虛構的內容得以跳過這道工序。報導文學或新聞或紀錄片的現實感近乎先驗。

從這個理解上延伸，或許能部分說明為什麼散文中重大的身世或事件虛構會引起爭議，因為這可謂托庇在散文目前依然存在的、「被認為更接近非虛構」的閱讀慣性底下，以虛構的內容，跳過「說服」與「建立現實感」的技藝，直接挪用散文文類的默契作為保護罩。多年前有部電影《波拉特》（Borat）是個很有趣的例子，我看了它兩次，第一次感到非常生硬糟糕，後來我得知裡面絕大多數人物均取材自「真人的真實反應」，第二次再看，馬上變得非常有趣。第一次的經驗說明了一個故事若被放在「虛構」的預期底下，一旦在敘事過程中缺乏或怠於使用說服的技藝，將會顯得多麼粗糙。但第二次當我攜帶了「非虛構」的理解，電影各環節與人物表現馬上不費吹灰之力地變得既真實又諷刺。這亦是散文的文類默契所能帶來的效果。對我而言，散文中重大虛構的倫理問題並非來自道德，而來自一名工匠對工法的規避。

散文成立條件的廣泛與模糊，在過去也產生另一種奇特的定義方式：透過載體（類似於多年前時行而如今近乎死語的「網路文學」），十多年前我在報社副刊工作，經常感到困惑：為什麼左邊版位出現的作品是散文、出現的名字是作家；右邊版位出現的僅是讀者與他們的投稿？邏輯是什麼？事實上許多年後若再重新攤開頁面，我們往往能夠平心靜氣也並不驚奇地發現：可能沒有什麼跟技藝有關的邏輯。就像當年不少所謂「讀者的投稿」，被置於「作家的散文」之側，未必落於下風，只是在過去的傳播生態中一切隱隱以菁英俱樂部的方式運作：一篇作品必須透過特定成員的同意、在特定的文學雜誌與特定的報紙版位出場，才被視為「散文」，同時也才有機會被納入各類選集的視野。

因此在今年的編選過程中，我有些不自量力地想嘗試回應這至今仍有餘緒的現象，（當然，回應這個說法恐怕也是過度高估自己），其一是自始便決定選錄的範圍不限報紙副刊、文學獎與文學雜誌，也盡量納入臉書與網路媒體。在年度文選收錄原生於數位環境的作品這件事，似乎令一些人訝異，然而我訝異的反而是：為什麼不呢？當代有這麼多閱讀、這麼多表達、這麼多注意力與這麼多心靈活動在此處發生，若一方面擔憂所有人終將離開文學，一方面卻又將關於文學的想像隔離於大多數人日常關注之外，這是很矛盾的。

同時我必須有意識地克制自己在審美上的偏食與意見，避免最終產生風格高度近似的組合，對我而言，一篇好散文未必需要講究結構的無比穩定，修辭未必非要華麗也未必非要極簡，但它必然具備一種層層推進與自我翻新的韻律與意圖，推進的動力可能來自核心的事件、可能來自語言的表現、更關鍵的是來自寫作者一層一層的內在叩問與思想轉進，時高時低，時自信時自疑，這些能讓散文流動起來，有了發電的能量；散文若終要被視為「與作者最如實」的表達，這種叩問與轉進，是我認為真正可貴的貼近方式；而在三百六十六天裡合於這一標準的佳構，數量當然遠超一本書所能負荷，但年度文選，既屬於文，亦屬於年，在我的理解中它並非一場比賽的結果，我也不是裁判，而是以讀者的角度，透過散文的群像推敲出此年的景象（當然這終將不免盲點也不免疏漏，一切是我個人的能力侷限〉，這景象的構成包括議題與事件的各種發生、包括人與萬物與歷史的記錄與紀念，包括情感與哲思，以及包括一代人如何表述這一切，而最終形成的所謂時代氣氛。我像是幸運受到邀請，看見滿山無量之花，然後走進山裡，盡量謹慎地留下完整的季節。

二〇二〇是現象級的一年，在大疫的巨響與震動中一切相形啞然，整年的閱讀過程共同隱伏著強烈的壓抑感，歌無眉黛舞無腰，彷彿沒有純粹的安寧歡欣，即使安寧歡欣也好像受之有愧，花果書茶與灑掃勞作的日常不曾這麼難得，或者應該說，在過去各種大敘事的義正辭嚴之下，直到如今才非得因恐懼與殘酷的進逼，認出了平素之事的鄭重面目。每年的文選一向不乏勾勒日常靈妙縫隙的小品，或如煙塵中見蘊藉，或如寶刃偶然出鞘，精光四射隨即藏鋒，這類書寫的存在往往需要整個環境的心理餘裕，今年這餘裕空間顯得較小，不過這次的選集中仍有林薇晨〈花園／玩輿〉、劉靜娟〈一支麻竹筍／一領花仔衫〉、離畢華〈買一尾詩集〉、小令〈山與木頭人〉與邵慧怡〈嶄新生活〉，甜淨有之、樸雅有之、清遠有之、瀟灑有之，是大氣都不敢喘的這一年裡輕巧的呼吸。

往年總是不乏各種移動（未必是旅遊）的熱鬧，今年也偃息了，所幸還有徐振輔〈藏戲〉與王盛弘〈黑色是豐饒的顏色〉，兩人世代與風格各異，不過同樣是觀察天地與異地的練家子。轉向本地地景有劉沛林〈棋盤上〉、陳姵穎〈水鹿沙拉〉與賴舒亞〈山與海之間〉。而時間的重返也是一種移動，黃崇凱〈但不能想起太多〉整理新世紀二十年充滿細節的青春（〈記性怎能那麼好？〉），胡子丹〈牢房趣事〉題名一派輕鬆，內裡驚險四伏。也有風物的韻律，林銘亮〈防空論字〉談書法與物質；石明謹〈你說我們下了那幾年的棋到底能幹嘛？〉從平凡人的象棋說起，抵達身為平凡人的意義。

散文不離人，人離不開關係，關係離不開距離，圍繞人物展開的散文中，我私心喜愛將體己之人寫遠寫淡、以及將未必體己之人看近看親的調度方式，這兩種調度方式帶來曖昧夭矯的平衡感，我視Apyang Imiq〈你那填滿Bhring的槍射向我〉、鍾怡雯〈別再大掃除〉、王文美〈媽媽在某處〉、周芬伶〈雨客與花客〉、鄭雨光〈關於一片海的重新敘述〉為前者，林青霞〈高跟鞋與平底鞋〉與范俊奇〈致我們終將逝去的〉為後者，前者展現一種克己意志與高度筆觸控制力，後者展現創作者亦必擁有的、無端的熱情，這些作品各有各章法技藝，各有各百轉衷腸，令人愛不忍釋，若僅將其劃入僵硬的「述憶」或「家族親情」分類，我感到是種辜負，其中目前尚就讀台東女中的羅菩兒〈教堂〉更是超級可觀的後浪。李蘋芬〈毛〉、馬尼尼為〈我公公進醫院了〉、木匠〈老祖〉與黃信恩〈長照森林〉，當中有性命相見的困難課題，在這些課題的處理上，我十分贊成他們的內斂質地。

散文亦不離塵，在這每一秒都有事件與議題此起彼落的時代，關於文學如何介入時事、寫作者如何實踐其政治主張（政治主張在此當然不僅指稱選舉與黨派），不時都有討論，然而我也以為未必只有即時對主題的追擊與鋪陳才叫實踐（有時可能只是一種自我聲張），過去這一年裡，扣緊時事的評論與創作不少見，我選入香港作家韓麗珠的〈報仇〉、言叔夏的書評〈今天什麼都沒有發生〉，前者置身鐵與血與火的中央，帶著貼地與肉身的「當下」潛入更深沉的思境，後者以閱讀與文本不僭越地委婉回應時空，兩者所居的不同位置，形塑了不同取徑，我意識到它們的對照能夠提出幽微的寫作倫理思考。此外，選入了伊森的〈讓錦鯉鬆綁〉，在全球為covid-19病毒封鎖邊境、國際的人員交通近乎停擺時刻，飛行員駕駛著一個乘客都沒有，只是滿載嬌貴錦鯉的飛機航向他方，既冷靜又惶然，既孤獨又不棄盼望，表現出文學能如何聰明地以側面切入直取核心。

二〇二〇同樣有重迎歷史與為其送行的時刻，這一年是張愛玲與柏楊的百年冥誕，他們對台灣半世紀文化場景的影響極深，張小虹〈張愛玲否寫1949〉、季季〈張愛玲為什麼那麼紅？〉與郭本城〈在綠島，追憶父親柏楊〉，各有洞見與情切；陳素芳〈那些字條和那把椅子〉漫談多年與九歌出版社創辦人蔡文甫共事的工作細節，李靜宜〈最後一篇總統文稿〉則追記前總統李登輝卸任前，總統府所擬的最後一篇文稿，說的都是公事，但也都是不可取代的私人情感與歷史鱗爪，而女性談論其專業領域的寫作於我而言也十分重要。去年逝世的楊牧寫〈家書四封〉，是詩人在SARS期間給予親人的信件，相隔多年發表，貼身親和，在日常絮語中偶一閃出詩的光線。

及人、及事、及史之外還有各種無以名狀的靈思穿梭，它們各有情感，但未必屬於抒情。每個時代的散文大約都有各自的抒情慣性，外者包括常用的辭彙組合、分段方式、句式節奏，內者包括什麼樣的事物值得抒寫？甚至包括什麼樣的事物「應該」以什麼樣的情感對應、而這些對應又「應該」用什麼樣的語言風格展現……因此我總是特別注意那些或多或少破開以上慣性的作品，例如一向清癯的張讓〈光的重量〉、林俊頴〈一個人的神聖時間〉、湯舒雯〈杜甫他不知道恐龍曾經存在〉、羅任玲〈光音之塵〉、陳雨航〈羊事〉，彷彿隨想隨寫，結構散淡，不事情緒渲染，也未必談了什麼明確工整的人與事，但寫作者的涵蘊與心智亮度躍然紙上，這是「怎麼說遠比說什麼更有意義」的優美示範。

就此延伸而出的還包括楊雨樵〈幾種標點符號的感情結束方式〉，像在指尖變戲法，把玩字與字、話與話的倒勾或呼氣，看上去詼諧冷靜，看進去彆扭奇情。張惠菁〈敘事的意志／頻率〉與汪正翔〈這大概就是代溝：為什麼我一直不想談ＩＧ攝影〉，兩篇作品一則來自作者的個人臉書，一則來自網路媒體，對我而言從形式到內容都是另一種入世的觀察，前者涉及寫作與語言，後者關於影像與觀看，它們共同捕捉到一種富有當代感性的頻率。李政亮〈電影廣告百年物語〉寫日治時代台北城電影館的競爭與風習，是引人入勝的知識寫作；至於唐捐論散文的〈無所不談？〉，短短一篇輕騎取勝，文中的觀點儘管與我個人所持頗不同，然而他說得那麼好。

本年度散文獎得主是袁瓊瓊的〈普通人結弦的神話〉，袁女士以小說名世，近年耕織散文，創作力精敏不衰，這是一篇揮手成雲的作品，結構自在，文辭有呼吸，情感深納於各式細密資料的展開，我被文末此言深深打動：「一個普通人，按照普通的法則，便可以出人頭地。」這段淡然卻意志洞明的按語，對我而言，像是給散文一句最好的說話，也是我們此刻回看台灣如何走過二〇二〇之時，一句最好的說話，普通的人，普通的事，普通的法則與生活，普通，然而貴重。

最後，感謝今年的每一篇創作，好文章實在太多，我一定有讀漏、想漏、思之不足與畫地自限之處，必須祈請大家的諒察。感謝每位應允收錄的作者，是諸位抑揚頓挫的清音完成了這本選集；也感謝幾位未蒙其惠許的作者，能在這一年裡讀到這些作品，即無遺憾。並謹以此序向甫於二〇二〇年遠行的九歌創辦人蔡文甫先生致敬。

嶄新生活——邵慧怡

幾年前法國有部賣座喜劇。

郵局的高級職員被調職到北邊鎮上，所有人都同情他，因為據說北方人粗鄙、操方言，還有天氣異常酷寒。當然，劇情的安排是高級職員悲愴地赴職，卻發現鎮民並不如外傳那樣野蠻，他們熱切接納他，招待他，這下主角難為了，他為了保有原本家人因他調職而付出的憐惜，只好將錯就錯，設下騙局——

除了劇情，影片中逗人發噱的是北方獨特口音。

我問我的新室友，是真的嗎？

某個週末，我百無聊賴，躺在房間小床上連看幾部法國片。我講起這部電影，她開心起來，說：「我就是從那鎮上來的啊！」

接著她證實，在他們那兒，人們真是這樣說話。子音發音方式不同。我老覺得空氣從他們齒間洩出，人人都有大牙縫。

「如果你有興趣，我很樂意教你。」她熱心地說。

新室友，一頭赤銅色捲髮，白皮膚。同樣是法國人，她比瑪兒白上許多。她的皮膚像摻了粉，或許正是她從北邊來的象徵。波爾多的瑪兒是南方人。

她們講話聲腔也不同。以往我從未留意此事。

要前往波城前，確實，有人向我提及南北用語不同，像是巴黎人的pain au chocolate，在西南方人口中叫chocolatine——然而我不大在意此事。我的法文沒那樣好，地區用語的差異在我根本無法分辨。講西南方法文或首都法文？前提是能先講流暢的法文吧。

但她和瑪兒的差異太大，你不可能不注意。

新室友講話輕聲細語，每一句話間似乎滿溢著空氣，每個字像灌了氫氣，這些字你一放手，它們就要飄起來。瑪兒講話不是這樣。瑪兒的每個句子都紮實飽滿，扔到地上像會發出重響。

見面第一天，新室友和我握手，告訴我她幾歲——35歲；為什麼來波爾多——一份新工作；以及，到底為什麼要從法國最北的城鎮千里迢迢來此，她從未經驗過南方夏天，而今年夏天她房間裡甚至連台風扇也沒有——她想有個新生活。

還有，她打算戒菸。

熱心且友善，我的新室友，從我們初次碰面，她就展現她的大方親切。她打開櫥櫃，說如果我缺什麼，她那有，咖啡粉、花蜜、茶……好像我才是剛搬來的新室友。她讓我不好意思，我樣樣具足，最後她硬塞了茶包到我手中。這些茶包，能助眠的茶包，她強調，是天然藥草，喝了舒服。

她看著我時眼神真誠，眼周邊緣深黑的眼線讓她兩眼迷濛，那是上了妝或天生的？圓潤的臉龐掩飾她尖凸的顴骨，雀斑像奧妙的機運，隨意冒在她臉頰上。

波爾多是座宜人的城市。生活在這兒是美麗的。大西洋終年吹拂的海風調節了氣候，人們口中的冷或熱，都不那樣咄咄逼人。

可六月那場熱浪卻嚇壞我們。

瑪兒拿著電扇滿屋跑，電器都因高溫而罷工。下了課我搭乘沒安裝空調的巴士回家，瞧見汗珠掛在那些法國乘客臉上，眾人默然，像穿著衣服洗蒸氣浴。

新室友來時已是八月底，夏末，天氣忽陰忽晴，上午豔陽高照，突然就飄來黑雲要下雨，你打起傘，陽光又從雲邊漫出。

她總是穿無袖的上衣。她總覺得熱。

細細兩條肩帶吊著薄滑短背心，兩條粗實嫩白的胳膊，在我們都還熟睡時推開屋子大門，趕著到店裡托出今日第一輪出爐的棍子麵包。

起初我以為新室友是麵包師傅，後來得知她是女侍。她工作的店鋪在學校附近，中午許多學生來用餐，她們幾個女侍忙得不可開交。

她講了幾次要帶麵包回來，有天她真這樣做。一袋小可頌放在餐桌上，下面壓張紙條：給女孩子們。

我們很快把麵包分食，並央求她再多帶些其他的。

「你們店裡做可麗露嗎？」我問她。

「做——我幫你看看。」她說。

然後我們聊起此地的可麗露名店，不是那間有花俏櫥窗，專賣觀光客的那間。波爾多作為可麗露的原產地，這個來自釀葡萄酒副產品的點心，在店裡你可以買到大中小三種尺寸，小的約成人拇指節，你能買一袋像糖果那樣吃。

連甜點也意欲人醉的波爾多，寂寞的具體樣貌，在此實屬罕見。

——半夜回家，面對整間空屋。

——在熱鬧的餐館，獨自吃頓飯。

——無人能理解心意的當下。

這年夏天，我竟找不到發展寂寞的機會。

一天下午，樓上美國室友把音樂開得大聲，俗氣的流行樂，我們在樓下笑。屋裡總有人。待業中的瑪兒時常在，有天，她帶了兩條狗來，一大一小，名為印地安跟路基。路基在屋裡探勘，乾脆把我房間當過道來去，我們還得當心牠們別咬院子裡的烏龜。對了，烏龜，後院放養幾隻龜，這些冷血傢伙熱天要出來曬太陽，我的房間就在院子旁，常聽見牠們在掘土，翻草屑，來來去去，好幾次惱得我得去查看他們到底在院子的垃圾桶後方，經營什麼大事業啊？

用餐呢？

義大利的情侶檔安東先生和安東小姐還在時，他們老窩在廚房，這民族愛熱鬧，總要我加入他們，叫我和他們一起去後院晚餐，叫我和他們去河邊pique - nique，而且他們總說：你要來，因為我們也會做你那份餐。

到最後我破天荒得刻意更動用餐時間，才有機會偷到自個兒吃飯的安靜。甚至連早餐時間也是如此。維多和我出門時間相仿，通常我們其中一人會先占到咖啡壺，但我們煮的咖啡永遠共享。

和安東先生更不用說，我們彼此有聊不完的電影、音樂、文化差異。此人風趣，他的風趣或許來自他看事情總帶點刻薄，以及，不為保持客氣而迴避某些話題——只要你抱持如同學術討論的態度——結果，我們聊得很愉快。

意外的是儘管如此，事事順遂，在波爾多我還是哭過幾回。

可這哭的原因並非傷心，也非孤單啊寂寞啊，說來真的奇怪，反倒更像種需要被滿足的欲望，就像肚子餓時需要吃，就是這樣簡單。

不知道你是否也會這樣？也曾這樣？

六月底，我和朋友們湊音樂節的熱鬧，整晚在大街走。維安警察守在車站，他們樂見我們吃驚的表情，好像逮到機會把人捉弄一番——當他們宣布今晚所有車班都停駛，全不能進城時。

我們走了整晚。整路上全是音樂。市民自組擊鼓隊，路人在街上手舞足蹈。民眾把原本放在客廳的音響搬到陽台，大聲放自己最愛的搖滾樂，一年中的這晚任何人都能做DJ。無拘無束，沒有責任，也沒有懲罰的一晚。冰店大排長龍。我們從加隆河對岸走來，在橋上看落日將黃濁濁的水波染得澄紅。幾人跑在前頭，他們太興奮，連路也沒辦法好好走，只能跑著跳著，在其他人身邊轉。

我們不停抱怨沒車搭，但我們的抱怨都不是真心的，充其量是讓我們誇耀今晚有多獨特，此時此地的我們又有多獨特。

我們在同條街上來回走，根本迷了路，然而我們只是大笑。

可隔天學校放學，我心裡難受起來。

離家最近的公車站牌立於一座大公園旁，公園裡有幾張長椅，其中一張長椅後方有個木製舊書櫃。雜七雜八的書歪倒在裡面，隨人交換取閱。這些舊書，許多書封都磨耗出紙的原色，它們看來不像要與人分享的珍藏，更像急於擺脫的前任。

幾株栗樹參天，沙地旁無樹，沙土上幾人滾球。一女人上場，她欠身，扔球，她的球朝前滾，在貼近標的球邊停住。男人們叫好，女人得意，揮揮手，似乎在說沒什麼。

我坐在長椅上，一會兒，我哭起來。可我完全不傷心，我不知道我為什麼要哭。

不，應該說前一晚我根本開心得要命！

我們玩鬧到半夜，後來我的好同學長腿想不起回去的路，我讓她借住我那。早上起床她說要畫眉毛，什麼妝都不上無妨，但一定要畫眉毛。我跟她說我沒那些東西，我把我有的丟給她看，她看完嘆了口氣。

今早上課她沒眉毛，也沒課本。我還和其他同學開她玩笑。

怪哉，現在我卻哭成這樣。

沒有任何壞消息，沒人辜負我，天氣舒服，學校旁你還能買到道道地地，散著酒香的可露麗。

我抹掉眼淚，試著想些理由，但它們都不成整的理由，也非當下的理由。

或許我哭是為了某件過往的傷心事？某件彼時未哭的債？

但是，是什麼事呢？

事件恐怕太瑣碎且太久遠，我不記得了，可傷心卻被留存，然後，隨時間醞釀，發酵，熟成，直到某天在和自由空氣相遇的那一刻，甦醒過來。

當然——更有可能只是前晚的音樂節我們玩得太瘋，心情太激動而已。

哭飽後我舒服多了，人很實在，收拾收拾，便散步回家去。

新室友也不明白自己為何又抽起菸來。

她站在房門外抽菸，在馬路邊，我下課回家瞧見過幾次。日光照在她身上，她倚著牆，裸露的雙臂白得像羽毛。

她是我們之中最早出門，也最早回來的。她的房間在一樓，街邊，如果她不想讓房間裡有菸味，不願像瑪兒和房東太太那樣，在客廳把菸當看電視的零食那樣隨手大抽特抽，馬路旁的確是她唯一的選擇。

我朝她打招呼，等確定沒車，我穿越屋前的戰神路。

我們貼貼臉頰。

然後她像做錯事般，歉赧地向我解釋，她不知道為何自己又抽起菸來。她又重複說她早打算戒了，也遵守了一陣子，但來到波爾多，她看到雜貨鋪。

「沒關係的啊——」我說。

再一次是週六下午，我打算出門去看場電影，遇上新室友站在路邊抽菸。這次我們一起走了段路，她說她其實也準備出門。

她把菸夾在指間，邊走邊抽。

「菸變貴了，」她說。

我曉得，因為新總統上任，他在各樣小東西上加稅。

「我要抽不起了。」她又說。

然後她計算起以她當侍者的薪資，能買菸的數量上限。

那時我們正走到夏特斯墓園外（Cimetière de la Chatreuse）。啟用於十八世紀末的墓園是波城觀光景點之一，遊客中心舉辦的暑期活動中，包含了夜遊墓園探險。有些名人安息於此，西班牙畫家哥雅（Goya）還在這兒立碑。

墓園外有座公車亭，有時我想走點路，便會從住處走來這兒等車進城。墓園四周高聳的圍牆，採用當地產的米色石灰岩，切割成大面積長方磚建成。靠近點看，你會發現磚塊橫切面像紙頁般層層相疊的紋理，以及夾置在石頁之間，無數的小貝殼。

千萬年前，這兒還是汪洋一片。

我停下腳步，和新室友要在此分手。我打算在這兒等車，她要轉往別處。在我們道別前，新室友正計算著菸價和薪水，從她認真的口吻聽來，她似乎不打算停掉這項舊嗜好了，反倒是對漲價略略地埋怨哩。

確實是。

大老遠換個地方重新開始生活，交上新朋友，有份新工作，睡在新的床墊上，不代表能輕易換掉沉積在心底的過往。

——原載二〇二〇年一月十三日《自由時報》副刊

尹雯慧攝影

邵慧怡，現就讀台北藝術大學文學跨域創作研究所，著有《遊蕩的廓線》。

張愛玲否寫1949——張小虹

戰爭怎麼寫？亂世怎麼寫？張愛玲自一九四三年一夕間紅遍上海灘起，就不斷受到他人質疑，為何不寫大時代的動盪，寫革命，寫戰爭，而盡寫些小眉小眼的兒女情長，甚至無關痛癢的閒話家常。

但顯然張愛玲不買單，她在〈自己的文章〉中曾回應道，「一般所說『時代的紀念碑』那樣的作品，我是寫不出來的，也不打算嘗試，因為現在似乎還沒有這樣集中的客觀題材。我甚至只是寫些男女間的小事情，我的作品裡沒有戰爭，也沒有革命。我以為人在戀愛的時候，是比在戰爭或革命的時候更素樸，也更放恣的。戰爭與革命，由於事件本身的性質，往往要求才智比要求情感的支持更迫切。而描寫戰爭與革命的作品也往往失敗在技術的成分大於藝術的成分」。所以〈傾城之戀〉雖然帶到了香港之戰，但卻是為了成全一對亂世戀人，戰爭的洗禮並沒有將白流蘇「感化成為革命女性」，也沒有讓范柳原立地成佛，他們健康而庸俗的結合，「雖然不徹底，但究竟是認真的」。

然我們也不要忘記，戰爭幾乎是張愛玲絕大部分小說揮之不去的「惘惘的威脅」，沒有這層近現代戰爭的陰影，我們幾乎也無法讀懂張愛玲小說為何要用「凡人」來「代表這時代的總量」、來描寫「人類在一切時代之中生活下來的記憶」。所以我們可以說張愛玲沒有一篇小說直接寫戰爭，但張愛玲小說裡戰爭作為「惘惘的威脅」卻無所不在。

因而如何猜測張愛玲曲筆側寫戰爭的年代，便成了新一波張學研究者與張迷一個有趣且具啟發性與創造力的推理遊戲。除了像〈五四遺事〉那樣直截了當自報年代來進行嘲諷的手法外（開場的一九二四年與結尾的一九三六年），張愛玲大部分的小說都需要轉個彎繞個路，便也就能夠清楚明白她所精準設定的年代背景。像早期發表的〈第一爐香〉，當葛薇龍向姑母梁太太解釋道，「兩年前，因為上海傳說要有戰事，我們一家大小避到香港來……我爸爸的一點積蓄，實在維持不下去。同時上海時局也緩和了下來，想想還是回上海」。算來葛薇龍一家移居香港，應該是在一九三七年八月淞滬會戰爆發之前，兩年後葛薇龍父母搬回上海，應該是在一九三九、一九四〇年的上海孤島時期，而小說中葛薇龍與喬琪喬在香港從春天發展到冬天的一段孽緣，也應該是在一九四一年十二月七日太平洋戰爭爆發之前。由此推斷，小說發生的年代時間點許是落在一九三九年到一九四一年之間。

我們也可以來猜猜張愛玲的另一篇小說〈等〉。推拿醫生龐松齡的診所裡，坐著滿滿一群聊天等候的婆婆媽媽、老爺少爺。整篇小說的背景當是上海淪陷區無疑，但從一九三七年十一月十二日到一九四一年十二月七日的上海孤島時期，與其後到一九四五年八月十五日日軍正式投降為止的上海全面淪陷時期，〈等〉究竟比較靠近哪一個時間段呢？小說中至少有兩條草蛇灰線可循。第一條當然是先生在內地而擔心害怕先生討小老婆的奚太太，她抓著一張新聞報小聲說道，「上面下了命令，叫他們討呀？——叫他們討呀！因為戰爭的緣故，中國的人口損失太多，要獎勵生育，格咾下了命令，太太不在身邊兩年，就可以重新討，現在也不叫姨太太了，叫二夫人！」就目前的抗戰史料而言，一九三九年起大後方的報紙開始出現「同居啟事」，並在一九四二年逐漸增多（抗日戰爭結束後「留守（淪陷）夫人」與「抗戰夫人」的戰爭才正式開打），而重慶政府則是在一九四一年十二月起明示獎勵生育。而第二條線索則是〈等〉中提到去看「俄國俱樂部放映的實地拍攝的戰爭影片」，此戰爭影片「或有可能」是對第二次世界大戰「蘇德戰爭」（一九四一年六月二十二日至一九四五年五月九日）的實地拍攝（目前並無更進一步的文本資料可資判斷，若否則將導致不同的推論結果）。兩相對應下，〈等〉的時代背景可從上海淪陷（一九三七年十一月十二日到一九四五年八月十五日）與重慶時期（一九三七年十一月二十一日到一九四六年五月五日）壓縮到一九四二到一九四五年之間。

原本並不曾這樣拐彎抹角去猜測揣度過張愛玲小說中的戰爭年代，此番大張旗鼓也是有樣學樣，受了聯副前不久分上下集刊登的〈張愛玲寫一九四九〉之啟發。作者顏擇雅膽大心細，將小說〈相見歡〉讀成張愛玲書寫一九四九年的政治小說。整個論述的推理過程充滿懸疑與機智，讓人屏息又好奇，實為最最精彩的散文書寫。但讀後再思，覺得其中仍有蹊蹺，可資後續琢磨。按照顏擇雅的說法，〈相見歡〉前大半部的時間點落在一九四八年底，後半結尾處的時間點落在一九四九年春天，也就是說小說裡一群四人（伍太太與女兒苑梅，荀太太與先生紹甫）什麼都談就是沒談政治，渾然不覺上海即將變天（一九四九年五月二十七日解放軍攻占上海）。

而接下來我想接棒的推理方式則同中有異，想要說明〈相見歡〉為何可以是寫一九四六年底到一九四七年春，或是一九四七年底到一九四八年春，但為何絕對不會是寫一九四八年底與一九四九年春。〈相見歡〉的時代背景乃是在抗日戰爭結束後（「抗戰八年，勝利後等船又等了一年」）與第二次國共內戰一九四五至一九四九年期間（小說中提到「鬧共產黨」），但究竟可否再縮限到更為精確的年代，則各家推論或有不同。〈張愛玲寫一九四九〉一文的主要推論點有二，一是小說中寫到「北方打仗，煤來不了」，二是「打仗的時候燈火管制」。第一個推論點將「煤源供應被戰事切斷」直接對應到「傅作義放棄秦皇島」（運煤船的起點港口），亦即一九四八年十一月，才會造成小說中的「煤來不了」。但只要北方打仗，煤源供應就有可能不時中斷，煤隨時有可能來不了，不需要因此就將小說的開頭釘死在一九四八年底的最後撤守。而第二個推論點則或許有誤，顏文中寫到「燈火管制表示隨時可能空襲。早一年戰事還在東北，上海不需要擔憂空襲，可見小說結尾一定是一九四九年春」。但小說此處「打仗的時候燈火管制」，指的不是第二次國共內戰或一九四九年五月解放軍的即將攻入上海，而是對日抗戰時期荀先生單身在重慶，而荀太太帶著三個小孩在北京的時間段，也是小說中荀太太舊事一再得意重提的「盯梢」事件發生的時間段。

〈相見歡〉乃是張愛玲花了三十多年時間不斷改寫的小說，表面上白描曲筆紋風不動，內裡夾縫文章波濤洶湧，每一句對話、每一個眼神、每一聲窨笑都九轉連環，環環相扣，更可被視為「上海時期張愛玲」轉換到「美國時期張愛玲」（棄傳奇化情節、捨濃稠明豔文字意象、避「三底門答爾」）的重要關鍵文本。而小說中直述倒敘層層交疊出的時間段清清楚楚。荀紹甫與太太在北洋政府統治下的北平結的婚，生下兩個小孩後遷到南京故宮博物院工作（伍太太常常接荀太太來上海跳舞打牌，荀家小兒子祖銘也是在南京所生的「漏網之魚」），抗戰爆發後荀先生跟著撤退到重慶，荀太太帶著三個小孩回北京（兒子祖志生肺炎住院，荀太太在醫院路上遇見小兵「盯梢」）。這樣掐指算來，所有時間線索都是將小說中一組四人的閒話家常，縮限在三個可能的時間段：一九四六年底到一九四七年春，一九四七年底到一九四八年春，一九四八年底到一九四九年春。

那為何〈相見歡〉卻又絕對不可能是寫一九四八年底到一九四九年春呢？其中最大的關鍵，乃是荀家有一兒一女留在北京（一教書，一念書），只帶了小兒子一起來到上海。回到歷史，第二次國共內戰三大戰役之一的「平津會戰」已於一九四八年十一月二十九日開打。顏文雛指出「北平圍城」前期信件仍可寄出，以說明小說開頭伍太太一見荀太太就客套問及「紹甫好？祖志祖怡有信來？」（荀太太也隨即客套問到苑梅在美國留學的弟妹可有信來）。但問題是若此時已是一九四八年底平津會戰即將或已然開打、北平即將或已然圍城的時刻，雙方的問候豈有可能如此客套禮貌、無動於衷，而伍太太後來又怎麼可能會為了轉換話題，而殷勤問起「祖志現在有女朋友沒有？」、「祖怡呢？有沒男朋友？」又倘若〈相見歡〉結尾在寫一九四九年春，共軍已在一九四九年二月三日進入北平，那一兒一女留在北平的荀家夫妻，如何有可能如此若無其事，而伍太太又如何有可能隻字不提、絕口不關心？這種失誤想必不會出現在斟字酌句、心細如髮的張愛玲筆下。

而小說中的另一個線索也告訴我們「一九四八年底到一九四九年春」的推論著實不可能。小說中伍太太富，荀太太窮，而伍太太也經常接濟荀太太。但「出於闊親戚天然的謹慎，無論感情多麼好」，伍太太總是對荀太太買東西十分不放心，尤其看她買衣料的急急忙忙，一副深恐有錢多下來就會被先生紹甫拿去借給親戚朋友的模樣，而荀太太請伍太太裁縫幫忙訂製的新旗袍面料——「那紫紅色氈子似的硬呢子」——就是最好的例證。而荀太太想買件絨線衫，伍太太也不忘建議她先去先施百貨看看「圍巾翻領」的新款，「至少這一次她表姊花錢要花得值」。這對閨中密友的衣服經，難道也與戰爭有關嗎？若小說的前大半段設定在一九四八年底，那時上海的通貨膨脹已失控到無可復加的地步，一麻袋錢也買不了一斤米，原本在一九三七年可以買到兩頭大牛的錢，而今折算後只能買到四粒大米，就算伍太太家再有錢，也決計不可能隻字不提上海的通膨亂象，更何況荀太太還是位窮親戚呢。若上海通膨從一九四七年起開始惡化，那〈相見歡〉中一對老姊妹還可以若無其事地買布料、裁新衣、逛百貨公司新款，看來小說的時間點有可能還需從「一九四七年底到一九四八年春」，往前推移到「一九四六年底到一九四七年春」。

張愛玲曾在寫給宋淇的信中言道，「〈往事知多少〉的來源，是我在大陸的時候聽見這兩位密友談話，一個自己循規蹈矩，卻代這彩鳳隨鴉的不平得恨不得她紅杏出牆，但是對她僅有的那點不像樣的羅曼斯鄙夷冷漠，幾個月後（'52春）她又念念不忘講了一遍，一個忘了說過，一個忘了聽見過，我在旁邊幾乎不能相信我的耳朵——她們都不是健忘的人」。〈往事知多少〉就是後來改名的〈相見歡〉，可見此小說亦有其「真人實事」的出處。但張愛玲為何要將一九五二年的事重新設定在一九四六至一九四八年間呢？每每讀張愛玲讀到想要索隱、想要考據時，心中一定反覆出現張愛玲再三叮嚀的那句話，「當然事實不過是原料，我是對創作苛求，而對原料非常愛好」。故若從「創作」的角度看〈相見歡〉，重點或許不會是在探問小說開頭究竟落在哪一年底、或小說結尾敢情是在哪一年春，而是去思考一九四九年的兩岸分隔，如何讓張愛玲最擅寫的上海人情世故也出現了可能的斷裂。〈相見歡〉設定在一九四九年前的寫法，必定與設定在一九四九年之後的寫法有異，顯然共黨統治下的人心與社會主義制度下的生活，可以寫進《秧歌》、《赤地之戀》或《小艾》被刪去的結尾，但寫不進〈相見歡〉閒散疏鬆的日常。〈相見歡〉所凸顯的，依舊是張愛玲如何不寫戰爭、卻無處不是戰爭的拿手絕活，如何在戰爭惘惘的威脅之下存活，卻得以活出「細密真切的生活質地」。〈相見歡〉裡沒有任何可歌可泣的重大事件，也沒給出任何清楚明晰的政治指涉或意識形態框架，〈相見歡〉裡只有醬醋油米、只有閒話家常，但也就在如此閒散如此疏鬆的日常，穿插藏閃了所有時代的重量與亂世的悲歡，這或許才是張愛玲否寫戰爭卻無處不戰爭的最厲害之處。

——原載二〇二〇年一月二日《聯合報》副刊

張小虹，台灣大學外文系畢業，美國密西根大學英美文學博士，現任台大外文系特聘教授。著有《文本張愛玲》、《張愛玲的假髮》、《時尚現代性》、《假全球化》、《在百貨公司遇見狼》、《怪胎家庭羅曼史》、《性帝國主義》、《慾望新地圖》、《性別越界》等學術專書。另有文化評論集《資本主義有怪獸》、《情慾微物論》、《後現代女人》與散文創作《身體褶學》、《感覺結構》、《膚淺》、《絕對衣性戀》、《自戀女人》等。

藏戲——徐振輔

「原始儀式在褪卻了巫術的魔力和宗教的莊嚴之後，就演變為戲劇。」

——哈里森（Jane E. Harrison）《古代藝術與儀式》

第一幕：松贊干布遣使求親，在百女之間選中文成公主，得唐太宗允嫁。

戲看到這裡不免錯愕，怎麼一開場就嫁女兒了，不會太隨便嗎？若按典型的藏戲版本，面對吐蕃來的求親使團，唐太宗可是千百個不願意，連出數道頗具巧思的刁鑽難題。只因松贊干布乃神降之子，使臣祿東贊也機伶過人，才能在各國使團中脫穎而出。這段情節照說涵蓋九成以上內容，用傳統形式能演上一整天，可現在開演才十分鐘啊，接下來還有什麼可看？

來之前我就料想自己可能後悔。雖然這部「文成公主大型實景劇」近年成為拉薩最火熱的旅遊行程，街上四處貼有宣傳海報和售票資訊，可嚮導札西並不認為這值得耗去我在拉薩的珍貴一晚，但基於對藏戲文化的興趣，我仍執拗地買了門票。那天晚上，札西開車送我來到名為慈覺林的小村子，告訴我劇場位置後，便雙腳一抬，說要睡個覺，結束了再叫他。

印象中，拉薩城外盡是曠野，但我沿階梯上坡，卻置身於一條聲光浮華的風情街，販售精緻紀念品的店鋪漩渦一樣把我吸走。這個建立不到十年的新穎園區，可以說是《文成公主》的衍生物，據說初期便投資了七億五千萬人民幣，配合政府大力宣傳，旺季時場場爆滿。只這一齣戲，一年門票收入就超過一億人民幣。

走到階梯盡頭，是一幢大型藏式建築，頭上有毛體字掛著「文成公主劇場」六個字。剪過門票，另一邊即是依傍著寶瓶山的開放式大舞台，一面是容納四千人的觀眾席，其餘三面朝曠野無限延伸，燈光打上山頂，星月同為道具。第一幕才剛開場，便有數層樓高的宮殿在滑軌上移動，侍衛宮女不下百人，服裝精巧至極。進退場間，滿城金光閃爍，像極了閱兵大典。

第二幕：文成公主千里西行，故鄉之情難割難捨。

耐著性子看下去，倒也不會真的後悔，起碼沒有被騙的感覺，畢竟從音響、電子屏幕、噴雪機關，乃至一切硬體設備，都絕對是紮紮實實的巨資打造。送親隊伍一啟程，有馬匹奔馳，羊群雜沓；煙塵瀰漫間，經幡與佛塔在後頭飄來晃去，又是一輪張藝謀式的盛大排場。那是就算你對內容毫不在意，見到聲光之繁盛，都會覺得「啊，真是辛苦了」的程度。縱使票價不斐，也覺得沒有關係了。

只是，這究竟還算不算藏戲？從溫巴面具來看，當然屬於衛藏方言系統的藍面具流派，劇本也源於八大藏戲之一的《甲薩白薩》，可偏偏看來就是天差地別。後來與幾位年長朋友聊天時，才發現他們在情感上難以承認這類表演。或許就像台灣掌中戲影視化的過程中，許多被遺棄的野台觀眾那樣，當遇到像我這樣的年輕人，老戲迷們總會將記憶倒轉至與我相仿的年紀，談起心中「真正的」藏戲——那是以前逢年過節，在廣場上搭起帳棚，大家席地圍觀的那種藏戲。彼時看戲是生活中少有的娛樂，有時戲班子下鄉，只一齣戲，演上三天三夜，附近村子的人都會勤奮趕場。好像時間太堅硬、太漫長，非得大家一起消磨不可。

在廣場戲的年代，沒有電子設備，伴奏以鼓鈸為主，演員必須有非常洪亮的嗓子。以前覺木隆藏戲團有位傳奇大師名叫米瑪強村，他在西藏樂論的基礎上鑽研古印度的七音品，對唱腔進行大幅改革。其造詣之高，有這麼一句俗諺：「聽到米瑪強村唱戲，什麼好東西都忘了吃。」據說他在室內高歌，房柱上的唐卡便顫動不已，窗玻璃轟隆欲碎；到戶外唱戲，方圓四、五里都能聽見他的聲音。

那時名角所到之處，無不受到熱烈歡迎。

第三幕：相思情重，公主與藏王夢中相會。

如同人類所有重要的戲劇傳統，藏戲同樣發源自巫術與祭祀。根據法國藏學家石泰安（Rolf A. Stein）在田野和文獻上的考究，八世紀時，最古老的白面具藏戲依然是一種近乎宗教儀式的儺戲。

時至今日，康巴方言系統中的德格藏戲，也還保有羌姆儀軌的痕跡。如同《大日經義釋》第六卷所言：「一一歌詠，皆是真言；一一舞戲，無非密印。」

千年來，藏戲慢慢轉變為面對群眾、有故事性的戲劇形式。部分學者認為，這個世俗化的歷程要到一九五〇年代才算徹底完成。我想起所深愛的電影《霸王別姬》裡，段小樓訓斥程蝶衣的一句：「你也不出來看看，這世上的戲都唱到哪一齣了！」那正是文革將臨，戲班子拋棄舊社會戲曲，演出所謂革命樣板戲的時刻。當時統治者深知，戲劇作為一種鞏固權力的手段，可以重塑神話，告訴人們在新社會中的角色。不知你是否注意過，菊仙上吊之時，收音機裡沙啞聲音唱的「聽奶奶，講革命……」，正是來自八大樣板戲之首的《紅燈記》，堪稱整個時代的經典之作。

當革命之火燒上高原，各地戲團解散的同時，拉薩也在文化部指示下成立了毛澤東思想百人宣傳隊，樣板戲在結構、唱詞、服飾不容改動的前提下，勉強藏戲化了。作為保留了印度梵劇內涵的藏戲，或許自始至終沒有離開它宣揚宗教的本質。

改革開放後，傳統藏戲較為完整地介紹到中國內地。有篇一九八二年刊登在《人民戲劇》的文章是這樣說的：「沒想到西藏也有如此複雜的戲劇傳統，以前我們對西藏的印象，無非就是才旦卓瑪和大旺堆吧。」文中提及的那兩人，在內地人眼中可是名角中的名角。才旦卓瑪一曲：「毛主席就像那金色的太陽，多麼溫暖多麼慈祥把我們農奴心兒照亮。」以及大旺堆身為舊西藏農奴代表，在電影中反抗階級壓迫的光輝身影，都深深烙印在廣大中國人民心中。

我似乎想像得到，他們半京半藏的高亢聲腔唱著：「百花吐豔，新中國如朝陽光照人間。」

第四幕：公主將臨，藏王與百姓熱烈相迎。

始於長安，終於拉薩，這齣《文成公主》專注於隊伍跋山涉水的過程，期間以各種歌舞表演填塞，其實沒什麼情節可言。身為一類其心可議的觀眾，心底不免吐槽，面對不曾得見的藏王，公主竟然也能相思成疾，這股情感實在來得沒有道理。只能說某些時候，愛情也是一種信仰吧。

偏偏鐵齒如我，沒那麼容易接受信仰，所以也不解風情地翻了一些資料。和戲中相仿的是，西元六三四年，得知突厥和吐谷渾各自迎娶唐朝公主為妃，松贊干布確實遣使求親過。不過吐蕃小邦，想當然耳，唐太宗並不當一回事。松贊干布於是勃然大怒，先是出兵痛擊吐谷渾，再率領二十萬大軍進逼長安。雙方幾番交戰，最終以這場政治聯姻收場，得保往後數十年和平。

在善於粉飾的中原史觀下，和親乃天朝恩賜，異邦萬眾拜服。然而現實總是殘酷，我想文成公主離鄉之時，大概難以如戲裡那般對命運釋然吧。這時她也不知道，松贊干布會在三十七歲英年早逝，將來的日子，恐怕是相當寂寞了。

儘管不服氣，但總有人會說：「演戲嘛，何必認真？」沒辦法，現實和戲劇到底是兩回事，就像洛佩茲（Barry H. Lopez）《北極夢》裡頭說：「他們真正關心的是，這個故事能給人希望嗎？能使生活中面對最糟糕局面的人們——無論是自身還是作為一個集體——去改變局面，繼續前進嗎？」

終幕：拉薩城歌舞昇平，漢藏民族和諧交融。

散戲時已是十點多，天空飄起雪來。出了劇場往停車場走，可以在階梯上完美眺望河流對岸的拉薩夜景——瑪布日山頂的布達拉宮被強光打得閃閃發亮，像一件博物館中的巨型展覽品。

回憶起來，這部戲或許確有可觀之處，否則謝幕時，掌聲不會如此熱烈。然而這情景浮現在腦海，卻和電影中的另一幕相互疊影：一九四九年的北平，唱的是不知道唱過多少回的《霸王別姬》：「如此妾妃，獻、獻醜了……」但這一回，程蝶衣卻唱岔了嗓子，憶及往事，驚懼得退了幾步。眼看是唱不下去了，段小樓深一鞠躬，欲道歉時，只見滿場解放軍整齊端坐，剎那掌聲如雷。

下到寂靜的停車場，我摸黑尋覓一番，終於辨認出札西的車子。敲敲玻璃窗，過一會兒，他睡眼惺忪地打開車門。

「戲咋樣？」

「挺有意思。」我說。

「有意思。」他發動車子，打開令人昏昏欲睡的暖氣。「有意思就行。」

——原載二〇二〇年一月二十一日《鏡週刊》

徐振輔，台灣大學昆蟲系畢業，現就讀地理所碩士班。喜歡攝影、旅行、啤酒、貓。寫作方面，近年探索的主題有北極、西藏、婆羅洲、螢火蟲和多物種民族誌；曾獲若干獎補助，小說《馴羊記》即將在時報文化出版。攝影方面的夢想則是雪豹、獨角鯨、天堂鳥之類會被誤認為神話的生物。

我公公進醫院了——馬尼尼為

我是帶著兒子去還時間的。時間也不多了。人一直都躺在床上。看了他的臉就令人不安。有時還會聞到沒有被好好照顧的味道。看他床下展示著他的尿袋。不太有人樣。可我們都要假裝他有人樣。假裝我們沒有害怕。那些藥水的顏色已經不是我們平常會看到的那樣。那些裝藥水的瓶子也不是我們平常會看到的那種。

我不太敢看他的臉。怕他的眼光。我就是帶兒子去。他女友把食物送到躺著的他的嘴邊。住久了。病房東西很多。他的女友還很強壯。我叫她阿姨。他們看起來就像一對夫妻。事實上他們沒有結婚。她是他的外遇對象我在背後叫她小三姨。

每次我就帶著兒子坐公車到某某站或是醫院。這兩種路程都得坐公車。馬路中央分隔島的野草。或人工整齊的花草。在風中晃得很。我在冷氣公車裡。擠在笑裡。擠在汗臭裡。擠在公車的嗶嗶右轉提示聲中。公車下了假的橋後我們就要下車。我不喜歡被關在搖搖晃晃的冷氣箱裡。又跟一群人擠一起。我不喜歡城市的風景。還好這路程不長就是。二十分鐘就到了。

我是去還時間的。以前他幫我顧小孩給了我很多時間。現他重病了躺在床上。我就帶著我兒子來還時間。他給我的時間我沒想到這麼快就要還給他。他會開車來接小孩。又開車送回來。小孩其實就在他家看電視。吃東西。小孩喜歡去他家就是因為電視。因為可以愛怎麼看就怎麼看。我帶我兒子去，我兒子還是在看電視。不是去看爺爺。

他們說話還是樂觀的很大聲。要多吃。要多吃一點。要乖。各種各樣補給包裝鋁箔包。好像隨手都搆得到。他都躺著。我沒看他坐起來過。像躺在船裡一樣。病房裡止住一切晃動。護士的聲音。不硬不軟的聲音。

他進醫院時是自己走進去的。進去先做一堆檢查。他一直在腰痛。痛的程度忽大忽小。那時就帶小孩去看他。他人都好好的可就是躺在床上沒坐起來過。精神還不錯。好像只是偶爾會腰痛。其實已經是骨癌末期。

我公公開刀那天兩位兒子都沒來。我先生在外上班那是沒辦法。我小叔也沒露臉過。我一早帶兒子轉了兩班公車到醫院。在手術室外找到小三姨。她坐在開刀資訊螢光幕前面。死死盯著看。我能感受到她的疲倦。早上六點多起床。夜裡睡不好。既使是我到了。她也不願離開那裡。她早餐也沒吃。就那樣在那裡等著。等了超過三個小時我公公還在手術中。後來聽報告找家屬。我一聽馬上站了起來。沒想到她原來有一隻耳朵聽不見了。加上精神壓力大她沒聽到。還好醫生只是和我們說手術很成功。等恢復時我和兒子去吃了午餐。她還是堅持在那裡等。我們回去時我一眼就看見我公公被推出來。臉有些水腫。但已經醒了。小三姨還坐在那裡等。我們去叫了她。

我想起我婆婆十年前癌症入院。她感覺有些怨懟。我先生、我小叔、我雖然每天都會去，還有她的好姊妹，還有她兩位弟弟，人很多，但也都各有各的事在忙著。而小三姨就是放下所有事，以我公公為主，加上她也已經退休。我公公的病房很安靜，他平常都在看電視，現在連電視也不開了，我也沒見過其他訪客，我們去的時候就只有小三姨，不是我公公沒有朋友，而是他也不想通知他們吧。我又想起我婆婆的安寧病房，還有她回家那次，滿滿都是人，可人多完全沒用，是我的話，也寧可一個人安靜地走。

我公公和我的關係是零。我和我先生家的人關係都是零。可我先生離開台灣這一年，我公公突然冒出來了。他會來我家接我小孩去他家一整天。一整天都在看電視。吃我家裡平常沒有的東西像是肉乾肉鬆之類的。因為我也沒看電視的習慣。可想而知電視對他很新鮮。因此幾乎每隔兩週他都會去一次爺爺家。那一天就是我多出來的一天。連我先生在我都沒有這樣完整的休息日。而且我完全也沒有人情債。因為總覺債在我先生身上。他得去還。就這樣安心送了近一年。這就是我和我公公間接關係的全部了。而他突然入院，還好有了小三姨，我就是多帶小孩去看他讓他開心。

我公公和小三姨看起來都很耐得住院。我在裡面兩個小時就會冷得窒息。小三姨幾乎不回家。三四天回一次。據她說就是看看房子。接著又回來醫院睡。就算在醫院睡不好。他們也很樂於配合各種治療。是我的話早就放棄治療了。可他們相信一切會好。就算腫瘤已從肺轉移到骨，骨頭被癌症吃掉。他先到骨科打入四支鋼釘支撐腰部。接著還要做化療、電療。他們一口氣做完這些都不出院休息。小三姨說，我公公的痛分大痛、中痛、小痛。小三姨就幫他翻翻身。按按摩。痛很頑固。會冒出火的。慢慢把人吃掉。在病床上。在棉被下。我公公就這樣越來越薄。他的名字慢慢變成病床的顏色。說不出的顏色。

小三姨完全斷絕自己的事。在這種社會是稀有的女人。男人要的好像就是這樣。女人好像什麼都不用會只要好好伺候自己的先生就好。醫院裡是這樣的。生病時是這樣的。而無論如何，我公公和我兒子關係很好。我提供很多讓他們獨處的時間。幾次上醫院，我也看到了。爺孫之間的關係很縱容是無可取代的祖孫情。人要是小時候都有過這種愛多好。兒子動不動問爺爺明天就出院了嗎？爺爺為什麼會生病？這些問題我都不知道。問你的手吧。

他換過一間又一間病房。不同科別、四人房、三人房、單人房。被推去做這個、照這個。他想要外面新鮮的空氣與陽光嗎。他好像慢慢和醫院合而為一了。對護士總是說謝謝。他一直躺在床上。好像對這樣都很安分。對醫院的冷氣和噪音都很安分。對治療很有信心。可我後來才發現那是因為已經無力反抗了。醫療是唯一的寄望。他不會去管冷氣或是噪音。只要有病床可以治療。別人也不好說放棄治療吧。治療無用的話。

那些病床。藥。針什麼的都讓人慢慢上手了。不用枝幹了，鳥叫了一聲飛了起來。病床被推來推去。差一點就撞到了牆。還可以吃東西。腰椎就在叫了。叫到天黑。今天還沒過去。叫你再去多拿一點藥。現在要換誰。換誰去躺在上面。換誰雙腳可以走穩。晚上，去把腫瘤圍成一堆點火。晚安四顆鋼釘。四個小洞。病房外台北市燈火通明。好像一切都很好。隔了層玻璃窗就是準備到另一個地方了。

最後第二次去看他的時候對不到他的眼神了。人已經一半不見了。他的臉變得不太對勁。小三姨說那是藥的作用。我只記得走時我兒子的小手去給他握了一下。他那一握好像意味深長。最後一次去他在氧氣罩下用力地呼吸張大嘴巴。不時抽動雙手發出痛苦的聲音。他的雙手被棉花紗布固定起來。兒子在討論要換病房的事。因為請了看護加上他住了超過一個月的單人房。錢很快就燒光了。我不忍心在病房裡看他的樣子。我猜他也不會想要外人看到他被囚在床上的樣子。

隔天的半夜他走了。當他穿上西裝打理乾淨躺在棺材裡的時候看起來就像沒生病時的模樣。一切都很完整。臉形也不再奇怪。而且還有微微的笑意。好像離開病床離開醫院的笑。寫到這裡一切還沒有結束。他沒有留下任何財產。十幾萬的醫藥費要兒子扛。一年前還用我先生的名義幫他貸款。自然是沒法完了。身後事的費用。手續等等。他走了沒人幫我帶小孩了。我陪小三姨看著蓋棺人塗了一層又一層樹脂。把壓克力板放下去。又用刺耳的工具把螺栓一顆一顆地旋上。然後又塗了一層厚厚的樹脂。把棺材蓋上。一切好像不太莊重。沒有禮儀師在旁。也沒有人唸經。棺材上好像積了些灰塵。好像有點草草了事。好像那樣一下就摸不到了。握不到了。

——原載二〇二〇年二月十八日《自由時報》副刊

本名不重要。出生於馬來西亞柔佛州麻坡。美術系卻反感美術系，停滯十年後重拾創作。著有散文集《帶著你的雜質發亮》、《我不是生來當母親的》、《沒有大路》；詩集《我們明天再說話》、《我現在是狗》、《幫我換藥》等；繪本《馬惹尼》、《詩人旅館》、《老人臉狗書店》等數冊。編譯、繪《以前巴冷刀‧現在廢鐵爛：馬來班頓》（openbook好書獎，年度中文創作）。獲國藝會補助數次；曾任台北詩歌節主視覺設計；於博客來okapi、小典藏撰寫繪本專欄。

Website/ IG/ FB keywords: maniniwei

無所不談？——唐捐

我曾妄論：「把不可告人的拿來告人，常是文學最精采的地方。」那時的話題焦點，特指一種自剖性散文。散文很自在，很日常，看來最不怎麼樣。但散文又是危險的文類，它的「文類法則」不具掩護效果。當你認真處理起「我」及其周邊種種，真心話大放送，你妹會說：「什麼，原來我在你眼中居然是這個樣子啊。」

我們怕寫得不夠坦誠，卻又害怕傷害了自己，或親朋。當一個散文家決定「說說自己的八卦」，那常常是開始好看起來的時候了。但這樣的散文真是希罕……你比較容易看到散文家幽默，智慧，孝思，慈仁，正義，真誠的形象。（但請別懷疑，他走在路上，也是有影子的。）白話散文的美學準則，號稱「任心閒談」，但無所顧忌地說說自己，比你想像的還要難。

某散文大師在台灣的文集，常叫「無所不談」。但他家裡有件極悲傷的事，涉及心愛的女兒，他自己是不願去寫的。這是多麼可以理解，仁者莫可妄評。我只是想說，「無所不談」幾近想像或只是相對性。寫外物則肆無忌憚，講身世便舉步維艱；寫小品則單騎過江，抒情便如履薄冰。——大師呀，你談得夠好了，但你怎麼可能無所不談。

散文家某甲喲，你曖昧的身世要不要談一談？散文家某乙喲，你的那一段浪漫，破格乃至敗德的愛情要不要談一談。散文家某丙喲，你的幽默、正義、仁智之反面要不要談一談。我知道你敢，但時機還沒到，你敢傷害自己但不忍傷害別人……除非你寫的不是散文。

在以「厭世」相標榜的時代裡，果於揭露隱密傷痛者漸多，且其中不乏晶瑩與魔魅。但說真的，文學並不僅僅在比賽痛苦的指數，敢說的程度。有時心事如麻，卻只能閃爍其辭，布置一些暗碼；或者萬千冤讎相集，踟躕猶夷，終於「一字不曾說」。這樣，或許，也挺美的吧。

——原載二〇二〇年二月四日《自由時報》副刊

唐捐，台灣大學文學博士，現任台大中文系教授兼副主任、台灣研究中心主任。散文曾獲梁實秋文學獎第一名及第二名，並曾兩次獲得聯合報文學獎第一名。著有散文集《大規模的沉默》、《世界病時我亦病》等兩部，另有詩集六部。

光的重量：重讀《遺愛基列》——張讓

我們許多經驗究竟有什麼意義，當時自己並不明白。
我們有千萬理由活過這一生，每一條就足夠了。

——艾姆斯

1

一天隨手從書架上抽出《遺愛基列》，看將起來。難說是第幾次了。施清真的譯文優美，比原文更有種親切感，從書名翻譯便看得出來。原書名是《基里亞德》（*Gilead*音譯，艾荷華小城名），加了遺愛兩字，感覺完全不同。瑪莉蓮・羅賓遜用字純樸，通過老傳教士艾姆斯之口，字裡行間充滿了關愛。譯文不但充分傳達，用字遣詞更增添了溫柔韻味。我在原文和譯文間來回賞玩比較，不斷重新體認中文內在的抒情之美。

譬如開篇首句：「昨晚我告訴你有朝一日我將離去……」也可以譯成：「昨晚我告訴你有一天我會走了……」用「有朝一日」便多了分傷感，設下全書無奈傷感的基調。

一處艾姆斯提到某天午後光線之美：

「光線似乎帶有重量，擠出了草地上的水氣，逼出了門廊地板上的霉味，甚至有如晚冬的殘雪似的積壓在樹梢。光線駐足你的肩頭，彷若小貓窩在你的大腿上，感覺親切而熟悉。」

光線、晚冬、殘雪、樹梢、駐足、彷若這些詞，都帶了原文沒有的詩意，而這並非出於譯者故意粉飾，而來自有些中文辭彙的「內在詩性」。若避過那些「詩味詞」，可譯成：

「那光似乎帶有重量，擠出了草的濕氣，逼出了門廊地板裡老舊的酸味，甚至像晚冬的雪壓沉了樹。那光停在你肩頭，有如小貓窩在你大腿上。是這樣的熟悉。」

也許更近原文，但少了那優美。有時號稱某中譯比原文好看（對這說法我總存疑），原因在此（那些刻意加油添醋美化的不算）。

另一處艾姆斯談到存在，一開始說得很妙：「最近我一直在想存在的問題。事實上，我一直對存在充滿了讚歎以至於幾乎沒法好好享受。」然後想起一次橡樹落實好像下冰雹般壯觀：

「有時覺得自己像個孩童：我張開眼睛，看到許多前所未見的奇妙事物，卻很快就得再度閉上雙眼。我知道相較於永生，世間一切不過是幻象，但時間卻因此變得更可愛。世間存有凡人之美，我真不敢相信人們踏入永生之後，竟會忘了肉體的奇妙；肉體雖非永恆，但延續生命、年華老去，卻是最奇妙、最有意義的過程。從永恆的觀點而言，我相信每個人在凡間的旅程都是一篇有如《特洛伊》般的史詩，值得後人在街上傳頌。我無法想像有誰能將這個旅程一筆勾銷，我相信天主也不容許我遺忘。」

其實施清真譯文並不盡然緊貼原文，如果倒譯回去可能和原文有所差距。出於好玩，這裡我且另譯：

「有時我覺得像個小孩張開眼睛，看見永遠無法指名的事物以後又再閉上了。我知道相較於等在前頭的，這一切不過是幻象，正因這樣卻反而更加美好。這裡面帶了凡人之美。我無法相信當我們都經過轉化不朽了，竟會忘記短暫必死的奇妙、生殖和老朽那至高無上的燦爛大夢。在永恆的國度這個世界將如特洛伊城，我相信，所有在這裡發生過的將如宇宙史詩，成為街頭傳頌的歌謠。因為我不能想像任何真實會將這些一筆勾銷，我想虔誠也不容許我嘗試。」

無疑施清真的譯文優美許多，而且大體上並不脫離原文太遠。讓我選的話，我會挑她的譯本。她不但譯出了原文本意，還給了它淳厚溫暖的色澤，是我比不上的。我這裡的另譯因此不是批判，只是久沒翻譯手癢的練習遊戲。

2

一處艾姆斯談到聖餐和身體，坦白說：「我真喜愛自己這副軀殼。」葡萄酒和聖餐象徵耶穌的鮮血和身體，是我怎樣都無法接受的野蠻和牽強。可是他說：「主的身體，為你折裂；主的鮮血，為你濺流。你抬頭從我手中領取聖餐，童稚的臉龐是如此肅穆、美好。身體與鮮血，兩者皆奧妙至極。」

我虛心聆聽，竭力體會他話中含意，卻像穿不過針眼的駱駝，怎麼都進不了他的境界。也許我偏見太深，疑問太大。

我暗自爭論：宗教難道不是人為產物嗎？所有不容懷疑不可違背的真理或教條，難道不都是人假託神的名義造出來的？畢竟，天何言哉？是人吱喳不絕，以神之名設立了一條又一條的禁忌規條？《阿含經》也好，《聖經》也好，《可蘭經》也好，難道不都是人假造物之口自說自話？而什麼是人，不就是一團烏漆八黑嚮往光明？一根思考的蘆葦自以為是擎天巨木？

艾姆斯這句：「有時我覺得像個小孩張開眼睛，看見永遠無法指名的事物以後又閉上了。」難道不恰恰說中了我們的狀況？

「天地不仁，以萬物為芻狗。」《道德經》裡不是說？

是的，我疑問太深。

因為太多前人提供的所謂解答本身導出更多疑問，不如以草木鳥獸為師。

不過這並不表示我歧視宗教，反對宗教。我只是無法停止質疑和探索。

3

儘管我對《遺愛基列》並非無所挑剔，卻總不失初讀的感動，不免讓我一再驚訝。

相對，羅賓遜的散文我卻看不下去。就像艾姆斯，她是個虔誠基督徒，而且是個閱讀深廣高度自信的知性基督徒。但她寫宗教信仰既乾又澀，而且總給我種「真理只此一家別無分號」的高傲和封閉感。譬如她談到不解何以有人不信上帝，因為宇宙萬物這般神奇，讓我不禁失笑。因為對無神或未知論者來說，那神奇之感一模一樣，只不過導致相反結論。一個沒有上帝或任何造物的宇宙，毋寧更加神奇讓人驚歎。信仰帶來膜拜，無神或未知論者則從驚歎更進一步，擺脫宗教這個中間人，直接深入探究宇宙自身的奇幻奧祕。幸好她的小說世界是另一番景致。

羅賓遜寫作嚴謹，只出過四本小說：《管家》和《基列三部曲》（另兩部是《家園》和《萊拉》），本本獨特引人。《遺愛基列》經由尋常又不尋常的人物和故事，展現人生苦惱衝突的種種面相，充滿了寬厚的理解與同情。看老艾姆斯寫他祖父強悍不屈的信仰方式，父親與祖父的爭執破裂，寫他對年輕妻子和幼齡兒子的柔情，多少平常而又珍貴的片刻，極其動人。裡面有親情、宗教、種族、歷史，和生命與自然的美好神祕，在在讓人佇足沉思。她讓我們看見信仰有許多種類，也有不同的表現和實踐方式。再怎麼虔誠熱烈的宗教信仰，並不消解疑惑、爭執、恐懼、失望等等人與生俱來的矛盾和悲傷，因而有無比的感召力。

4

這部小說其實是艾姆斯寫給兒子的一封長信，或許更接近許多封想到哪裡說到哪裡的即興短信。老牧師知道來日無多，千言萬語多少心事要交代，於是提筆給未來的兒子寫信。

回顧一生，是件困難的事。從頭到尾艾姆斯閒閒道來，語氣溫和平緩，好像毫無火氣。其實他是有脾氣的，自己很清楚，偶爾脾氣發作，語調便不由自主尖銳起來。譬如一次鮑頓的女兒拿了一本舊婦女雜誌來，是鮑頓特地交代留給他看的，知道裡面有篇文章會惹艾姆斯惱怒，他等著看好戲。有趣的是，也是在這裡通過對果凍食譜的反應，艾姆斯流露出含蓄的幽默感：「法律實在應該明文規定，雜誌中若出現宗教性的文章，前後二十頁之內不得刊載果凍沙拉食譜。」至於這有什麼好笑，只好請你自己去發現了。

身為牧師，艾姆斯對人固然充滿關懷悲憫，但免不了裁判——他不是爛好人，他有自己的意見，自己的標準。譬如對鮑頓的兒子也是他的義子傑克，反應特別強烈。一次傑克來教堂聽他講道，艾姆斯從講壇上看見妻兒和傑克坐在一起像個和樂小家庭，形容自己「這邪惡的老頭子」竟滿腹嫉妒。後來他再三反省，自問最恐懼什麼，答案是：將妻小留給一個品行不端的男人。他警告兒子小心傑克，他操守不好。

5

也許受到艾姆斯寫寫停停的語調影響，我也就看看停停。讀幾頁《遺愛基列》或原文，就換去看其他書（包括羅賓遜頭一本小說《管家》和《遺愛基列》下一部《家園》），然後再回去，繼續在譯本和原本間穿梭。未必逐段逐頁並行看，倒是常前後錯開，時而為了遣詞用句停下來，推敲玩味。

偶爾無意間，發現了漏譯或誤譯的地方。譬如一處傑克和艾姆斯妻子說他久沒回老家，「附近有人以為我是亞當」。其實「以為我是亞當」是個常見用語，以亞當代表任何男子，意思是「認不出我是誰」。有的對話譯得太文，不像口語，譬如說「此話屬實」，譯成「這話倒是真的」便比較自然。這些都是小疵，無傷。

有時我幾乎是帶著期盼從原文換到譯文，等不及看譯出什麼風光。像艾姆斯思索自己對傑克的恐懼這段：「傷害到你和傷害到我是兩回事，而這正是問題所在。他大可把我從樓梯上推下來，我還沒跌到底就想得出神為何要我寬恕他，但他若傷到你一根寒毛，只怕神學也派不上用場。」比原文有意無意的玩笑更多了點說不上來的風趣。

竟然一路都在談翻譯，本想隨意談談這書寫法和人物的。實在是翻譯這樣難，再加上不同譯者不同哲學，各有堅持。不禁自問：是不是有一種最好，可做典範的譯法？想想未必。多少宗教多少神祇，哪一家是真理至尊？西方俗話說，條條大路通羅馬，剝貓皮不止一種法子。做壞一件事有許多種方式，做好一件事也是。連翻譯都這樣難以定案，更何況神魔虛實夾纏不清的宗教了。

6

生命將盡，而大惑不能解。浪子傑克讓艾姆斯不得安寧，帶了我一起。

為什麼我對傑克充滿了同情？不免自問。他自知犯錯而時刻受苦，因此常雙手掩面彷彿無顏面對父老。難解的是，聰明過人的他為什麼一錯再錯？放大去想：為什麼我們總一錯再錯？

一天艾姆斯午後昏沉欲睡，想到傑克：「在我眼中，那一刻的傑克似乎像個天使，臉上籠罩著生命的神祕與哀愁，思索人世的奧祕。」

可憐的艾姆斯，他真的竭盡全力要了解傑克，寬恕他，護佑他，毫無保留地愛他。

書快要結束，我不時放下書看窗外。想了很多，並不急於看完。

——原載二〇二〇年二月十二日《聯合報》副刊

張讓，原名盧慧貞。台灣大學法律系畢業，美國密西根大學教育心理學碩士。曾獲首屆《聯合文學》中篇小說新人獎、聯合報長篇小說推薦獎、中國時報散文獎，經常入選各家年度散文或小說選集。著有長篇小說《迴旋》，短篇小說集《並不很久以前》、《我的兩個太太》等，散文集《時光幾何》、《剎那之眼》、《旅人的眼睛》、《一天零一天》、《攔截時間的方法》、《如果有人問我世界是什麼形狀》等，以及兒童傳記《邱吉爾》，和小說、非小說譯作多種，包括艾莉絲•孟若的《感情遊戲》和《出走》。現定居美國加州。

水鹿沙拉——陳姵穎

將雙足套入登山鞋，我弓著身掀開外帳準備鑽出帳篷，一抬頭就愣住了。準確地說，是僵住了。

額上一一〇流明的頭燈，在不見明月與星光的薄霧裡勾勒出近十隻水鹿巨大而黝黑的身形，以及數雙森森然的綠眼，無關魑魅魍魎，而是夜行性動物眼球特有的脈絡膜層（tapetum lucidum）將頭燈光線反射回視網膜所造成。我掀帳而出的動靜與突如其來的光線，顯然驚擾了牠們專心享用箭竹大餐（或是前來窺伺人類帳篷的突擊行動），瞬時化作石雕。與木頭人相差無幾的我，腦中浮起行前於網路上看來及自相識山友口中聽來，各種在水鹿環視下難以解放的窘況。

歷經數趟山行，我已不再如初始對於得在無牆無室的山野間裸裎著屁股如廁那般緊張兮兮，知曉如何避開水源、營地與主要路徑覓得合宜的地點，並依循LNT（無痕山林）運用貓鏟挖坑或就地取材掩埋穢物，同時以密封袋盛裝髒汙的面紙。可我依然是個十足介意隱私之人，多半時候仍會攜上摺傘確保多一物可遮掩，有時則將之充作路障，示意可能途經、欲尋便所的山友稍加等候或另尋他處；若擔心遮住了頭卻顧不著尾，就勞煩夥伴幫忙把個風。

只是，在能高安東軍這條縱走路線上還多了個如廁之難，夜間限定——「逐尿」的水鹿。

一如人類需要鹽分平衡電解質以維持細胞的機能與活性，動物亦然。高海拔地區鹽鹼地稀少，登山者富含鹽分的尿液成為水鹿攝取的捷徑，促使牠們轉而冒險靠近，這般教人瞠目結舌的行徑，實是生理需求的驅使。在水鹿眼裡，沾染上人類尿液的玉山箭竹嫩葉，大抵就如盛夏時分，我常充作午膳、淋上油醋醬的爽口沙拉吧。

面對這座海島上最大型的草食性動物，我一向又愛又怕。全因數年前便領受過鹿兒搶食的力道，深知此類動物可不是時時刻刻皆如外貌那般溫馴，只是對象並非台灣水鹿，而是日本奈良那備受遊客喜愛的梅花鹿。彼時獨自旅行，甫踏進奈良公園，心頭兜兜轉轉的便是何時才會遇上傳聞中的鹿，一個拐彎，瞧，這不就遇著啦。那鹿邁著細蹄優雅地朝我靠近，正暗自欣喜可是連鹿仙貝都還沒買，誘鹿全不費工夫，豈料下一秒，那鹿便張口咬住我手裡的地圖，怎麼使勁搶，就是搶不回。許是見我傻愣的模樣有些可憐，一旁的日本老爺爺向前發出噓聲威嚇，拉扯了好一番才替我奪回沾滿口水齒痕、已然缺了一角的地圖。

台灣水鹿的體型比日本梅花鹿大了三分之一不止，公鹿肩高達一・二米，身長可逾二〇〇公分，平均體重二〇〇公斤，就連母鹿也有一〇〇公斤，力氣只會多，不會少。也曾獨自在南湖山屋外與一頭公水鹿近距照面，那對三尖二叉的長角令人神魂顛倒，卻也令我十足心慌。即便同樣是公水鹿，但你總能從一頭公水鹿的雍容姿態中確知牠是否為那個區域的王。那頭鹿正是。水鹿慣與人保持約莫十公尺之遙，那時我們卻僅相距幾步，若以人和人的空間關係學來看，已屬有交情的私人範疇。我在無意間越了界，牠卻並未向我跺腳示威，亦不曾張開在生氣或激動時使其擁有「四目鹿」別稱的眼下腺，人與鹿安靜對視的轉瞬，我莫名篤定，自己在荒野暗夜中的膽小與脆弱已全數被牠知悉。

夜晚屬於森林，屬於飛鼠，屬於鹿群，唯獨不屬於人類。

此時在白石池畔帳外的水鹿們，同南湖圈谷的公水鹿那般，嗅聞到了我的惶恐嗎？「水鹿舌頭擦屁股」的縱走傳說盤旋復盤旋，著實有些駭人，偏偏鼓脹的膀胱頻頻催促著我行動，吸了口氣又深吸口氣，直起身子，踏出一步、兩步、三步到鄰帳喚出領隊，哀哀擠出聲：「水鹿……我不敢去上廁所……」

在領隊的照看下哆哆嗦嗦地如廁完畢，返回營帳前我忍不住轉頭望了望，窸窣之聲隱隱傳來。

唉呀，希望水鹿們會喜歡這份沙拉。

——原載二〇二〇年二月十一日《自由時報》副刊

陳姵穎，東華大學歷史系畢業、輔修中文系（現為華文系）文學創作學程。現職報紙編輯，採訪與文字作品散見報刊及網路。喜歡走路、閱讀、攝影、觀察動植物與登山。

杜甫他不知道恐龍曾經存在——湯舒雯

有一天我的腦海裡忽然浮現一個念頭：「杜甫他不知道恐龍曾經存在。」我已經忘記那是在一次關於杜甫的、還是關於恐龍的閱讀時浮現的念頭。死在七七〇年的杜甫，不知道一八二二年在英國被初次發現的恐龍，曾經存在。他所寫的每一首詩，都是在不知道「這個世界上（竟然）曾經存在過那樣一種龐然大物」、以及「那樣的龐然大物（可能）正在我們的腳下」的狀態下寫出來的。當然可以將杜甫的名字換成其他詩人，比如李白或是李賀，但是——雖然這樣說好像太苛求杜甫了——我總覺得杜甫他不知道恐龍曾經存在這件事，特別令人在意。好像你知道某人在整部劇裡都被分配談論死亡與現實，卻沒人告訴他床下藏了一具屍體。

國破化石在。當然我並不是在說，如果杜甫知道「恐龍曾經存在」這一事實，無論是在文學史、還是世界史上，會有什麼事情因此而改變。真正讓我胡思亂想的，我想，大概我總是特別好奇，多知道了一個世界真實、多有了一段歷史認識，對「創作」而言，究竟意味著什麼吧。

說到「反童年」這個專欄主題，大概只比「憶童年」、或「思童年」那樣的專欄名稱，好上區區那麼一點。如今我們都聽說過那樣一個詛咒：沒有一個作家的第一本書能避免從他或她的童年寫起；然而童年只能餵養一個作家的寫作到他的第三本，之類的（確切的數字我已經忘了，反正實際上哪裡有那樣一個確切的數字呢）。撇開所有這類型的創作詛咒的裝模作樣不談，透過反對一種中學作文啟蒙教育式的常識——即寫作要「從你熟悉的事物寫起」——「真正的創作」成為一種務需「抵抗本能」的行為。創作的成敗，也因此取決於這種「抵抗本能」、或「超越本能」的成敗。帶著一種軍中學長倚老賣老的煩人氣味，它是這樣將「專業」與「業餘」區分了開來：有一種關於創作真實的境界（或困境），只在你成功拋棄關於童年與自身的寫作以後顯現；在那之前，讓你從礦藏裡滔滔不絕的，不是創作的蜜月，就是錯覺的天才，而得到的稱讚如果不是來自寬容的幼教老師、就是來自慣常從實境秀中尋求共鳴的觀眾。

從這個意義來看，與其說這種說法貶低的是記憶和現實，不如說它真正想敬而遠之的，是自戀和懷舊。

無論如何，上述說法大概算是「反童年」的最佳代言人了。

相對地，學者尼爾・波茲曼（Neil Postman）則可說是「童年」的堅強捍衛者。

在《童年的消逝》中，波茲曼認為「童年」是一種人為產物，其作為一種社會概念——而非生物學觀點——上的「發明」，以及其與「成年」之間成形的「界線」，都與印刷術的發明有關。由印刷術所帶來的識字、教育和羞恥感，在近代以來，逐步嚴格區分開了兒童與成年；一直到電子媒介全面覆蓋的時代到來，才正在逐步將這種區隔終結，並且終將造成「童年」這一概念的消逝。主要是新的媒介時代促成了以圖像傳播為特徵的視覺文化，在其中，兒童更有機會無差別地接觸到本該專屬於成人的信息。因此，童年作為一種特定的文化特徵已經含糊不清，電子媒介越趨模糊童年與成年的文化界限，也取消了「童真」的樂園。

無論波茲曼帶著一些感傷口吻的預言是否成立，對我來說，有趣的還是他如何將「閱讀」、「祕密」與「成年」三者聯繫起來：當口頭傳播被印刷術所取代，以及閱讀文化開始讓獲取知識成為一種祕密而個人的行為，是新的「成人」文化首先被創造了出來：「印刷創造了一個全新的符號世界，而這個符號世界卻要求確立一個全新的成年定義，即成年人是指有閱讀能力的人；相對地便有了一個新的童年定義，即兒童是指沒有閱讀能力的人。……在沒有文字的世界裡，兒童和成人之間沒有必要明確區分，因為不存在什麼祕密，文化不需要提供訓練就能被人理解。」換句話說，童年的存在，是因為印刷術所帶來的、升級過後的「成年」概念，不再能有效包括不識字的兒童：「由於兒童被從成人的世界裡驅逐出來，另找一個世界讓他們安身就變得非常必要。這另外的世界就是眾所皆知的童年。」（註❶）換句話說，不是童年定義了它自身，而是它、與它所「不是」的之間、的那些界線。

我從童年的時候開始熱愛故事。白天裡讀書，睡前還要聽著故事錄音帶才能入睡。太小開始受到文學的好處，走上寫作的道路本身也像是一種人生的順理成章。青春期開始，某程度上，真實的人生、與創作的生涯便幾乎同步；多知道的一個世界真實，多有了的一段歷史認識，似乎都難以隱藏。

臉書風行以後，我在許多和我同代的創作者身上，看見過一樣的困境：消逝的界線，讓我們失去了作品的「童年」：不成熟的作品，被讀者、甚至是作者本身過於嚴肅地對待。失去了頁碼和目錄的寫作，卻沒有因此得到解放；現實逼得太近，日常跟得太緊，觸目可及的災難，讓表現出未知和猶豫，有時都顯得奢侈。

■

或許也有不少人和我一樣，是在知道世界上曾有恐龍這種龐然大物的童年那一時刻、忽然若有所覺，原來這世上有所謂「災難」。直到「災難」亦可能就像一條換日線，有一天忽然靠近、猛地讓你越了過去，就結束了你的童年。

對我的同代人來說，有人的是一場地震，有人的是一場風災，有人的是SARS。

只是至今不知理由、每每想到「界線」，我腦海中的畫面，就是一個紋理分明的地層剖面：在彼此熱烈擠壓堆積的石灰岩、頁岩、砂岩之間，界線像是時間的琴弦，在層層細細繃緊。有時，地層裡也藏有龐然大物的屍骸，然而，「龐然」越不過界線，「屍骸」也越不過界線。

註❶：Neil Postman, *The Disappearance of Childhood* (New York: Delacorte Press, 1982). 中譯參見尼爾・波茲曼（Neil Postman），《童年的消逝》，吳燕莛譯，南寧：廣西師範大學出版社，二〇〇四年。

——原載二〇二〇年二月《聯合文學》第四二四期

湯舒雯，台灣大學政治系學士，政治大學台灣文學研究所碩士。目前為美國德州大學奧斯汀分校（University of Texas at Austin）亞洲研究博士候選人。

毛——李蘋芬

抽屜裡的深色衣服我很少穿，因為上面有毛。

試過數種除毛用具，寬膠帶、宜家家具的滾輪、網上買的除毛手套，或者剛洗好就裝入透明防塵袋，結果多半差強人意。用手指邊捻邊摘，比頭髮還細的毛，就在手的反覆揮動間又黏住了，扭脖子摘走後背沾上的毛，卻換得一嘴凌亂，我吐舌、呷嘴，與看不清的東西纏鬥，嘗試分出什麼是我什麼是毛。

家裡有一隻白色長毛動物，幾乎不能保持任何暗色衣物的整潔。我又換下純黑無袖洋裝，家貓小白在房門口盯梢。往往是這樣，不守時的我趕在分秒之中抹粉換裝，臨出門前喚他一聲，不明是親熱還是敷衍，關上鐵門發出沉厚聲響，轉頭走了。

很多年前，小白剛來家裡時，很少人愛他。外表看似純血的名貴品種，放在寵物店櫥窗內要價萬元的款式，實際來源卻是菜市場。隱於雜沓路邊的舊式理髮店只是幌子，老闆賴以營生的是兩隻波斯貓。他難掩得意，領我們去看：暗室鐵籠內蜷著一對貓夫妻，籠又覆以色調混濁的布，我們必然不是難得尋訪的生人，長毛貓的四隻眼睛毫無聊賴，不期待卻也不懊喪，一方侷促中，悲哀的留存貓科動物的尊嚴。回到市場，溽暑的天空下，更大的籠裡裝著更多幼貓，銀灰的混搭白的，在那裡歡快的推搡、爭食，人們腕上掛滿生鮮與果菜，經過時無不感嘆：多可愛的小獸，生靈若此，彷彿世上再沒有不堪的事物。

老闆大方把小白送我們的唯一原因，是他不好賣。他的外表異於籠中同儕，缺少波斯貓特有的扁鼻寬臉和小耳朵，一身白毛雖無雜色，卻也不柔軟蓬鬆，骨骼又瘦，在一窩溫軟嬌巧的波斯中，像隻過於愚笨而誤闖的狐狸。或許是意識到自己與群體的差異，他膽怯不敢爭食，揀剩下的乾飼料吃，這些都令老闆嫌棄。

小白來了，我非常愛他。我給他很多食物，讓他長大，長出和波斯同類一樣長而蓬軟如棉花的毛，耳朵隨身體放大的比例變得不再突兀。奇怪的是他渾身尿騷味，屁股一帶染著無法洗除的咖啡色，他很臭，剛開始很少人愛他。然而結紮手術後，這一切消失無蹤，純白身姿形成篤定的驕傲。躍上冰箱，在新換好的貓砂裡打滾，空氣中飄游白色細毛，我們遲鈍的肉眼難見，只有當毛纏上黑色衣物才越發顯明。

我不堪毛的苦擾，讓衣櫃裡的主色調由暗轉明，為他穿上米色混紡棉外套，偶爾才出遠門。小白晚年生病時，醫生為便於抽血、吊點滴，剃掉兩隻前腳的毛，長毛貓有個壞處，是當他們終於失去毛時，你會震驚眼前動物原來如此渺小。直到他生命的最後一天，毛都未能完全長回來，我握他的手，撫觸那一層極為細軟、像是植物初生的絨毛。

——原載二〇二〇年二月九日《自由時報》副刊

李蘋芬，晚春生，台灣師範大學國文系、台灣大學中文所畢業，政治大學中文系博士生。著有詩集《初醒如飛行》，曾獲詩的蓓蕾獎、台北文學獎、全球華文星雲文學獎、國藝會出版補助及台文館台灣文學傑出論文獎。

報仇——韓麗珠

天蠍水星逆行期間，城市被執法者在幾天之內發射了二千多枚催淚彈，我再次碰到一個熟悉的命題：「我們為什麼不可以依仗仇恨所產生的力量？」九月中旬，大學罷課的集會上，同學問我這樣的一個問題，我回答了之後，問題仍然時常在我心裡出現，像有貓用一根有力的尾巴一直在拂我，使我無法輕易忽略它。睡房裡的案頭，擱著我在去年年末自製的願景展示板，那裡只是張貼著一隻飛躍中的貓、一幅自畫像（也是貓）和一個簡約明淨的居所，此外，是幾個詞語，其中最明顯的一個是：「原諒」。

人們呼喊：「香港人，執仇。」

「保持執著、記仇、不妥協。」另一個人這樣說。

失眠的夜裡，我常常在想，復仇這個詞語的意思，它還有多少可能的意義。人有時候需要愛，但更多的時候，其實也需要恨意。愛令人容易滿足傾向穩定，而仇恨會令人急於尋求新的出路，像急速的新陳代榭，或蛇在春天蛻皮，一種更新的需要。

在十二星座裡，天蠍座就是記恨和復仇的代表。現代人把占星當作是一門趨吉避凶或心理測驗的生活小趣味，但星相的源起，其實是隱喻。十二個星座，就是十二種不同的典型人格特質，以形狀各異的昆蟲動物器具人或獸作為具體呈現。有說，喜歡探索黑暗和死亡的天蠍座愛恨分明，在日常生活裡總是非常容易受傷，不但傷口難以痊癒，而且就算傷口已結疤，他們也往往難以從傷痕中走出來開展另一個階段。「於是，這樣的天蠍座常常被描述成矢志報復。」一本身就是天蠍座的星相大師這樣剖析這個星座的特徵：「不過，他們復仇的方式，卻不是一般人以為的那一種，他們只是需要從這個傷口中得到力量，從深淵的底部一步一步爬上去，過渡到新的人生。」

已經有三年，我想要忘記，卻因為過於刻意要忘記，而像失去頭部的蒼蠅，不斷圍繞著同一個人殘餘的身影飛翔，但沒法到任何地方去。因為有一種俗套的說法是，愛的反面不是恨，而是忘卻，所以，我努力地實踐這方向，可是在不自覺的時候，我仍然在腦中跟他展開各種毫無意義的對話，重溫已成過去的各個片段，並幻想我可以在每一個關鍵時刻從他身邊離開，但瞬間回到現實，我又一次被擊碎。有時候，我也會想像，各種在他身上發泄憤恨的畫面，可是，這種想法總是讓我非常疲累。如果恨意是一個盒子，打開來看，會發現什麼？或許是傷心、失望、無助、寂寞或深深的無自尊感……把以恨作為包裹的箱子，一個又一個地打開，到了最後，我懷疑，早在那個人出現之前，深不見底的恨意已經存在，藏在我的神經裡，只是那個人所做的，打開了這個細微神經的幽閉機括。

我只是感到非常的累，失去食慾和睡意，頭髮從頭皮大量脫落。
我沒有告訴中醫，過度脫髮的核心原因，只是問他：「這是因為我每週運動的次數太少嗎？」
他搖著頭說：「運動固然有助健康，但，你的狀況卻是，先讓自己得到足夠的休息，再去想運動或生活上的其他事情。」
我點了點頭，確認他是個合理的醫生，同時洞悉了，恨意像一種細菌，先感染了我的胃部和頭皮，然後，我覺得，每一個朋友身上都帶著那個人的影子，令我無法感到完全放心，有時候，貓的身上也沾染了那樣的陰影。

在電影《大隻佬》裡，可看穿人的前生業力的武僧了因，被困在自己的憤恨迷宮裡，只好放棄僧侶生活而還俗，成為一名展示身軀的脫衣舞男。好友小翠上山探訪了因，卻遇上瘋狂逃販孫果，被他殘忍地殺掉。了因追捕孫果不遂，只能在樹林中胡亂揮棍洩憤，卻意外打死了一隻鳥。他看著鳥的屍體，想到小翠，兩者同是毫無原因被殺掉的無辜者，他們種下了什麼因，而得到這樣的果？了因難以理解，只能脫下僧袍回到世俗裡去。然而，困擾心頭的課題，不會因為離開了某個環境而結束。
了因在另一個城市偶遇善良的警察李鳳儀，同時看到她前生的某一輩子是個日本兵，砍下了許多人的頭顱。他清楚地知道，在此生，她必然會慘死，即使，那並非直接由她種下的業力，可是，每個人來到這世上，本來就得像承受命運那樣，迎向並非透過自己的手，種下的惡果，因為，這是個萬事萬物緊密相連的世界。李鳳儀知道自己生命裡有逃不過的劫難之後，決心用自己的命作餌，引孫果出洞，再繩之於法。她冒險到孫果窩藏的山上露宿，在山上的生活，卻令她更理解孫果心裡深處的孤苦。她走進了孫果居住的山洞裡，即使在白天，那裡也昏暗如同黑夜，她用電筒照向山洞的石壁，那裡只有許多以血寫成的充滿仇恨的大字，她只是感到非常害怕，差點失足跌下懸崖。

當了因再次走到山上，發現了李鳳儀被殺的屍體，又看到她慘被孫果砍下來，掛在樹枝上的頭顱時，埋在他心裡多時，關於小翠的傷口，再次被翻了出來，而且以倍數擴張。他急痛攻心地跑遍山頭尋找加害者，於是，跟李鳳儀一樣，走進了孫果穴居的山洞，他看見的卻是截然不同的風景。洞裡都是巨大的佛像，孫果也在其中，卻長得跟了因一模一樣，只是，因為長期居於戶外而衣衫襤褸，長髮結成一塊一塊的汙垢。他想殺他，他也想殺掉他；他獰笑，他也獰笑；他目露凶光，他也目露凶光；他們變得非常相像，仇恨令他們連結成不分彼此的人。就在了因想要把刀子砍向孫果脆弱的頸部時，在復仇機制的深處，他忽然清楚地看見了自己，其實跟孫果一模一樣，是人的共同性，在恨意的最底層，讓他透徹地看穿了仇恨的對象，也看穿了他自己，他便放下了揑在手裡多年的刀。

山洞是心的反映。所以，李鳳儀和了因，走進了不同的山洞，也就是自己的心的深層。

他們都是有福之人。生而為人，要修得多大的福分，才能在生命裡得到一個恨之入骨的對象，可以遊歷恨意的迷宮。只有曾經把心敞開過，誠心地愛著什麼，才可以生出雷庭萬鈞的恨的力度。

我不知道自己走到迷宮的哪一點。只是，六月之後，我漸漸沒有再想起那個人的影子，世上萬物的影像清澈了起來，朋友和貓都重新有了屬於他們本身的溫度。我知道，這是因為我進入了一種更廣大的同仇敵愾之中。

我看著那些年輕的臉孔，問我：「為什麼不能一直恨下去？」我可以告訴他們，一些冠冕堂皇的，在某種程度也是真實的答案，例如以寫一本書，在街上撿起被催淚煙灼傷的流浪動物並把牠們養得壯健肥美、活得更好和更久作為復仇的方式，但有一個答案，我不想坦白告訴他們，那就是：我無法再投入仇恨的戲碼，因為我和他們身處不同的生命階段。在某個層面，不妥協的憎恨，是一件青春而激烈的事，要把自己燃燒、狠狠地耗光。而我，已經長得太大，大得到達了跟自己和解的階段。

——原載二〇二〇年二月《文訊》第四一二期

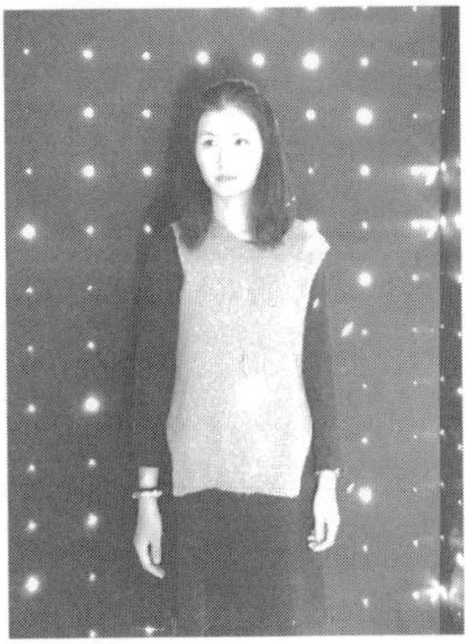

韓麗珠，著有散文集《黑日》及《回家》，小說集《人皮刺繡》、《空臉》、《失去洞穴》、《雙城辭典》（與謝曉虹合著）、《離心帶》、《縫身》、《灰花》、《風箏家族》、《輸水管森林》及《寧靜的獸》等。曾獲香港藝術發展局藝術家年獎（二〇一八）、香港書獎、二〇〇八中國時報開卷十大好書中文創作類、二〇〇八及二〇〇九亞洲週刊中文十大小說、香港中文文學雙年獎小說組推薦獎、第二十屆聯合文學小說新人獎中篇小說首獎。長篇小說《灰花》獲第三屆紅樓夢文學獎推薦獎。《黑日》獲台北國際書展二〇二〇非小說類大獎。

幾種標點符號的感情結束方式——楊雨樵

。

真是謝天謝地，句號結束真的讓大家都鬆一口氣。而且句號出來之前，也有軌跡可供預測，例如：算一算差不多再三句就要結束了吧，把牙刷毛巾收一收裝在包包裡吧，啊，床頭的鬧鐘要拿回去，他自己怕遲到就會自己去買。我們就到這裡。看哪，真的是謝天謝地。

！

這個當下雖然有點錯愕，但過了三年五年也還是會變成謝天謝地。而且驚嘆號雖然名為驚嘆，但前面的轉折和反彈還是可以給人足夠的證據推算，例如：雖然可能再三句就結束，不過對方和另一個人似乎正在加溫，保險起見還是估剩下一句好了。當然，驚嘆號本身的特質，預告著現實的幅度與力道將會超出預期，所以雖然做了心理準備，事情發生的當下仍舊令人錯愕。但這種錯愕，過了三年五年都會變成笑料！真的是謝天謝地。

……

這個就沒什麼好謝的，但大家都知道，以這種方式結束的感情恐怕比例最高，原因無他，要像。或！那樣結束感情，提出結束之需求的一方，要嘛就是需要勇氣，要嘛就是需要臉皮。但是到了二十一世紀，既沒勇氣也沒臉皮的人非常多，所以結束時都是永恆的漸弱，沒個明確的終結。有時候遇到新的人，還要想說欸，上一段那樣是不是結束了啊，應該是吧，還是沒有，真傷腦筋……。不管，先當結束了好了。要是能這樣想就可以脫離刪節號的陰影。偏偏有些善良的人還會想說，說不定對方還……。醒醒吧，你有注意到刪節號後面的句號嗎？

？

這個也沒什麼好謝的。光是要弄清楚這段感情的問題是哪一方的就已經很累了，有時還是第三方第四方……直到根本不認識的第N方。不過？比起！更適合拿來當作和朋友聊天的材料，因為！畢竟有個明確發生了的事情（雖然會嚇人一跳），可是？這個標點符號卻能引發聊天當下所有參與者無盡追求的欲望，例如對方在離開前說「我們會走到這，你不覺得你要先反省一下自己嗎？」好像被罵了似的。一邊覺得有點委屈，一邊覺得有點生氣地把所有朋友找出來，像柏拉圖的《會飲篇》那樣，眾人嘩啦嘩啦地討論對方最後丟出的問題多麼莫名其妙，此乃人生的樂事。另一方面，如果曾一度以？結束，偏偏過了幾個月之後又有了接續的發展，那就要小心了，後面不管是。還是！結束，全都會帶有前面？的質地。

；

這不但沒什麼好謝的，而且事情通常很麻煩，因為有兩件以上的事情並行運作著。但因為是以這個標點符號結束的，所以自己也不知道與自己並行運作的事情是什麼。同時，這個標點符號似乎有種理性的特質，好像在窮舉事態的各種可能，並且具有「讓我為你一一說明喔」的語氣，也就是說，好像有盡到透明與負責任的義務。實際上當然沒有，因為既然以這個標點符號結束，後面就至少有一項應該要被說明出來的事情被懸置。

、

這個狀況可能更好理解。雖然這個標點符號和；一樣存在著並行的什麼，但情形卻單純很多。這標點符號很快地就提示自己，表示自己只是對方多個選項的其中一個。如果對方最先提到自己，雖然好像排行第一，但永遠不知道後面還有多少個，更別說如果自己不是排在第一，甚至也不是最後一個，前後的隊列都一路蔓延到霧裡，實在很懸疑。不過為了避免這個東西的情境表現太過簡短而渺小，讓我們舉幾個例子。「你生日那天有誰會去」「喔，就你、〇〇〇、■■、◎◎、」或者是「你今晚有什麼事嗎」「我要拿個底片、幫買個宵夜、去咖啡廳、」「那我們一起去咖啡廳吧」「可是咖啡廳有▼▼、≪≪≪、☆、□□、」這樣真的能夠作為結束嗎？有疑問的話，各位朋友，不妨讓我們回頭翻閱和各個對象過往所有的對話紀錄吧。

「」『』“”

好的，我們來到欲言又止區域。這些區域包含想講的話、已經講出來的話裡面沒講出來的話，以及不屬於上面兩種的其他情況。這些標點符號表現出來的部分，有可能是對方受限於表達能力，或者是發生了難以解釋或不敢解釋的狀況，或者是其實對方有想要解釋的誠意，可惜解釋到『』的時候突然發生避重就輕、避凶趨吉、避之唯恐不及等等狀況。以這樣的標點符號結束的時刻，其實也是我們最容易表現出自己的雍容大度的時刻，掛著微笑，視線穿過對方的頭顱。表現大度的同時，腦中還會閃過回到青春青澀的無言那種錯覺，即使雙方根本都中老年了。

：

這個可不是欲言又止。朋友們，這是一種沉默的指責。如果我們回憶一下這標點符號在課本中的解釋，會說用於舉例說明上文，或者用於總起下文。可是沒有下文啊，畢竟在本篇文章的脈絡下，這邊是用冒號結束了感情。表現起來，很像是對方在等待我們這邊舉一反三，或者自行告解的樣子，要我們這邊反三或告解，顯然就已經暗示這是對我們的指責。可是不管怎麼想，實在都沒有可以反，可以告的部分。但是每個人自己下決定時難免當局者迷吧，正想著對方能不能透露一下自己是否疏漏了什麼，但對方只是把總起的，舉例的重擔交托過來之後，就消失了，拋諸腦後了。這其中還有一個重要的部分：對方必須消失，因為對方知道自己不一定能承受我們這邊的反與告。

，

各種感情裡面最麻煩的一種結束，也就是句子根本沒講完。這是準備要繼續嗎？還是準備要轉折？鋪陳到哪了？是結束嗎還是要進一步開展話題？都不知道。而且這標點符號有著奇妙的中立與中性，具有能往所有方向發展的可能，是標點符號中的西洋棋皇后。有時美妙的對話就是靠著這標點符號構成了節點與呼吸，合得來的話題順利發展，就能夠讓雙方都覺得似乎彼此有許多共鳴。但說也奇怪，講到一個地方，

（欸沒有下文）對方是去上廁所嗎？睡著了嗎？發生意外了？根本沒事？既無從推測原因，也無從理解現在雙方的進展。逗號的中立性質如此強勁，簡直快要讓雙方前面的契合對話整個架空，卻又沒有完全架空，只是「前面的契合對話整個架空」的這個可能性被逗號的中立性質收攏了進來。既沒有指責，也沒有欲言又止；沒有錯愕，也沒有漸弱。然後有一天甚至還在路旁遇到了這個人，對方嗨了一聲之後，一副完全沒事的樣子走了過去，其中未含一丁點需要解釋的壓力與迫切性，也沒有追回的動力。雙方之前花了時間經營的契合與浪漫情境，此時既顯得無功能又不顯得無功能，原本用來標示對話中語氣的停頓，隨著時間過去，變成了填補生活中多餘空白的小收納櫃，再過一些日子，

——原載二〇二〇年三月十一日作者Facebook

楊雨樵，喜歡散步，喜歡樹的屍骨。專職為口頭傳統民間譚（oral traditional folktale）的言說表演藝術家，亦從事口傳文學、戲劇與電影的敘事學研究，並自二〇一四年於全台各地開設「世界民間譚系列」展演式講座。二〇一七年開始以口傳文學與詩歌的語言聲音為主軸，展開《聲熔質變——Anamorphosis & Anatexis》與《詩（屍）術流散——Necromantia dispersus》系列的即興聲響演出，將敘事模型轉譯為聲音。二〇一九至二〇二一年受邀為衛武營劇場體驗教育計畫講師。二〇二〇年十二月受第七屆台灣國際錄像藝術展邀請，與電子樂手合作，於台灣當代文化實驗場C-lab演出《回聲返照》。個人著作包含：甲骨文異譚集《藝》——字中事（二〇一四），《易》——字中事（二〇一六），《一》——字中事（二〇二一）。與畫家陳澈合作出版版畫詩集《Counterpoint Archive》（二〇一七），創辦表面雜誌《COVER》（二〇一七—），並受邀為Giloo紀實影音、古典樂雜誌《MUZIK》撰寫專欄文章。

但不能想起太多——黃崇凱

二〇一九年的最後幾分鐘，我在台南市區一家沒有名字的酒館。室內爆棚，許多人沒地方坐，店貓鑽進來客堆放的羽絨外套，穿行窗外，從煙霧熱烈交談的陽台吸菸區繞了進來，找不到一個角落窩著。我問朋友十年前在哪裡跨年，朋友露出被迫面對三角函數習題的表情，好像沒人可以準確回想起來。

我記得的是二十年前二十世紀結束的午夜，我跟高中同學在往淡水的捷運上跟一大群陌生乘客互祝新年快樂。那列捷運中途停下，車廂廣播傳來司機急促的倒數聲，像是臨時決定那樣，帶點喘地從九開始數起。那時我回嘉義蹲重考班不到一個月，每天擠公車通勤，在兩百人的大教室裡分到一小塊位置，聽著全台跑的名師授課，在布道會般的氣氛下，反覆參詳考試拿高分的祕密。我忘了怎麼收到通知，在那個B. B. Call褪流行（我沒有），小海豚手機正在興起（我也沒有）的通訊過渡期，讀淡江大學的高中同學號召大家到台北跨年（難道是誰寫信給我）。當時沒多想上去要住哪裡，重考班年末最後一堂課結束，我跳上客運巴士，一路晃上台北。由南向北的高速公路，像是從很深很深的地底往上的電梯，我在一個方型鐵盒緩緩迎向最亮的夜空。

找到同學住處，發現他的學生套房門口疊了有十幾公分那麼高的鞋子，沒人清楚知道等等要去哪裡、怎麼移動。有同學說，當然去市政府那裡啊，我們這些桃園來的、新竹來的、台中來的、嘉義來的毫無地理概念，只能跟著走。所有開往市區的捷運列車都塞滿人，一路塞到台北車站換線過程中，有些人沖散了。擠上藍線列車，隨著人潮吞吐推擠到市政府周邊，又沖散一些人。我跟搭著彼此肩膀的兩三個同學決定放棄，打算折回淡水，但無法估算時間，就這樣在捷運上像一包冷凍雞肉被拎到新世紀的起點。

到了夏天，我重考完，聽說讀淡江的同學兵役體檢出心臟雜音，還來不及進一步安排檢查，某天午後他突然心口絞痛昏倒，被送到北港的媽祖醫院。他沒再醒來，幾個星期後過世。

二〇〇五年的最後一晚，我在巴黎的旅館房間，跟當時共處一室的女友嘔氣不說話，偶然想起那個早逝的同學。我從沒到過那麼冷的地方，而在將近兩個星期的旅行後，我非常疲憊。旅行之初，我一抵達戴高樂機場就轉高鐵往女友住的小城翁傑待幾天。接著我們一起到史特拉斯堡、日內瓦、尼斯，完成法國東部外掛瑞士的大縱走，最後回到巴黎。起先幾天，我們懷著些微焦慮跟彼此相處，擔心自己和電話裡、信件裡的形象不符。因為我們真的不是那麼熟。但戀愛濾鏡開到最大，一切都很好。我向熟識的學長借了十萬元好讓我開立存款證明，以便申請申根簽證買機票。我向我媽說我非到法國找這女孩子不可，拜託借我旅費。那陣子我病急亂投醫似的丟文學獎比賽，讓我那僅有的幾篇爛小說四處流浪。沒有一篇中獎。我翹了兩星期的研究所課程，不遠千里為的是專程戳破我的幻想大泡泡。我本來以為我是去合唱那首陳綺貞的〈太多〉，一起上巴黎鐵塔、寄明信片給彼此，到羅浮宮看畫。結果一項也沒達成，只有在羅浮宮外面的玻璃金字塔周圍頂著冷雨寒風走來走去。回程飛機上，我才明白自己唱的其實是巫啟賢的〈太傻〉。還不到夏天，那段短促的感情就像包廂時間快用完時，潦草唱個幾段就切歌了。

有兩三年，我幾乎每星期都會從公館出發，騎摩托車過橋，沿著中永和旁邊的環河路找那時在蘆洲經營卡拉ＯＫ小吃店的媽媽拿零用錢。媽媽做了大半輩子的紡織女工，婚後生完兩個孩子，在農村糾集一批主婦開設代工廠專攻絨毛娃娃，據說代工品質一流。九〇年代曾有玩具製造商到對岸設廠，找她去做管理職，她說我又不認識字去那裡做什麼。但我很確定她識字。她曾經堅持下工後每晚騎機車到嘉義市區讀小學補校，從ㄅㄆㄇ學起。有次我跟著她去上課，順手和她一起作弊應付隨堂考試。課程結束，我媽拿到畢業證書，據說是全班第三名。媽媽在兩個兒子上大學後，突發奇想北上蘆洲找地方開卡拉ＯＫ店。她獨自找店面、搞定一切，開張營業，居然生意不惡。隔年我爸就隨著妻子的腳步，在店裡做起頭家，幫忙上菜、敬酒，招呼客人。我總是在週末傍晚六七點到蘆洲，店裡偶有三兩來客，打完招呼隨即上二樓，窩在客房看電視。我國中時在家聽過我媽深夜call-out給電台節目，握著麥克風似的對話筒唱歌。她坐在裁縫車前，歌聲迴盪在漆黑的鐵皮屋內，穿過其他裁縫車、裝訂絨毛娃娃眼珠的橡膠槌、分堆放置的組裝零件、拆解的樣品模版。如果拿著電話分機聽，大概會有多聲道環繞感。她似乎跟電台主持人、常常call-in到節目唱歌的其他聽眾也成了朋友。我想她真的很喜歡唱歌，也很喜歡交朋友，才會想開一家唱歌的店。

那時我也很愛唱歌，三不五時約同學挑便宜的通宵時段唱整晚。但我從來不在我媽的店裡唱歌。我討厭每星期都要騎車到蘆洲拿零用錢。我討厭那家卡拉ＯＫ小吃店，我甚至不覺得那是可以唱歌的地方。我討厭到了蘆洲店裡整晚只想窩在二樓房間的自己。我跟爸媽沒太多話好說，於是每週來找他們就只是為了零用錢，讓我變得更厭惡自己。只要我能忽略他們「錢怎麼用那麼快」的輕微抱怨，我就能要到兩千塊。ＳＡＲＳ爆發期間，城裡人人戴口罩，電影院、ＫＴＶ這類公共娛樂場所生意慘澹，自然也包括我媽那家店。那陣子的週末，我總會看到我爸稀釋一水桶漂白水，拿著拖把勤快拖地，要不就拿著酒精噴槍、抹布，擦拭店內桌椅。我只是在一旁看著，從沒出手幫忙。我知道店的生意不好，我知道我的學費是親戚湊錢幫忙出的，但我還是要來拿我的兩千塊。有時我甚至不過夜，拿了錢就掉頭騎回宿舍。

在我整個大學四年加研究所四年總共八年的學習年代，我爸媽只來過學校看我一次。雖然他們的主要目的是要去看師大路的超高人氣皮膚科診所。他們讓朋友送進城，來我宿舍，東看看西看看，最後像對沒錢開房間的小情侶爬上我宿舍的單人床睡午覺。他們睡到傍晚起來，我幫他們叫了計程車到師大路。送走他們後，我發現我們沒說幾句話，我沒帶他們到校園走走，也沒買福利社的牛奶或冰淇淋給他們嘗嘗。後來聽我媽說，他們等到將近半夜才看到醫生，醫生看不到五分鐘就打發他們領藥了。

我媽在我大學最後一年頂讓蘆洲店面，準備回鄉開一間更大的卡拉ＯＫ小吃店。她的大計除了開店，還要找地蓋新屋，串連各路親友，打算弄民宿套裝行程。我乍聽覺得真是異想天開，在這個每逢大雨就淹水的海邊鄉里，哪有什麼景點可看？海岸堤防外，隨著浪潮推擠的是漂浮垃圾、保麗龍碎粒和削波石粽，沒有一片可以活動的沙灘。堤防內是切割成一塊塊的養殖魚塭，只有細得像血管的小路延伸連接。靠近鄉公所的街上有當時唯一一家便利超商，各村落都只有一兩條街能擺上菜販肉攤，間有賣羹麵、炸粿之類的攤商、小吃店。我那時想，難不成有人會專程來看《汪洋中的一條船》鄭豐喜的爬行路線？或者有人要看亞洲鐵人李福恩國中時候練標槍跳高跳遠的操場？還是要探訪秦漢當年拍電影飾演鄭豐喜任教的口湖國中教師辦公室場景？或者包幾架膠筏載客看每隔幾年就來一次的淹水，附贈全身防水撈海藻的工作服可下水體驗救災？反正我媽就是有信心做民宿能成，她照樣開店，慢慢看地，找朋友打牌聊天。

那年夏初口湖鄉做大水，我毀棄了一個女孩子的心，投向另一個即將飛往法國的女生。我媽找到一塊法拍魚塭地，打算填土蓋房子，規劃在這間大平房弄五間套房，內含寬敞的飯廳、客廳，完全以日後的民宿想像來設計。我年初向她要錢補習日文，年末又跟她借旅費到法國。隔年我沒等到對方回來，我的日文拖拖拉拉學到五段動詞就停滯，直到補習班會員資格過期。我總是這樣隨便浪費我媽辛苦賺來的錢。

在我困於感情、寫作和一無是處的課業期間，我媽生病，我媽跟我爸吵架，新房子施工走走停停，我媽開車到處拜訪親友。有一小段時間，我會到三重的老公寓看她。那是設有神壇的迷你宮廟，起乩的神要她吃蓬萊蕉還是什麼神祕草藥治病，要她在神壇下打地鋪睡覺養病。一年過去，我媽依然走跳各地，我申請到浙江大學交流三個月。我天天揹著筆電到分配的研究室看書、看電影，到校外吃五塊人民幣一盤的雞蛋炒飯，有時騎著龍頭歪一邊的腳踏車，奮力避開洶湧人車，繞西湖一圈。浙大認識的朋友常跟我聊侯孝賢、楊德昌、蔡明亮和馬英九。我跟媽媽通過幾次電話，她都說還不錯。

回到台灣，我得在年限最後半年寫出論文。我媽愈來愈頻繁進出醫院。那年的總統大選，我媽要我相信台灣選給民進黨，我陪她到投票所，心裡不以為然地投了廢票。當晚她靜靜睡著了。當年的美國職棒大聯盟開季，王建民投得極其神勇。我媽在清明假期後的一天清晨，永遠睡著，成了新房子第一個離開的人。那之後，王建民跑壘受了大傷。我總算趕上期限交出論文畢業，在夏天入伍。那個夏天來了六個颱風，據說幫《海角七號》創下票房紀錄。我在嘉義中坑新訓中心打掃營區好多次，穿了好多天又重又臭的軍用雨衣。結訓前抽籤，我志願到南沙太平島，但體檢沒過，沒成，回到雲林海邊服完兵役。大概是我媽不讓我去的緣故。

——原載二〇二〇年三月二十三日《自由時報》副刊

汪正翔攝影

黃崇凱，一九八一年生，雲林人。台灣大學歷史系碩士。著有長篇小說《文藝春秋》、《黃色小說》、《壞掉的人》、《比冥王星更遠的地方》及中短篇小說集《靴子腿》。參與字母會小說實驗出版計畫。

雨客與花客——周芬伶

自我必須走向他者，向著他人的在場，最終成為「死者的鄰人」。

——布朗肖

雨客常在雨前出現，這裡雨前常起薄霧，他的小雨傘蒼藍為底上有葡萄狀的小白花，傘傾蓋頭斂臉，很難看清他的長相，遠看頭髮烏黑，臉白得有些透明。他算好看嗎？說話時表情特多讓人目不轉睛，忘記美醜判斷，什麼複雜的事都被他說得很簡單，或是簡單的事說得很複雜，譬如他常說：「我的個性有點壞，故意使壞。」問他怎麼壞法，他卻說：「我嘴很甜，又會疼人，只要是女人，都會被我哄得團團轉，尤其是年紀大的。」我知道是無法從他的口中得到真正答案的，通常轉而要求他給我講故事，有一次說了他母親的事，她是個美麗又風騷的女人，每到黃昏就開始洗澡洗頭，花個一兩小時打理得潔淨芳香，穿上撩人的內衣，躺在床上唱歌，大約唱到第三首父親就會進房，幾乎夜夜如此，他妒恨父親搶走他應得的床位與懷抱，恨不得父親消失。十二歲那年消失的卻是母親，死於一場急病。在葬禮中他不哭不淚，大家族的人黑鴉鴉一片，催促他快哭，越是催越是不哭，最後昏倒在靈前，等他醒來，母親下葬了。他在床上嚎哭一天一夜。雨客說：「你知道我為什麼叫雨客嗎？」「為什麼？」「母親走的那天一直下雨，我在想我為什麼哭不出來，那雨真的好美，細細斜斜的，像一大堆斜線，我看呆了，然後就昏倒了，醒來時，雨還在下，像一堆針扎在我心上，我的哭聲彷彿要去墳地尋找母親，完全無法停止……」這時雨客的臉好像照片顯影般漸漸清晰，那是張俊美的臉，可是為什麼看來糊糊的。

有時相對坐到夜晚，黑暗是個通道，充滿孔穴，有些異物在窸窣通過。

雨客走時，通常是雨停時，他走路時有鈴聲在響，那是雨霖鈴，或是招魂鈴，我無法分辨。

花客通常在花謝時節來，她總會帶些小而別緻的東西來，有時是菊花貝的化石，很美但因有點小，不知要擺著還是收起來；有一次送我一個捕夢網，只有手心大小，它看著有股神祕的力量，彷彿真的能織夢或捉夢，於是掛在床頭，然而那陣子沒作什麼夢，再後來它就不見了，也記不起如何消失，大概它捕的不是夢，而是記憶。花客最常抱她的貓來，那隻金黃色的加菲貓，很神經質，一直躲到椅子下不出來，等它甘願走出來，又歪歪倒倒在主人的膝蓋上睡著。花客有段時間天天來，每次都待很久，我都要以為她愛上我了。

如果雨客是感性的，花客就是性感的，不自知的性感更性感，她常常在戀愛中，自言沒有愛就活不去，這種人也多了去，多半有些好看，異性緣好，敢愛敢恨，戀愛史跟文學史一樣長，她們容易愛上人，不管多老都會碰見她們愛的人，失戀時也要死要活，戀情倒是無縫接軌。以前我羨慕這樣的人，只是老聽她們的戀愛史，覺得自卑又不耐煩，這麼快換主角，吸收實在困難，再說她越說越讓人懷疑愛本身，也懷疑這也是種炫耀，一無所有的人，才需要炫愛。

也許常在戀愛的人自有一種人情練達，當我有橫逆或犯小人時，看我愁眉不展，她會說：「唉呦！這有什麼好愁的？就當出門踩到屎就是了，屎尿中也有真理，你看它是屎，我看它是黃金。」這是花客讓人又愛又恨的地方，想抗拒她又想靠近她，有一天她在我的沙發椅上睡午覺，家裡有客讓我無法放鬆，只有到外面掃落葉，天色變灰，樹葉顫抖，水氣凝結成薄霧，這是雨前的症兆，果然在小路那頭，看見雨客慢慢走近，這時下起像斜線般的雨。

雨客進門時，花客剛好睡醒，雨客並沒抬頭，他們似乎也沒什麼閃電或火花發生，但我知道他們早晚要遇上，遇上便會愛得死去活來，只是現在還沒有，不僅沒有，看來還互相討厭。

雨客討厭花客的輕浮，花客討厭雨客的淡漠，我只知道傲慢與偏見相剋，沒想到輕浮看不慣淡漠。他們的第一次見面沒有交談，花客抱著貓觀察雨客，雨客低著頭喝茶，喝完幾泡茶即離去。

這之後，花客還是天天來，雨客卻久久不來，他是看出了什麼嗎？

花客似乎對他沒什麼興趣，只有一次他問我自心通與他心通有何區別：

「我不相信什麼神通的，我只相信看得見與想出來的。什麼神祕經驗與直覺都不相信。」

「那你也太侷限，譬如人在戀愛中，會覺得與所愛的人心靈相通，像古人講的『換我心，為你心，始知相憶深』，不是嗎？」

「古人有靈氣，現代人不講這套。」

「你知道我為何喜歡戀愛嗎？戀愛時覺得彼此是相通的，且變得比原來的我更好更自在，當然失戀時很痛苦，不被愛等於被否定，人是無法長期處在被否定的狀態，勇敢再愛是沒有辦法的辦法。」

「我聽說他心通的盲點是無法自心通，大耳三藏法師能夠猜到慧忠國師的內心跑到哪，當國師的心想定在自己身上，三藏就猜不出來了。閱歷他人越多，自知越少啊！」

「我知道雨客為何不喜歡我了。我只看見他人的愛，他只看見自己的愛。從明天開始我有一段長時間不會來了，直到我能看見自己。」

從那日起，花客與雨客好久沒來，沒有訪客的房子空靜到有點死寂，這讓人想到沒有人可以完全孤獨。

雨客與花客失蹤的那幾年，院子的花一一死去，起先是玫瑰，接著是蘭花，連生命力很強的龍吐珠、軟枝黃蟬也枯萎，最誇張的莫過於茶花整株被盜挖，只有梅樹拚命長，每下一場雨就長橫一尺，已快成樹牆。才不過幾年間，父母、親人一一逝去，衰敗傾頹之年，氣候劇變，冬十二月熱至三十度，夏季漫長，熱至四十度，我想念花客與雨客還在的日子，那時四季分明，冬冷夏熱，春寒秋涼，如此理所當然的日子已不復返。

有一日，晨起有薄霧，特別想念雨客，這時有人按門鈴，我迎了出去，開門一看果然是雨客，我欣喜地說：

「雨客，我等你等得好苦，你到哪去了，可有遇見花客？」

「我就是花客，說是流浪許多年，其實是跟隨雨客的足跡，我想看見自己，他想看見別人，我們相戀了，我變成他，他變成我，不，應該說我身上有一半是他，他身上有一半是我，從此花客就是雨客，雨客就是花客。」仔細看他，他低頭的樣子，說話的樣子，跟雨客幾乎一模一樣，只有懷中那隻金黃色加菲貓，還有常在戀愛中的表情，還有花客的影子。

「所以雨客不會來了嗎？」

「會的，只是他現在到處串門子，不知什麼時候才會來呢！」

我依然等待雨客的到來，他是否長得像花客，或者是另一種混合體，這樣想著，期待有一天他將翩翩來到，這樣想著，日子變得容易些也輕快些。

赤道雨

這裡是北緯三度，赤道在馬來西亞與印尼的交界加里曼丹經過，一個出產上等沉香之地。熱歸熱，感覺跟台灣南部夏天差不多，一年有兩百多天下雨，尤其是九月到十一月。

聽說十月下了整整一個月雨，我到吉隆坡那天是唯一沒雨的涼季，這裡的涼季高溫超過三十，太陽帶著刀光，亮得睜不開眼，我被這樣的陽光驚醒，夢卻還在故土。

醒來發現自己曝曬在異地的晨光中，天花板巨大的電扇發出令人不悅的聲響，最富於熱帶氣息的不是烈日，也不是熱帶雨，而是占去大半個天花板像飛行槳似的電扇。無時無刻繞得人頭暈，如關掉它，室內溫度太高，出去曬太陽也是太傻，外面更熱，整天開冷氣也不是辦法，這裡都開十六、七度，跟冰櫃一樣，讓人完全無法思考，只有整天轉電扇。

就是那電扇讓人發惡夢吧！

早晨的陽光照進大半個屋子，透過格子窗，一格比一格亮，令人無法躲藏，只有拉上厚厚的窗簾，開燈工作，聽著那令人焦躁的電扇聲。

一絲風也沒有，外面馬路上無人行走，在這週末時光，連車都停在車庫或路邊，無絲毫動靜。等到晚餐時分，大部分的車會發動，往餐廳集中區出發，常常造成大塞車。

空氣中充滿水氣，到近午隨時會下，彷如降神，半小時或一小時嘩嘩下完，完了不會拖拖拉拉，點點滴滴，氣溫降到二十六、七，有點熱，但還不太熱，總之吹電扇解決一切。

這樣的氣候讓人想睡，我一天可昏睡好幾次，每次時間不長，在床上躺成N字，搭上大扇葉轉啊轉，自己都覺得長出另一雙眼，冷視這最頹廢也最病態的畫面。這樣的氣候不一定適合人，非常適合動物成長，張貴興寫的野豬與群象奔走的土地，讓人讀了血熱，但不知為何容易疲累。

這裡的人看來累累的，面孔黝黑的馬來人，說話很慢，動作也很慢，披著頭巾的印度女人，有張像修女般靜穆的臉；在通訊行工作的少女，動作慢到可以分格；台灣通訊行那些誇張快的動作與語速，你反應慢半拍叫你阿姨，再跟不上，他叫你阿嬤，跟這裡恰是兩極，怎麼這麼慢啊，我在台灣算是慢的人，在這裡隨時都要爆炸。

接待我的女老師年輕秀氣，在台灣讀大學與博士，說話慢慢細細，她說剛回來也不習慣，太慢了。

上她車時十一點多，太陽正猛，吃完快餐，出來雨下得不小，海洋的水遇熱蒸發，形成雲朵，雲化為雨又從天上來，這是好的循環，每個人被淋得很甘願，而且反應奇快，躲雨及出傘跟驟雨一般快。

也有快的時候啊，還可以嫌台灣雨下個沒完沒了，女老師說在台灣每逢下雨，她躲雨與出傘的速度常嚇到人，但她受不了梅雨季，大雨小雨一整天。

雨有很多種，在這裡只有一種。

出通訊行時，雨已停，天氣陰涼，潮濕的水氣讓濃綠色的山水如水墨畫。

當等雨已成日常時，再盛大冗長的陽光都會被原諒。

晚上到茶室坐，這裡的點心五湖四海都包，從燒賣、豆花、油條、紅豆湯圓、粉粿到南洋花花綠綠的冰與糖水、飲品都有，我點了最豪華的雷暴椰果冰，上澆綠豆仁、白果與糖椰果，才台幣五十，物價是台灣一半，所得也是。

我不以為賺到便宜，一個外地人會在其他地方補上另一半。

一切都有代價，並要求對等。

晚風吹來有涼意，今天又是難得的無雨日，雲朵沒有來，大海也沒有來。

在陰暗的海邊，我看到一個熟悉的背影，是那隻有小葡萄的蒼藍小傘，那是雨客，也是花客，兩者的合一。

「原來你在這裡，我找了你好久。」

「一切都有代價，一切要求對等，不是嗎？」

「我已學會不要求了。」

「那你為何在這裡？」

「我心已成灰燼，天涯海角浪遊吧！」

「不，你要死去的回返，你要不愛你的愛你，恨你的收回恨意，欠你的還債，那就是你要的對等，這世界是沒有對等的。」

「那你跟花客？」

「我們不對等，只能合一。就像眼前的大海，它跟陸地不對等，但是他們無縫合一。」

「殘缺的我，要跟什麼合一？跟大自然、花草樹木？」

「你那不是合一，是投射，你必須先忘了自己。會有的。」

「我如何認出他？」

「如同魔鬼的，總會碰到宛若天使。」說完，宛如雨客的花客，走向海的那邊遠去。他明明已走遠，我卻覺得他藏在我身後。

摘梅茶屋

自從院子有蛇，不敢再踏入一步，才不過一個春秋，雜草已如半人高，花樹枯死，我的心也長出一個鬼影，自暴自棄的心一起，逃避只有讓荒蕪成長，心情也隨之低落，我要拿它怎麼辦才能化開這鬱悶？原來擁有一個花園也將伴隨許多煩惱，這是無法傾吐的苦悶，只有自己能解決，蓋茶屋的念頭於是升起。

最先反對的是兒客，他說一個人住那麼大沒必要，而且即將退休白花錢，如蓋實的要近百萬，蓋廬的沒意義，總之是浪費。我做什麼他愛唱反調，已經痲木了。

沒想到此後阻礙重重。

原想蓋茶屋是簡單的事，在院子搭個簡單的棚子即可，曾有建築師說可做活動式茶屋，幾個壓克力片，像屏風一樣拼成一個極簡方塊建築，想來頗有禪意，可是颱風來怎辦，我想起前年的颱風吹倒好幾棵大樹，這個沒幾兩重的壓克力不知要吹成什麼樣子。建築師說：「那就收起來，活動的。」我腦海跳接類似化有形為無形的句子，覺得很適合我，於是日日期盼著。

跟書法家學生請求題字「摘梅茶屋」，他立刻答應了，懷抱著一個美好夢想，想像在蘭花棚之前泡茶的美事。

等了許久，我知道他是盼不來的，他案子多到有期約變無期約。常往來的師母，介紹一個說是可靠的工程商，說跟學校關係有多好，談了幾次，怕有違學校建築法規，他再三保證，我再三遲疑，剛好得了一個獎，就閉眼施工了。才一個下午，水泥地已鋪好，鋼架也架起，再一個工作天就能搭好棚子。沒料到學校不允許增建，工程於是擱置。已經不再想更不願踏進這院子，草地只留蘭花牆約兩坪地，草長起來也很凶，水泥地上分布落葉，蛇是不來了，倒成了廢墟，原來花園與廢墟只有一步之隔。

一個廢棄的院子，像枯乾的河流。那段時間雨客與花客頻頻入夢，是被偷走的茶花妖作祟，還是中了梅精迷蠱，每日心焦如焚，吃安眠藥也睡不著，於是到健身房運動，每天五點起床寫個幾百字，六點多奔向摩斯漢堡店，吃完早餐發個呆，坐公車到市區運動。轉移確是有效的方法，一天運動一至兩小時，幾乎天天去，如此沉浸在運動的快樂中，把寫作都荒廢了；為了擺脫顛倒夢想，我走進塵囂，隱居的意義已喪失，或許當心動的那刻起，已被打入凡塵。這些變化像骨牌效應般，我想到蛇兄弟賜我的願望，每一想及拚命發抖，我祈求花客與雨客回來，但絕對不要附身，然而一切的變異我是有感的，尤其喝茶與焚香之後，我的眼角有花朵的影子，那揮也揮不去的花雨花飛，人際與感情的關係也隨之產生變化。

有一天在又夢見雨客與花客的午覺醒來，發現窗台上有一只像恐龍蛋一樣的小瓜，想是茶客、香客、貓客、醫客或其他學生送來，他們怕打擾我，都把花啊果啊書等放在窗台最醒目的地方，以前老園丁也常如此。

剖開那只瓜，如血一般紅的瓜色，籽很多，這瓜好復古，不過超甜，我拿小湯匙挖，一小口一小口吃下，味道很像以前在澎湖吃到的沙地瓜。

不過是一只小瓜，吃完很快忘了這件事。

從夏天到秋天，我瘦了近十公斤，還是會夢到他們，到冬天的尾端，梅花盛開時，小雨客進入我的生活，他們自此從夢中消失，發生在夢中的情事，沒想會勾出另外一個人，他是真真實實地存在，無法怪罪觸動哪個妖魅，然他長得確實不妖，倒像天使。

小雨客迷上花客亦雨客，有一天跟著她來到我門前，我開門時只見小雨客，我問你找誰？迷路了嗎？小雨客說，跟蹤一個很美很美的人，她身上有梅花香，跟著跟著就到我門口。我問他從哪來，他說杏花煙雨所在。

小雨客是個過度甜蜜的孩子，自稱是雨的化身，個性陽光，嘴又甜，從江南水鄉來，帶著他狂熱的信仰與過人的文才，在長達近半年的聊天中，訴說的話語無數，日以繼夜，夜以繼日，這期間我歐遊，他回鄉，相隔千山萬水，亦時空錯亂聊不停，在我送他的字「我們的夢深如大海／盡藏於年少與衰老之間／在我們的腳下是一則巨大而縝密的故事」，這句子寫於五年前，這不只是預言，是狐仙妖怪故事也除不盡的餘數。

是不是迷狂之人，居住在山間水湄，鶯飛草長之處，必有慷慨風流之豔事發生，或者人生就是怪談，無處不怪，而我們已是見怪不怪。

這個雨之使者，經過一千零一夜，累積的怪談一車又一車，經歷師生、母子、忘年知交的歷程，已不想去定義這感情。過完這個春天他就要畢業，回到他的國度，只是路過的雨使。

他的住處不能養貓，已領養的貓不能拋棄，寄養在我屋後無人住的房間，一兩天便來玩貓，處理飲食與貓砂，通常會一起煮食、喝茶、聊天，經過二十年的單身生活，現在有家的感覺，我們什麼都能聊，且意外合拍，常一聊到半夜。這是枕中記或南柯夢，我常覺得不真實，有個部分很清楚，這只是一時著魔，他會有自己的愛情與未來，我們只是短暫交織的光輝。

雨的使者將我從黑暗引向光明，告訴我人生值得活，有些人等錯了，有些人不用等就會來，這意謂著人生無需安排，它自有走向，且比你預設的還要神奇，比怪談更怪談。

我想起雨客亦花客說的話，他會是那個使一切合一的天使嗎？

夜視

我擠在馬來夜市中，帶領我的是在台大念完博士回拉曼教書的H，黃色的布幔不知延伸幾里，一週才一次，人潮洶湧，我對逛夜市興趣不大，逛了也很少吃，H說：「這個夜市不同，都是鄉下人做的原汁原味，老作法，有的餐廳都沒這麼講究。像這雞排飯用十種香料調製的醬煮過，現在人沒這工夫啦。」它有兩種口味，炸雞與醃製，雞塊擺得整整齊齊，飯是加了香菜呈淡綠，看來就很誘人，價格跟餐廳差不多；還有那用各色水果泡製成的五彩椰漿飯、潮洲船麵、滷豬腳……都有人來排隊等；這裡集合馬來、印尼、越南、台灣、韓國美食，一攤比一攤厲害，H站在一攤賣糖水的攤不走，我說甜湯會灑出來，最後買吧，H說這家很搶手，一下就沒了。她要的是薏仁白果湯，我也跟進。就這樣一路買七、八樣。

顏色、氣味、多元異國風混雜成一種夜的魔魅，我忘了今夕何夕，忘了身處何地，也忘了大部分的自我。

這裡是伊斯蘭的國度，每到下午二點半，整個國家籠罩在可蘭經的誦唸中，我喜歡那像神魔大戰一般狂熱的祈禱，在高樓玻璃窗前尋找音聲，眼前有兩隻飛蛾飛過，它們是早已存在的，還是從台灣跟著我到這裡，或者是出產於這熱帶叢林之地，抑或是幻覺、幻視？

在萬國夜市中我看到雨客亦花客向我走來，他的傘不見了，身穿白麻布長袍，頭戴巴拿馬帽：

「我等你好久了，我沒有等到你說的天使。只有病者，苦者。他們更讓人不想活。」

「你以為凡人之眼看得到天使，你發覺視覺改變了嗎？」

「我看見飛蛾在我眼前飛，有時像是飛鳥。」

「那是視覺的退化，當你真正看不見，就會有真正的看見。」

「不，我不願用失明換取你所謂的看見。」

「你不會真正失明，但會有幻視，你看到的自己都是年輕的自己，這將會是悲劇。」

「那小雨客是真的嗎？」

「假的，你卻以為真的。」

「為什麼會這樣？」

「你聽過罔兩嗎？」

「影子的影子。」

「他是你投射的影子，而你是罔兩。只有在他前面你會陷入幻覺。」

「為何？」

「因為你越來越像花客，而且你吃了那只瓜。那是花客種的。」

「那只紅龍？不會吧！」

「愛是這麼凶險，你知道我們是如何合一的嗎？花客一路追趕我，為了得到我的愛，以死相逼，越是這樣我越是想逃，她自殘一次又一次，有一次在海邊，她說我累了，再也沒力氣追趕，你走吧！等等我會走入海中，我們彼此解套，都自由了！她坐在沙灘上，臉朝著大海，感覺她心死了，會一直這樣坐下去。」

「看來你也是亞斯啊，沒有比拒絕更像愛。」

「我是嚴重的那種，跟常人無法相處，也沒有辦法愛。當我無情地將她留在海邊繼續往前走，不知走了多遠，我想她應該離開，或者真的走入海中，我不相信她會死，她只是在表演死亡。」

「你真的很冷酷無情。」

「隨便你怎麼說，因為愛充滿可變性，不能確認的都不可信。」

「那你相信什麼？」

「我相信神，因為祂永不變易。」

「唉，我不喜歡你的回答，難道你沒有一絲絲喜歡，或者一絲絲憐憫？」

「喜歡與憐憫不是愛。但我會著急，她不至於真死，但她還坐在海邊，一直在嗎？我忘不了她決心坐死的樣子，於是我折返海邊的方向。結果一個穿白衣的人擋住我去路，他說你回去會後悔的，我轉往原來的方向，一個穿黑衣的人擋住我，他說你回來會後悔的。」

「結果呢？」

「我坐在那裡，放聲大哭。」

香的國度

一路向北，在靠近怡保之山區，我們走進一整個山頭的沉香林，焚香這麼久才見到本尊，沉香樹上有球狀白斑，樹幹細細長長，成長緩慢，十年也不過一掌粗，葉子芳香如花，開花為黃綠色，花比葉香，可以說整棵樹都是香的，也都能入藥，它是天然芳香劑，林中蚊蠅絕跡，佛經誦贊的香華寶樹就是如此吧，「一切華樹雨華如雲布散其地。香樹芬馨普熏十方。鬘樹垂鬘寶樹雨寶遍布莊嚴。眾寶衣樹彌覆一切。」以前以為是夸飾法，原來是寫實。

在赤道經過的地方，至熱之人間火宅、非洲、南美洲不產，印尼及鄰近的汶萊、越南、柬埔寨、馬來西亞都出產上好的沉香，分為惠安系與星洲系，我常燒的惠安紅土、加里萬丹，都是出自這裡，然而這裡的人焚不起沉香，對它了解也不多，它已經是保育樹木，沉香樹要能產沉香，要數十年，百年以上，經過蟲害、雷劈、摧折、浸水，因受創而擠壓出結香，跟珍珠的形成有點類似，是一種傷害、反轉、異變，以至痛換來至香。

愛有時不也如此？

我看見雨客亦花客從沉香林那一頭走來，他邊走邊採沉香葉聞香，我向他招手，他當沒看見，不久他走近我，站在山頭看那一大片沉香林，我也面向他看的地方，兩人並立著保持沉香樹的距離。

「你在看什麼呢？」我忍不住問。

「你不覺得這裡太乾淨太涼爽嗎？我聽見樹木在呻吟，樹皮上的白斑是病蟲害，是人為的，不久他們會因蟲咬而結香。」

「是嗎？我覺得他們真美，細細弱弱的，跟竹林一般美。都說竹是君子，那沉香是美人。」

「別相信你的肉眼，那只能看到表象，這裡將是樹的墳場，人愛香，蟲子更愛，滿樹的蟲將吃掉它們。」

「沉香樹的存在不就為了結香？」

「那是從人貪取的觀點來看，不結香就不是沉香樹，或者沒有價值的木材？不，他們的花葉很香，可以製茶，一棵健康的沉香可以長到像神木一般巨大，它一直在跟風雨火雷病蟲對抗，他並不想結香，那是它們的精魂，血中之血，肉中之肉，也是死亡的象徵。你為何到這裡？到這創傷之地？」

「為了遺忘，停止愛。」

「你只是逃避自己。」

「我已年老，不宜再愛。」

「事實上你在害怕愛，逃避愛。」

「沒有人會愛上年老的浮士德，除了跟魔鬼交易。」

「你已跟魔鬼交易，你卻不知，你用自己的生命典當，而你不願交出命來，卻逃到這裡，你眼已瞎心已盲，當愛逝去，你已無法活，因此你會走向衰敗破爛，死亡腐朽之地。」

「告訴我，如何死？我不怕死，更怕瘋狂。」

「有一種死叫死在生中，有一種生叫生在死中，如同沉香。」

「但願我是。」

我們變得更沉默，同立於山頭，直到晚霞如野火燒林。

不知走多久才到海邊，在海邊遇見雨客亦花客，他坐在綴滿花朵的三輪車中，往雞場街的方向走，我也叫了一輛跟著他走，那一代是峇峇與娘惹居住的地方，他們是鄭和五百名隨從的後代子孫，雨客亦花客坐在一間咖啡廳中，悠然地喝著自己帶來的茶，他跟我一樣喝不慣南洋茶與咖啡，像喝醬油；他在我面前擺了一只白瓷聞香杯一只柴燒茶杯，那家咖啡店是間老宅，狹長的街屋好幾進，最前面是中式廳堂，接著是天井，如噴泉般的熱帶植物有的從西式洋樓灑下，白色的木囪推開，又有大把爬藤垂挂，走道兩旁的雜花生樹像海浪捲到走道，你在一切綠中，那洋樓下的亭台中國式的，然而一點也不衝突，在第三進是廚房與小廂房，然後路變狹窄了，往後走是狹長的後花園。有種熟悉感讓人暖心，像是幼時古厝的老家擴大版，然又更中西混雜，更寬闊狹長，也許每個人的鄉愁裡都有一棟這樣的房子，眼前這棟更接近完美。

「你喜歡這裡，跟花客一樣。」

「你是雨客，花客哪裡去了？」

「她說愛太痛苦，她不愛了，走了！」

「你們不是合為一體了？」

「你以為愛這麼簡單，你知道我們經歷過的衝突與折磨嗎？」

「不就是她追著你直到天涯海角，你逃無可逃？」

「為了躲避她，我自殺九次，落髮一次，好幾次爭吵互毆，她還想拿斧頭劈我，我說我就是與愛無緣的病人，她說她是沒愛會死的瘋子，每一次都是她把我從瀕死中救回，我說我這麼爛，有誰比我更醜態盡出，她從未放棄。有一天，我們走進這屋子，她說好像來過一樣，跑上跑下，這屋子最能藏人，她躲我找，然後午後的熱帶雨將我們淋濕，我們在泥地中滑倒翻滾，在雷電閃閃中，我們都忘了自己是誰，也許就在那刻，我們合為一體，或者是雷雨過後，我們一起走出宅院，迷失在彎彎曲曲的小巷弄，在任何的時刻，我們已不分彼此。」

「原來愛不是喜歡，那什麼是喜歡呢？」

「因為不能相互喜歡而相互折磨，就像雨客與花客。」

「原來我不夠愛他，他也不夠愛我。這才構成痛苦。」

「能說得出來的都不是愛。」

我像喝醉一樣飄離，這裡到處是古董店，我不想看古董，那令人更痛苦，在巨大且充滿名牌店的MALL一角，卻撞見一古物店，說是古物不如說是沉船海撈物，缺一半的青花大盤，破邊的碗盤，還有外表滿是孔穴與包槳的瓷器，它們似乎還保留浸在海中的樣子，上有海生物結石孔穴，像有無數張嘴在吶喊與哭泣，我感到疲憊且憂傷。

傾城之戰

沒想到怡保是這樣悲傷的城市，這曾經因錫礦繁榮的城市，有著氣派的洋樓，紅粉的、黃的、藍的，你能想到的顏色大多有，大門卻是緊閉，寬闊的街道，牆壁整面牆的錫畫，二奶巷多少風流往事，如今變成半個空城，商店大多只賣早午餐，時正黃昏，我們走過無人的街道，到一家據說很道地的館子用餐，位子幾乎全滿，我們坐在走道上用餐，叫來的廣東炒麵都是用醬油芶芡，也不能說不好吃，只是我的心太沉重。

港警進攻大學，中大、理工……大量逮捕學生，戰火已起，我跟小雨客說：

「你不要走，這次走了，恐怕回不來了！」

「不，我要回到我的國家，跟家人在一起。」

「你對台灣毫無留念，沒想到這一戰，我們是站立在對立面。」

「對不起。」

「你不相信二〇一九，你也不相信一九八九，這是我們最大的不同。」

「我愛我的祖國，我的家人，我愛神，我對他們確信不疑。」

「你的神必然也不同我的，你不該說你是約書亞，並承諾愛。你為什麼要來，現在我知道遇見你的意義，這是情業的總結算，讓我知道我充滿妄念，應該找回自己。曾經心心念念曾經如此靠近，那是疼惜，也是錯覺，以為我們是一樣的，事實上，你不在光明這邊；我最大的痛苦，即是你不在正義這邊。」

「我欠你太多了，我對你的承諾一樣都做不到。」

「你回去吧！這是天意。」

小雨客反身遠去，他的背影變得陌生又熟悉，窄肩寬臀旖旖裊裊，那不是花客嗎？雨又下了，在盛大的雷電中，所有的相遇、戰鬥都有烈火、爆炸、死亡、哭喊……那無可言喻都會開成一朵花，然後以雷雨作收。

來日大難

為什麼是武漢，因為武漢最愛國嗎？

沒有比眼前的一切更像惡夢。

背景是灰鼠色，車子因走了幾百里，銀色的車也成灰鼠，鄂字牌的車號無處投靠，一群鄂人載著兒女逃往鄰省親戚家的小村莊，這是最後一個去處了，前面道路被石頭擋了，中間還豎了一個墓碑，你停車頭靠在方向盤上，很想哭但更想睡。

你還在初聞封城的驚悸裡，心肺一陣抽痛，或者你也已經染病，但每個人本能地想逃，有車的馬上載上家人家當走了，沒車用走的跋山涉水。謠傳很多，你選擇相信其中一個，換現，屯糧、買口罩。

染病的機率高得離奇，你一個在鄂大教生物科技的朋友說，有可能是P4的病毒外傳了，病源不只一個。

封城到第九日，街上一個人也沒，只有躺倒的屍體，這個比夢還荒謬恐怖的景象天天在發生。

就算你曾做錯什麼也不該受到這麼大的懲罰，你所愛的女子就在武漢。為什麼是武漢，因為武漢最愛國嗎？

我已經讀不下任何一本書，天天追著疫病消息，就算是大醫者在此時也是無可如何，說真話會被消失，積極治療會被發飆的患者家屬暴打。這時看病還要錢，燒屍體已漲到一萬多。

網路上流傳著一則被封殺的公眾號貼文「表演愛國，別暴露無知，你的無知既讓同胞少了很多實際的救助，又給急需建立大國形象的中國抹黑。所以也別裝多愛國了，這些年你有捐過幾次失學兒童貧困山區白血病孩子？這種奇葩愛國，就是常識缺失＋道德雞賊，導致了迫害型人格，跟橫店神劇沒什麼區別。所以朋霍費爾說，愚蠢首先是一種道德上的缺陷，它是一種比惡意危險的敵人。」

這樣的領悟多麼痛，多麼遲。

之前你相信香港暴民襲警，相信台灣一定要武統，相信中國強大了，相信黨，相信……。現在明白了，在家是活屍體，出去就是人肉彈。

然而在過年晚上八點，被封的人群還互聯網同時唱國歌，相信用自己的犧牲換來最後的勝利，多難興邦，大家瘋喊武漢加油：

起來！不願做奴隸的人們！
把我們的血肉，築成我們新的長城！
中華民族到了最危險的時候，
每個人被迫著發出最後的吼聲，起來！起來！起來！
我們萬眾一心，冒著敵人的炮火前進！
冒著敵人的炮火前進！前進！前進，進！

楚雖三戶，亡秦必楚。這是武漢的原罪。

我知道你一定會折返武漢找她，然後受到如入十八層地獄一般的痛苦，比起來，之前的痛苦不算什麼。

香斷

如何讓每次的分手美一些？不可能，只有比醜更醜。記得再見小雨客是從馬來西亞回來之後，十二月初，疫病的初期。他說交了大陸武漢女友，且瞞我甚久，他說他還是要回到自己的國家，為自己的土地奮鬥：

「當許多人臥在血泊中，你整天風花雪，談情說愛，說什麼愛國？」
「我犯了大罪，不該說自己是約書亞……，我收回。」
「別回去吧！也許這次回去就回不來了！」
「我們都是罪人，都沉默吧！就當我從未來過。我死也要跟家人死在一起。」
一語成讖了嗎？有些事是應該忘記，就當我們從沒遇見，或者我從未愛過，從未活過。
剛從赤道回來掉進十度的寒流，冷讓我似乎真正清醒，曾想過也許就死在那個赤道國家，有一晚在芙蓉山區的藥房買到安眠藥，劑量三百多毫克，是我一般吃的一百多倍，失眠多日，看也不看就吞下，大約睡了兩、三小時，起床時馬上跌倒，心臟急跳得快停止，我會死於此時此地吧？覺得這樣死去也不差。
那個時刻，痛苦失去意義，自我抽離，冷冷看著一切。
海拔一千公尺的熱帶山中，有著白乳酪絲般的山嵐，這裡到處是山豬、猴子與大蜥蜴，跟台灣的高山有點像，異土與故土，他人與自己，生與死有時沒差別。
我能活著回來再見小雨客，我已非我，他也非他，我們都是自己的過客，走了這麼遠才看清這點，我的罪是這麼重，我看著他，笑著同時哭著。

——原載二〇二〇年三月《印刻文學生活誌》第一九九期
收錄於二〇二〇年五月出版《雨客與花客》（印刻出版公司）

周芬伶，台灣屏東人，政治大學中文系畢業，東海大學中文所碩士，現任東海大學中文系特聘教授。作品有散文、小說、文論多種，著有散文《絕美》、《戀物人語》、《雜種》、《汝色》、《雨客與花客》等；小說《濕地》、《紅咖哩黃咖哩》、《妹妹向左轉》、《世界是薔薇的》、《影子情人》、《粉紅樓窗》、《花東婦好》等；少年小說《藍裙子上的星星》、《醜醜等；傳記《龍瑛宗傳》、《孔雀藍調》；以及《散文課》、《創作課》、《美學課》、《小說與故事課》等創作四書；作品被選入國中、高中國文課本及多種文選，並曾被改拍為電視連續劇。以散文集《花房之歌》獲中山文藝獎，《蘭花辭》獲首屆台灣文學獎散文金典獎，小說《花東婦好》獲二〇一八金鼎獎、台北國際書展大獎。

一個人的神聖時間——林俊頴

將近兩年的時間，我不再每一天精衛填海似的來這家連鎖咖啡店寫字。原因很簡單，因為無字可寫。鳥飛在空中，影子落在地上。這樣無根的自由，其實很不錯。

然而，就在新冠肺炎及其謠言蔓延時，我重回咖啡館，慶幸它的生意不受疫情影響，來客一如往昔維持在三、四成，戴口罩的也只有零星幾人，小國寡民。至於廁所那常常堵塞的小便斗總算拆掉了。久違卻熟悉，整個清疏的空間讓我們這些久坐者好像水族館裡、窩在角落的不合群生物。鄰座一位我第一次見到的可疑的邊緣人口，娃娃臉的老大叔，拖著四輪菜籃車，裡面滿滿的塑膠袋包裹嚴整的不知什麼物件，且插著一把透明雨傘，他的全部家當？食完套餐，他攤開兩本厚書，先翻閱報紙，很快那厚墩的身子一歪，陷入睡眠的流沙。還好沒打鼾。

我瞪著眼前的空白稿紙，久久不能落筆寫出一個字，移形換位，我認為那老大叔是寫作大神遣來警示我的天使化身。無論是不願寫、或是無可寫的時候，我是那肩著背著袋子沿街遊蕩的人，入目的每一樣有用與無用之物，包括垃圾，我有大志，要在文字世界給他們一個熠熠發光的位子；一旦到了寫盡了的那一日，若不幸比我的死亡更早來到，我將會是如此無處歸位的拾荒老人吧。

我突然發覺，隔著大路，正對面那一棟低矮兩層樓的老舊房屋消失了，圈起綠漆鐵皮圍籬，其上塗鴉的英文字如同九轉肥腸，準備建起新大樓。寫作中遇到難以為繼的時候，我每每無聊興起一個念頭，曾經被實驗過多次，而今只能算是老把戲，找一個熟悉的街口或巷道，每一段時日就相同的鏡位照一張相，持續幾年，時間的粗細顆粒浮起，那會是迥異於文字書寫、訴諸感官的紀錄嗎？

空白稿紙告訴我，我用咖啡館以書寫工作，整十年了。曾經渾身香水與鮮花的王爾德，他的《獄中記》與其說是寫給渣男情人的長信，我寧可認為是他的深刻自省。他在牢獄中的清醒，真像高緯度秋風颳掉前半生的囂張與縟麗，「一個藝術家，特別是像我這樣的藝術家，他創作的質量需要安靜、平和與孤獨。」「最大的罪惡是淺薄。」

安靜、平和與孤獨，其中最大的是孤獨；也為了避免淺薄，我逃到咖啡館寫作。出於土象星座人的內在規律，我設定的條件簡單，必須在步行半小時內的範圍；其次，避免那些強調個性與風雅的，座席多人多無妨，店內所有的聲響於我反而是白噪音的正面功效。因此，連鎖咖啡館是必然的選擇。市廛熙攘，一如小時候老家大竈裡一層爐灰，焐蓋著其下等待復燃的柴枝。有時手賤，拿火鉗拖出，跌地上，只為看即生即滅的亂蹦火星。

《留情》裡，張愛玲是這麼寫的：「炭起初是樹木，後來死了，現在，身子裡通過紅隱隱的火，又活過來。然而，活著，就快成灰了。」二婚的女主人出門前下令傭人，豆腐放在陽台上凍著，火盆上蓋著點灰焐著。小說結尾祭出金句：「生在這世上，沒有一樣感情不是千瘡百孔的。」

是的，等待復燃。寫作的人，在每一日的死亡裡等待復燃的時候來到。必得全心全意在孤獨中等待，安靜、平和則是濾網。十年過去，我在咖啡館，包括愛荷華大學城鬧區那間總是滿座如溫暖洞窟的Java House，寫成了兩部長篇與一部中篇小說。老實說，十年算什麼呢？人們迷戀十進位的整數，以為藉此可在時間大河定位下航標。但難免思之寒磣，想像在月亮下啪啪翻著這三本書，頸後涼颼颼。

我早早便懷疑我寫的字能夠留存多久？

閱讀時，我們計較一本書的含金量，而每一位寫作者都是鍊金術師，凡是發生在他身上的就是薪柴，書寫即是提煉。卡爾維諾寫得真好，每一個人都是一部百科全書、一座圖書館、一張物品清單、一系列文體的交互重組。書，以如此古老的方式延續它的存在。念及此，我很安心。

然而十年間，被我用過而已消失（我不願誇張說是被我寫倒的）的連鎖咖啡館共有三家，逐一改成超商、牙醫診所與小火鍋店。兩層樓的那家特有一種高懸的隱密感，好像傳說中大隱於酒肆牆上的葫蘆，當窗對著捷運的高架軌道，時間刷刷一去一返加速流失，令我想起李敖寫他坐監時，每當晴天的太陽短暫的進了牢房，分成幾小塊逗留地上，他夸父般將私人物件趕快拿出曝曬。太陽與地球的距離，一億五千萬公里，折合光速是八分二十秒。光中浮游的纖毫，我瞇著癡望，覺得是一微型的光瀑，美極了。

在那只容一人的咖啡館座位，是我一個人的神龕，等待的、枯索的、自問自答卻一個字也寫不出的時間，是常態。我抬眼看遠方，也不能有多遠，不過是隔著車流大街的對面樓房、茄苳路樹，樓與樓之間的狹長天空，太陽光在其間偶或跌宕，我想著八分二十秒的距離，悠長一如永生的詛咒。

孤獨難耐嗎？在他生命的尾端，王爾德給渣男情人的由衷懺悔：「我們在一起的那段時間，我沒有寫出一個字。」

——原載二〇二〇年三月二十九日《聯合報》副刊

林俊頴，政治大學中文系畢業，紐約市立大學Queens College大眾傳播碩士。曾任職報社、電視台、廣告公司。著有小說《我不可告人的鄉愁》、《鏡花園》、《善女人》、《玫瑰阿修羅》、《大暑》、《是誰在唱歌》、《焚燒創世紀》、《夏夜微笑》、《某某人的夢》、《猛暑》等，散文集《日出在遠方》、《盛夏的事》。曾獲台北國際書展大獎、金鼎獎、台灣文學獎長篇小說金典獎。二〇一二年獲邀參加美國愛荷華大學國際寫作計畫（IWP）。

高跟鞋與平底鞋——林青霞

我只見過她四次，這四次已經勾勒出她的一生。

十八歲那年到越南做慈善義演，老實說那次我真的沒有看清楚她的模樣，不是不看，是不敢看，她太耀眼、太紅了，我眼角的餘光只隱隱的掃到她的裙角，粉藍雪紡裙襬隨著她的移動輕輕的飄出一波一波的浪花，台上有許多明星，汪萍、白嘉莉、湯蘭花、陳麗麗……她是台上分量最重的大明星。小時候看過她許多電影，她和凌波主演的《魚美人》唱做俱佳，古裝身段唯妙唯肖，轟動一時。十六歲就得了亞洲影后，媒體給她一個「娃娃影后」的封號。

一九七五年我到香港宣傳《八百壯士》。李菁在一個晚宴上翩然而至，一身蘋果綠。蘋果綠帽子、蘋果綠窄裙套裝、蘋果綠手袋、蘋果綠高跟鞋。這次我還是怯生生的沒敢望她，同在一個飯桌上我們卻沒有交談。這年夏天，我到香港拍攝羅馬導演的《幽蘭在雨中》，在外景場地見到一部勞斯萊斯車，車牌號碼單字「2」，就停在雜草叢生的鄉間小路上，仲夏午後的太陽，照在淺色的車身上，照在車頭張開翅膀彎身向前衝的女子小雕塑上，非常耀眼奪目。這車在當時是稀有的，必定是大富大貴人家才能擁有，電影圈中也只有她坐這架車。工作人員見我神情訝異，告訴我那是李菁的車，「李菁怎麼會到這兒？」「她找羅馬導演，她的電影公司要請羅馬導戲。」「噢～～原來如此。」那次我沒見著她。

自此以後她就銷聲匿跡了，偶爾聽到一些她的消息，「她電影拍垮了」、「她母親去世了」、「她男朋友去世了」、「她炒期指賠光了」、「她到處借錢」……

記得小時候好看的電影，螢幕上一定有「邵氏出品必屬佳片」，她是香港邵氏電影公司的當家花旦，我一個從鄉下來的小女生，看她這樣閃爍的大明星就像看天一樣，所以對她有一種特別的好奇心。

有一次我到一位姓仇的長輩家吃飯，聽說他跟李菁很熟悉，我說我想見她，他即刻安排了下次吃大閘蟹的日子，那是八〇年代末。這次我認認真真的欣賞了她，她身穿咖啡色直條簡簡單單的襯衫，下著一條黑色簡簡單單的窄裙，配黑色簡簡單單的高跟鞋，微曲過耳的短髮，一對咖啡半圓有條紋的耳環，一如往常單眼皮上一條眼線畫出厚厚的雙眼皮，整個人素雅得有種蕭條的美感。飯桌上我終於跟她四目交投，我問她會不會出來拍戲，她搖頭擺手的說絕對不可能。那年她才四十歲左右。

九〇年後我長期住在香港，在朋友的飯局中也會聽到一些有關李菁的消息，香港有些老一輩的上海有錢人，會無條件的定期接濟她。

這些年，上一代漸漸的凋零了，接濟她的人一個個走了。有一次娛樂周刊登載她的照片，說她因付不出房租被告。照片上服裝黑白搭配，戴一副超大太陽眼鏡，還是很有樣子，只是神情有點落寞。

二〇一八年二月的某一日，我跟汪曼玲通電話，她突然冒出一句「李菁打電話給我」，我連珠炮的問：「她為什麼打電話給你？她最近怎麼樣？她住哪裡？你會跟她見面嗎？可不可以約出來見面？」我只聽見阿汪喃喃的說：「這次我不會再借錢給她。」我十八歲跟汪曼玲認識，她刀子口豆腐心，在媒體工作了數十年，現在是虔誠的佛教徒，平常省吃儉用，之前竟肯拿出六位數的錢借給她。我跟阿汪說我想寫李菁的故事，文章登出來稿費給她，書出了，版權費給她，每篇文章她看過才登。

阿汪約她見面，但沒有說我會出現，我提議文華酒店大堂邊的小酒吧，指定一個隱密的角落。我進去的時候，她們兩位已坐定。不知為什麼，我第一眼看見的是，桌底下她那雙黑漆皮平底鞋，鞋頭閃著亮光。她見到我先是一愣，很快就鎮定下來，到底是見過大場面的人。

她穿著黑白相間橫條針織上衣，黑色偏分短髮梳得整整齊齊。我仔細端詳著，試圖找出她以前的影子，她單眼皮上那條黑眼線還是畫得那麼順，這是她最大的特色，沒有人會這樣畫眼線的。我坐下之後三人的話匣子打開，一直到她走都沒有間斷過。阿汪職業本色，一個問題接著一個問，她也毫不介意的一一回答。問：「你現在最想吃什麼？」答：「蝦子海參！好想念媽媽做的蝦子海參！」一見她喜悅的神情，彷彿舌尖上已經嚐到了海參的美味，讓你恨不得馬上端一盤到她眼前。她臉上泛著光彩接著說：「最開心是晚上到大家樂吃火鍋，一人一個鍋，裡面有蝦有肉和青菜。早、午飯加起來三十塊，火鍋七十塊，一天花一百塊很豐盛了。」

阿汪叫我看她的左手臂，我驚見她整條手臂粗腫得把那針織衣袖繃得緊緊的，她說是做完乳癌手術，割了乳房和淋巴，因此手無法排水，令手臂水腫。她娓娓道出手術前的心理過程，是在公立醫院動的手術，因為醫生認識她，對她特別照顧。手術當天，她一個人帶著一個鐵盒子，裡面放了些東西和一張紙條，紙條上寫著她哥哥在大陸的電話號碼，她跟醫生說，如果出了狀況就請打這個電話給她哥哥。阿汪問：「你有沒有想過自殺？」這種問題只有汪曼玲問得出來，她說以前或者有，現在很開心，她笑笑擺擺手，圓圓的眼珠認真的盯著我們二人：「以前演戲的事和開刀動手術的事，我都不去想，都不去想它。」最讓我深思的一句話是「有錢嘛穿高跟鞋，沒錢就穿平底鞋囉」。

李菁提到她的經濟狀況時，說人家以為她買股票把錢都賠光了，其實沒有，都是一點一點慢慢花光的，房子和車子賣給了仇先生。汪曼玲曾經去過她山頂白加道的豪華住宅，家具都是連卡佛購買的昂貴歐美貨，到處可見名牌Lalique水晶玻璃裝飾。提到目前租住的鰂魚涌寓所，一個房間放衣服，一個房間是臥室，她最擔心的是付不出房租，但又不願意去領救濟金。想到王小鳳曾經幫她付過一年房租，她說現在活著就是希望有一天能報答所有幫助過她的人。

我們從下午聊到黃昏，她說要走了，我想跟她拍張照，她拒絕了。我把事先預備好的，看不出是紅包的金色硬紙皮封套交給她，她推讓說不好意思，說她從來不收紅包的，我執意要她收下，她說那她請客好了，我當然不會讓她請。

當她站起來走出餐廳的時候，我發現她手上拄著拐杖，走起路來一拐一拐的，每走一步全身就像豆腐一樣要散了似的，我愣愣的望著阿汪扶著她慢慢的踏入計程車關上車門，內心充滿無限的唏噓和感慨。

見完她第二天，我和上一代紅星汪玲去灣仔Dynasty Club做八段錦氣功，我比她早到，她推門進來，臉上喜孜孜的，身上的皮草長毛被室內冷氣吹得飄啊飄的飄進來。我昨日的震驚還未平息，心裡沉甸甸的，這會兒兩個大對比。汪玲姊善於理財，日子過得很富裕，每天想的就是吃喝玩樂。這天她非要我請她吃上環尚興的響螺片，我們一人點了兩片，結帳加上小費將近三千塊，平常也沒什麼感覺，這天特別難受，我跟汪玲姊說，我們吃這一頓，李菁可以吃上一個月，而且是早、午、晚三餐共九十餐呢。汪玲姊跟李菁是認識的，我跟她講了李菁的近況，汪玲姊回想李菁以前到她家去借錢，她因為前一天打牌，睡到下午三點才起床，李菁十一點就在她家客廳坐著。汪玲姊起床把錢交給她後叫司機送她，李菁說：「不用了，計程車在門口等我。」汪玲姊訝異的說：「這個時候你還擺什麼派頭！」從此她們再也沒見過面。這讓我想起李菁跟汪曼玲借錢發紅包的事。也是奇女子一名，日子可以過不下，海派作風不能改。

和李菁見完面，總想著怎麼能讓她有尊嚴的接受幫助。她口才好，又有很多故事講，我喜歡聽故事，琢磨著每個月約她出來說故事，每一次給她一個信封。現下最重要的是先帶她去吃一頓蝦子海參。我跟汪曼玲商量約她出來吃飯，汪說馬上過年了，過完年再說吧。

原來中國年氣氛最好是在拉斯維加斯，許多香港人都到那裡過年，那裡是出了名的不夜城，燈紅酒綠、紙醉金迷，還有特別為中國人舉辦的新春晚宴、歌舞表演和抽獎遊戲。我在拉斯維加斯，有一天看完表演回到酒店就接到汪曼玲的電話：「李菁猝死在家中！」我「啊！」的一聲，「算算跟她見面也不過十天的光景，怎麼就……？」我毛骨悚然，「去世多日，鄰居聞到異味，報了警才發現的。」汪曼玲那頭傳來的聲音也是驚魂未定。想到她在港無親無故甚至無朋友來往，提出願意出資為她安葬。阿汪打聽之後告訴我，邵氏電影公司會為李菁辦一場追悼會，影星邵音音也挺身而出幫忙處理身後事。最後汪曼玲在台灣中台禪寺的地藏寶塔，安置了一方李菁的牌位，讓她時時可以聽到誦經的聲音，來世能夠離苦得樂。

李菁從極度燦爛到極度淒涼的一生，正如天上的流星劃過天際隱入黑暗。新聞登了幾天，篇幅不是很大，這一代年輕人並不熟悉她，上一代的人也只能嘆息，我卻傷感得久久不能釋懷。汪曼玲說：「她喜歡看書，你送給她的書她肯定還沒看完，我們兩個人應該是她生前最後見過面的人。」

在一個沒有星光的夜晚，我打開手機，上Google按下「李菁魚美人」，見她一個十六歲的小女孩，戲裡一人分飾兩角，一會兒是人、一會兒是鯉魚精，時而打鬥，時而邊做身段邊唱黃梅調，和凌波的女扮男裝譜出哀怨動人的人魚戀，簡直聰明靈巧招人愛。我獨自哀悼，追憶她的似水年華，餘音裊裊，無限惋惜。

——原載二〇二〇年五月八日《聯合報》副刊

收錄於二〇二〇年十一月出版《鏡前鏡後》（時報出版公司）

林青霞，一九七二年從影，一九九四年息影，二十二年中拍攝一百部電影。著有散文集《窗裡窗外》、《雲去雲來》、《鏡前鏡後》。一九七六年憑《八百壯士》獲得第二十二屆亞太影展最佳女主角；一九九〇年以《滾滾紅塵》贏得第二十七屆金馬獎最佳女主角。二〇一八年獲得義大利第二十屆烏甸尼終身成就金桑獎。二〇二〇年獲得大陸《南方週末報》「年度副刊獎」。

花園／玩興——林薇晨

花園

除了學生時代的自然課作業，我幾乎不曾種過什麼植物。近年唯一一次買回了名為露娜蓮的多肉盆栽，照顧數週，紫而胖的葉片就逐漸果凍化，終於死了。我想我實在缺乏園藝天分，對於蒔花弄草越發失去了興趣。然而，為了裝飾，也為了消耗來自金魚的氮肥的緣故，我還是在魚缸裡放了三株水草，從此開始了簡單的植物生活。

決定水草的放與不放，是許多金魚飼主面臨的難題。金魚是以嘴饞著稱的雜食性魚類，時時都在確認可有什麼能吃的東西，四處啃嚙吸吮不迭，遇到質地過於軟嫩的水草，例如綠菊、莫絲之類，輕易就要視為富於纖維素的美饌了。經過一番考慮，最後我選購了經常出現在推薦名單裡的金魚共生植物：小榕、迷你小榕、鐵皇冠，因為它們的葉子較為堅韌，金魚再怎樣嘗試也撕咬不動。在歌川國芳的浮世繪裡，擬人化的金魚每每將水草當作腰帶、團扇、雨傘、對付貓的武器，而非當作食物，不知那些都是什麼水草呢。

魚缸裡有了水草就有最基礎的風景。兩隻金魚在小榕、迷你小榕、鐵皇冠之間來去自如，為了追尋飼料的緣故，動輒將水草附著的沉木撞得東倒西歪，排列出奇異的陣式。沒有一天這些水草的位置是相同的。根據沉木最後坐落的區域與方向，我可以猜想金魚此前游移的動線。有時這些水草是個小小的歧路花園，金魚穿梭其間如同探險，反覆繞過一回又一回。有時這些水草組成了可供歇息的綠蔭角落，金魚暫停著，遂也有了疲倦的模樣，披星戴月的，因為靛藍色燈光遍灑下來，周身魚鱗銀閃閃。水草的生長速度極快，總是某天忽然發現小榕的一枝莖桿抽出了捲曲的新葉，隔天它就舒張一點，再隔天又舒張一點，終於開展完全，融進周圍的蔥蘢草色。收看著魚缸裡的一切，也會看見時間的荏苒。

惱人的是，這些水草難以避免藻類的占據，黑毛藻，墨漬藻，綠斑藻，經常薄薄覆蓋在葉子上。有些水族飼主養著專吃藻類的小螺小蝦，又定期幫水草塗除藻藥劑或檸檬汁，這些功夫我是沒有的。我只是偶爾將魚缸裡的水草取出揩拭一番，如同撣去一件家具上的塵埃。有時藻類長得太深太密，怎麼擦也擦不掉了，只好把整片葉子剪了去，連同那些枯萎泛黃的老葉，或是已然過於冗蕪的根。儘管絕對談不上什麼綠拇指，觸摸著水草我也會有身兼園丁的錯覺。

整理完魚缸裡的水草，雙手總是沾滿了植物的味道。非常奇怪，並不是金魚微微的魚腥，而更近於午後雷陣雨下下來之前，那種來自土壤的氣息。清涼的，懷舊的氛圍，彷彿一切就要來不及。

某天魚缸裡的金魚之一忽然產卵了。那時我才剛剛帶回兩隻金魚不久，全然不知怎樣應對才好，急忙打了電話至水族店諮詢。店方問知我沒有繁殖魚苗的志願，建議我立刻換水稀釋魚缸中可能充斥的精液，再靜靜觀察兩日。如果剩下的魚卵受精了，就會由透明轉為黑褐色，因為裡面住著小小的新生命了——屆時再換水一次。金魚的卵圓而晶瑩，西米露一般，數量理應有幾百，一粒一粒散播在水草的綠葉上，令人想起水草進行光合作用以後，葉片背側冒出的珠珠滴滴的氣泡。

我時時注意著魚卵的變化，抱著憂慮進入了睡眠，作夢，起床，趕著檢查魚缸裡的情況，然而純粹是白費心神。一夜之間，兩隻金魚就將那些魚卵全部吃光了。

吃光了魚卵以後，牠們還是日復一日悠游著：魚戲小榕東，魚戲小榕西，魚戲小榕南，魚戲小榕北。

——原載二〇二〇年五月二十九日《人間福報》副刊

玩興

與寵物認識多時，飼主也會感覺到寵物的性格與意志，牠有牠喜歡吃喝的東西，牠有牠習慣窩藏的所在，愛憎迎拒諸般不同。於是飼主漸漸摸熟了寵物的脾氣，學習給予對方需要的照顧，這就是一段雙向馴化的過程。在人類與寵物的相處之中，究竟誰是主詞，誰是受詞，受到主詞發出的動詞的支配，往往不一定。

比起哺乳類與鳥類寵物，魚類寵物向來被視為較為低等的動物，然而金魚有金魚的智慧，玄妙的，深奧莫測的伶俐，就表現在牠們的玩興上。長期觀察著我的蘭壽金魚，我發現牠們經常莫名游向打氣幫浦發射出的氣泡。氣泡一陣一陣噴湧，金魚逆流而去，給那連串的氣泡微微推搡開來，又重新進攻一次，昂首直前，似乎很是享受被無數氣泡沖刷的瞬間。那些氣泡的力道並不太大，倒不至於對金魚造成怎樣的震盪，因此我總猜想牠們不過是進行著一趟一趟的泡泡浴，按摩一般。金魚的水療。至今也不知解析為何。

金魚是善於遊玩的魚類，許多金魚飼主遂有意提供金魚玩樂的設施了。有人買來輕飄飄的陶瓷浮球，擲入水中，當作金魚的玩具，金魚成雙游過浮球，撞了一撞，將那球頂至大萍的葉下。有人在魚缸裡布置了矗立的圓環，尺寸各異，金魚往復穿越，迴旋屢屢。有人直接就和金魚玩起了遊戲，伸出食指逗弄著，金魚競相探頭，他便一隻一隻搔過金魚多肉的下巴。那些金魚如此活潑，活潑得潑出了爛銀的水花，幾乎要濡濕攝影的鏡頭。我常常歪在沙發上看著各家金魚玩耍的模樣，在金魚自得其樂的時分，手機畫面也會比一尊霽青描金游魚轉心瓶更為精彩，令人感到徹底的放鬆。那種鬆泛，近於廢弛，如同在睡夢中揉斷腕上一圈年久的佛珠，絲線乍然彈裂，渾圓的琉璃珠子滾來滾去，這裡一點冰，那裡一點冰，終於遍及整個赤裸的身體，就連胸膛肚臍也要著了涼。

某次金魚之一的尾鰭淺淺充了血，我便去廚房找出清洗果菜的小瀝水籃，讓它浮在魚缸中，權充金魚的病房。安頓完兩隻金魚，我去忙點工作的事務，過段時間再來關切魚缸，就發現怎麼，怎麼兩隻金魚都在籃子外！我又將抱恙那隻撈回籃子裡，並且注意著其中的動靜。金魚一貫沒有異狀。我以為這次終於穩妥了，兀自忙去，怎知後來再看，金魚竟又離開籃子了！此後持續多次捉拿，金魚大約不願給關在那籃子裡。金魚是如何脫身的？

我為此設想了種種情境，設想了又推翻自己的論點。金魚是跳出來的嗎，不可能的，因為那小瀝水籃浮得高高的，與水面切齊，水面上不遠就是魚缸的蓋板，金魚沒法縱身一躍。籃子左右各有一個開口較大的小橫橢圓孔洞，等於供人提取的耳把，那麼金魚是鑽出來的嗎，也不可能的，金魚的身體圓嘟嘟，蘭壽品種的背脊又高，沒法通過的。難道是兩隻金魚彼此合作嗎，外面這隻金魚游到籃子下，將籃子略略馱得傾斜，讓裡面那隻乘隙游出來——更不可能的，金魚沒有這樣聰明。可是金魚真的沒有這樣聰明嗎……籃子裡的金魚察覺到我的目光與身影，就不肯洩漏牠離開的方式。

我坐到廚房的餐桌旁，佯裝打字，眼睛仍舊諦視著客廳的魚缸。忽然，籃子裡的金魚，側躺一般側過身子，從那小橫橢圓孔洞快速溜了出來。目擊了這一切的我，大約有三秒鐘不能說話。

金魚的密室逃脫，似乎玩多少次牠也不厭倦。

後來我就撤掉那籃子了。

——原載二〇二〇年十一月二十七日《人間福報》副刊

林薇晨，一九九二年出生於台北，政治大學新聞學士、傳播碩士，《人間福報》副刊專欄「日常速寫」作者。曾獲林榮三文學獎散文獎、新詩獎。作品入選《二〇一六飲食文選》、《二〇一七飲食文選》。著有散文集《青檸色時代》。

電影廣告百年物語——李政亮

貴圈真亂？台灣第一波「電影館大戰」

一九九〇年代中期開始，伴隨本土化而來的社區總體營造風潮，許多學者與文化工作者挖掘昔日被忽略、遺忘的台灣歷史。日治時期台灣電影史也是在這樣的時代精神下浮現，前行研究者熱切地追問台灣電影史上第一次的電影放映紀錄之類的「台灣第一」，希望用「第一」、「最早」的時間座標建立台灣早期電影史的敘述。台灣早期電影史的研究是條較少人走的路，其實，路上趣味盎然，還有一些有趣的「第一」尚未被充分討論，例如台灣電影史上最早的商業廣告。

台灣最早的電影放映廣告是一八九八年九月十五日真宗少年教會刊登的「少年教育映畫幻燈會」廣告，但是真宗少年教會是宗教團體，不是常態放映電影的場所。電影館在報紙刊登廣告介紹所放電影，最早應是位在台北的芳乃亭於一九一七年十一月二十五日所刊登的廣告。「芳乃亭」是台灣電影史一個重要的電影館，透過她可以看到一九一〇年代中後期到一九二〇年代台灣電影生態的變化。

芳乃館原先是表演日本傳統大眾藝術的「芳野亭」，一九一三年改修為「芳乃亭」，一九一四年開始專門放映電影的常設館，這個階段的競爭對手是「新高館」。到了一九一七年左右，「世界館」取代新高館成為芳乃亭的競爭對手，就是從這個階段開始，雙方開始刊登商業廣告。一九二〇年世界館經營者另外再興建嶄新的「新世界館」，原本逐漸居於劣勢的芳乃亭更是拉開落後的距離。一九二四年芳乃亭新館「芳乃館」問世，兩者的持續競爭，成為一九二〇年代台灣電影風景的重要一景。

電影館競爭的背後，其實就是台北這座城市邁入現代化的關鍵時刻。一百年前的今天，地方行政區劃改正，「台北市」正式出現。其背後的意義是日本殖民政府歷經二十五年的經營，台北開始走向漸趨現代的軌道，正式成為台灣的政治經濟中心。值得追問的是，台灣電影生態的變化，並非只是文史知識的挖掘與建構，我們或許應該進一步與世界電影的發展趨勢進行比較，並分析與殖民者日本電影工業之間的連結，藉此豐富一九二〇年代前後台灣電影文化的意涵。

觀影空間與電影的流變

一八九五年電影問世之後，可說是一百多年前的全球化現象，電影這樣的新興媒介很快在各國出現，而且成為大眾文化的一部分。早期電影多以再現真實為主，盧米埃兄弟（The Lumière brothers）的《火車進站》（*L'Arrivée d'un train en gare de La Ciotat*）是起點，而後，他們也派出攝影師到各國拍攝異國風光。總而言之，電影初始年代裡，電影就是時間不長、以再現真實為主的新鮮玩意兒。

在這樣的情形下，並無專門放映電影的電影館之必要。以美國為例，電影問世之初大約十年的時間，電影都在雜耍場（vaudeville）放映，這裡既可以進行音樂演出，也可以進行綜藝表演，總之，電影僅是依附在這個多用途場所的節目之一。一九〇五年到一九一三年左右，則開始出現第一代電影專門放映的場所——五分錢戲院（nickelodeon）。五分錢戲院的觀眾群主要是勞工與移民，而此刻也正是美國移民人數的頂峰時刻。五分錢戲院雖是電影專門的放映場所，然而，空間與銀幕都頗為狹小，一般來說，五分錢戲院的容納人數約在一百至三百人。

隨著電影敘事能力的增強，電影慢慢被視為藝術。美國導演葛里菲斯（David Wark Griffith）一九一四年以南北戰爭為題材的《一個國家的誕生》（*The Birth of a Nation*），便是一個重要指標。在此情形下，對電影觀看空間的要求也就更高，一九一三年開始出現觀眾容納人數達一千至三千名的映畫宮殿（picture palace），一九二七年紐約更出現可容納五九二〇名觀眾的超巨大的觀影空間「Roxy Theatre」。

日本電影館的出現

在日本，電影問世之初，電影放映不是在「寄席」（傳統大眾文化）、「芝居」（劇場），就是在「見世物」（雜耍表演）之類的空間。按日本早一輩電影史大家田中純一郎的《日本電影發達史》（日本映画発達史）所述，日本第一家電影放映常設館，是一九〇三年東京的淺草「電氣館」。日俄戰爭之際，戰爭的實況引發大家的觀影興趣，也因此，一九〇七年左右，出現常設電影館的風潮。

值得注意的是，美國觀影空間的變化與優質電影的出現有所關聯，在日本，也出現相似的軌跡。第一個真正的電影大公司「日活」在一九一二年問世。日活旗下有兩個電影拍攝的地方——京都與東京向島兩個拍片廠。兩個片廠所拍的電影各有不同，京都拍攝的是時代劇（日本古裝劇）。而日活的時代劇，亦產生了日本電影史上第一位超級巨星——尾上松之助。

不過，知識人與文化人對尾上松之助所演電影評價不高，倒是對東京向島製片廠以現代生活為主題的新派劇較為欣賞，主因在於向島製片廠致力提高電影的藝術程度。一九一四年日本傳奇的新劇演員松井須磨子，根據托爾斯泰的《復活》改編的舞台劇大獲成功。也在這一年，日活以《復活》中女主角卡秋莎（カチューシャ）為名的電影也成為轟動之作，甚至也有續集，更成為日活奠定市場基礎的作品。

在電影開始受歡迎的年代裡，「天活」也在一九一三年成立，在一九二〇年代之前，日活與天活成為相互競爭的兩大公司。到了一九二〇年，原本經營歌舞伎的「松竹」雄心勃勃進軍電影業。他們找來築地劇場出身的小山內薰擔任演員訓練學校的校長，還到美國好萊塢購買器材。

按日本電影史巨匠佐藤忠男的《日本電影史》，一九一〇年代美國好萊塢的《藍鳥》（*Blue*

Bird）電影在日本受到喜愛。這類型電影旨在描述美國歷經劇烈的工業化，許多人為了發展前去都市生活，然而，卻在繁華忙碌的都市裡，反思鄉村生活的質樸。這類型電影也被稱為「田園電影」，之所以在日本引發共鳴，就在於日本也正歷經這樣的過程。松竹的蒲田製片廠也以電影鏡頭對準變遷中的日本社會，尤其是現代都會的生活。

日本一九一五年左右電影館的情形，按加藤幹郎《電影館與觀眾的文化史》（映画館と観客の文化史）一書的描述，一九一〇年代中期日本已經出現豪華的電影館。這些電影館多是西洋式建築，門口會有大型廣告看板與旗幟，此外，也會有吆喝路人入場觀看的工作人員。至於一般的電影館，則還是殘存著「芝居小屋」（劇場）的風格，也就是脫鞋後入場的方式。至於內部建築也較簡陋，多少像是五分錢戲院，特別的是，還有站立觀看的空間。

台灣第一波電影常設館的競爭

在觀影空間與電影的流變當中，台灣的情形又是如何？

台灣早期戲院的情形與美國或是日本很類似，電影的放映是放在其他的表演空間當中。有趣的是，台灣第一波出現的電影常設館的競爭，都是從原來日本傳統節目表演的空間進一步演進而來。

按《臺灣日日新報》（下簡稱《台日》）一九一〇年四月十七日的報導，位在新起橫街（今之內江街）的芳野亭是日本風兩層樓的寄席，占地一四七坪。一九一三年十二月中旬，原來芳野亭經營者則在後菜園街（今之康定路）興建的新建築完工，這就是芳乃亭。兩個星期後，一位名之為服部清的日本人接手芳野亭並將之改為電影常設館，一九一四年元旦開始營業，成為新高館。

就是從一九一四年左右開始，台北電影館進入常態電影放映的階段。不過，跟美國與日本不同的是，一是台灣本地尚未出現電影拍攝，二是無論是日本傳統藝術表演或是電影放映，都是《台日》在新聞記事當中對表演節目或電影加以預告、報導，始終沒有商業廣告出現。事實上，《台日》從一八九八年發刊第一天開始，就已有廣告欄。

一九一六年二月二十日，《台日》一針見血地評論了台灣電影館的狀況，整個台灣的電影常設館不過三家——台北的芳乃亭與新高館以及台南的戎座——芳乃亭、新高館分別競爭與日本的日活、天活簽約。不過，這種競爭很可能兩敗俱傷，電影館所放電影通常一萬尺，外國電影價格有的十七、十八錢，高的到二十五錢，老電影則是十錢以下，台北的電影館能否承受這個成本，本身就是個問題。

附帶一提的是，當時電影館通常放映時就是晚上，除非特別的節日裡才會有日夜兩場。台灣電影館的經營還有另一個問題，就是到日本取得影片要來回的時間，此外，在台北放完之後，最多也只能送到台南的戎座放映。也因此，早在一九一四年八月十七日，《台日》甚至呼籲台北的兩家電影館能夠合作，讓電影資源有效運用。

《台日》的評論當中可以看到電影或日本傳統表演的位置，娛樂對殖民者來說，是生活不可或缺的一部分，且當時台灣市場不夠大，因而擔心娛樂會消失，也因為市場不夠大，尚未出現電影廣告。

不過，兩家常設電影館並未合併，相反地，依舊競烈的競爭。芳乃亭相當善於運用資源造勢，例如一九一五年松井須磨子與島村抱月來台灣表演。一年之後，芳乃亭隨即推出電影館成立五週年紀念（這是把芳野亭當成立起點）特別推出日活版的《卡秋莎》。日活的《卡秋莎》有一九一四年與續集的一九一五年兩個版本，我們無法確定是哪一版本，然而，即便是較新的一九一五年版，也可以看到日本與台灣電影，至少有一年左右的時間差。

廣告文案再現百年前電影生態

日治時期的電影史研究，研究者有時如同歷史偵探般地在迷宮裡不斷行走。如依《臺灣日日新報》（下簡稱《台日》）一九一八年四月二十二日的新聞記事，台北電影館的競爭主角成為芳乃亭與世界館。那原來的新高館哪裡去了？世界館又是從哪裡跑出來的？

《台日》有個名之為「頓狂詩」的專欄，把社會百態或新鮮事以漢文詩的方式表述。一九一六年六月十日的「頓狂詩」裡，出現有趣的一段話：「芳野成新高，復稱世界館，諸事皆改良，經營示手腕」。在新高館如何結束、世界館如何冒出都毫無蹤跡時，這樣一段話似乎給了一些提示，新高館是從芳野亭的舊址開始的，「復稱世界館」似乎就是指世界館在新高館的基礎上經營。

如從時間點來看，新高館突然就在一九一六年四月左右在《台日》消失，世界館則從一九一六年六月開始出現，時間上一致。關於芳乃亭與新高館的內部建築我們所知不多，不過，對於世界館卻因一起觀眾不滿事件，讓我們略知一二。一九一八年十一月十四日的《台日》漢文版報導：「世界館本島人門看，對觀客不親切，累起是非。觀客出館取履，彼有不快，將履亂擲，致有錯誤」，從這則記事當中，可以看到世界館是觀眾得脫鞋後進入的方式，典型日本風格。

在與世界館的競爭當中，一九一七年十一月二十五日這天，芳乃亭在《台日》刊登了台灣電影史上的第一則商業電影廣告，內容是「特別放映 日活密藏的電影 尾上松之助主演的《吉田御殿》」。可以看到，芳乃亭此刻仍穩穩抓著日活電影的招牌，尤其尾上松之助是當時日本最重要的明星。

按日活資料庫，一九一六年七月五日在日本上映，再次與日本出現一年多的時間差。芳乃亭經營常設電影館時間較久，而且取得日活的特約，照道理應該可以輕鬆取勝。但一九一八年三月二日《台日》的記事當中，記者表示芳乃亭在辯士方面並不突出，無法與世界館相提並論。由此可見，在無聲電影的時代，電影的觀看，辯士有相當的影響力。

一九一八年十二月二十八日，世界館刊登了該館的第一則商業廣告，其內容「法國Eclair公司特製品的打鬥作品 深山的祕密」，如按同日《台日》的記事，這是日活輸入的法國電影。一個星期之後，世界館再度刊登廣告，廣告中介紹《鐵之爪》（鐵の爪）與《己之罪》（己が罪）兩部作品。其中，《己之罪》是根據菊池幽方一八九九年開始連載的同名小說改編的電影，典型日活向島的新派大悲劇。

《己之罪》從一九〇八年開始就有多種版本，距離世界館廣告最近的是一九一七年版，也就是說台灣電影館與日本可能有將近兩年的時間差。如果再用更能確定的例子來看，一九一九年五月十四日《台日》刊登了世界館日活向島的新派大悲劇《二人娘》的廣告。按日活作品資料庫，這部作品在日本是一九一八年二月二十八日上映，台灣與日本確實存在大約一年多的時間差。這種時間差也為一九二〇年代電影館的競爭埋下伏筆。

電影商業廣告首次主推辯士

在世界館的廣告裡，可以看出世界館已取代芳乃亭取得日活的影片，面對逐漸而來的劣勢，芳乃亭改以辯士著手。前面提到《台日》記者認為芳乃亭辯士不如世界館，芳乃亭也加緊物色強棒辯士，一九一九年八月十五日《台日》新聞記事與芳乃亭廣告出現了一位相貌堂堂的辯士——岩井快堂。

按新聞記事文字介紹加上照片，這位辯士學經歷都相當傲人。學歷是東京第一中學、千葉醫學專門學校、早稻田大學，辯士經歷更是在東京上野都座、牛込文明座待過，而後更是大阪朝日座主任。新聞記事裡，他的解說特色是明快徹底，聲量豐富以及抑揚頓挫讓觀眾有所快感。

當日芳乃亭的廣告主打日本電影新派事實大悲劇《浮草》與美國電影《迷宮》，重要的是廣告欄裡打上「主任辯士岩井快堂出演紹介」，這也是台灣電影史上第一次，辯士成為電影廣告的內容。原本便是占上風的世界館也很快在一九一九年九月二十八日的廣告欄，打出美國電影《司令官》的片名之外，還加上「福田笑洋獨演」幾個字，福田笑洋被推為在台日本辯士第一人，他的人生在台灣幾經浮沉。

步入現代化的電影館

當兩家電影館激烈競爭之際，也不約而同選擇再建新建築。世界館選擇另外再建新館——新世界館。該館於一九二〇年十二月一日完成，依《台日》一九二〇年十二月一日的報導，新世界館的興建費用所費不貲，原本預計十五萬圓，但卻大幅超出預算。新世界館可說是非常氣派的電影館，館內有一、二兩層樓，一樓都是座椅，已不再是脫鞋進入的模式，二樓也是設有椅子的座位，可以說，幾乎已是西式的觀影空間。此外，二樓的左右兩側的高出部分可做一等席使用。

電影館其他的空間方面，一、二樓都設有男女廁所與休息室，二樓也有陽台，最重要的是，這座電影館可容納一千五百個座位，是島都首屈一指的電影館。如此氣派的電影館，票價多少？依一九二一年一月二十三日《台日》的新聞記事，新世界館營運之後降低票價，票分四等，特等席一圓二十錢、一等席八十錢、二等席六十錢、三等席二十錢。這個票價比芳乃亭高出許多，大約三個月之前，芳乃亭一九一九年十月十七日在《台日》刊登廣告，其中還附上價目表：一等席五十錢、二等席三十錢、三等席十錢。

這樣豪華的電影館，自然也搭配強檔電影。事實上，一九一四年芳乃亭雖然取得日活的特約，但從一九一八年以來的廣告當中，可以看到世界館已超越芳乃亭，放映多部日活的作品。一月一日新年檔期是日治時期電影館競爭最激烈的時刻，一九二一年一月一日兩家電影館的競爭也是白熱化，兩家電影推出的戲碼相近，都是美國電影加上數部日本電影。

新世界館幾乎就是日活系列主打占盡上風，所放的美國電影《詛咒之家》（呪の家）是日活輸入，《田宮坊太郎》更是由當時的巨星尾上松之助主演，不過，依日活電影資料庫，這部作品一九一八年十二月在日本就已上映，可以說，有兩年左右的時間差。所謂的競爭，就是以自己的強項取得優勢，新世界館雖有日活電影，但卻有時間差，接下來芳乃亭的廣告就是訴諸日本剛首映，台灣快速上映的訴求。一九二一年一月二十八日芳乃亭的廣告強調所放的《湖畔少女》（湖畔乙女）是一九二〇年七月首映、《丹波的猿神》（丹波の猿神）則是一九二〇年十月首映的訊息，與日本的時間差只有短短三個月。類似的廣告手法幾度出現。

企業的經營與經營者的決斷有直接關係，新世界館在台北獨占鰲頭之外，經營者岩橋利三郎也加快腳步把破舊的世界館再加整裝，一九二三年原來的世界館整裝完成。依一九二三年九月一日《台日》的記事，原來只能容納二百三十人的世界館，改建為能夠容納八百人，另外，外觀也漆上明亮的白色，原來的舊世界館之後被稱為「第二世界館」。一九二五年岩橋利三郎過世，由弟弟古矢正三郎接手，未料，初接電影事業的他居然把世界館的地圖在台北快速放大，一九二六年再收購大稻埕太平町的奇麗馬館為「第三世界館」。

在整個世界館的經營上，出現與日本製片公司多角連結的狀態，新世界館與日活合作。一九二五年七月八日的《台日》則出現第二世界館將放映松竹《大地微笑》（大地は微笑む）的廣告，這部電影是由松竹善於表述社會價值變遷的牛原虛彥與島津保次郎執導，特別的是，這部作品是一九二五年四月十日在日本上映，第二世界館上映時間只差了三個月。如果再加上芳乃亭強調日本上映不久就引進台灣的廣告，可以看到，步入一九二〇代之後台灣所放映的日本電影與日本本地的時間差慢慢縮小當中。面對新世界館居下風的芳乃亭也開始改修電影館，依一九二四年十二月二十九日《台日》的記事，芳乃亭已成為與新世界館容納人數一千五百人相同的芳乃館。

從電影商業廣告看電影史

電影館是現代城市的重要裝置，反過來說，電影館是從現代都市的土壤裡長出來的。在百年前商業電影廣告裡，我們看到相互競爭的電影館經營者絞盡腦汁，用自己的強項來攻對手的弱點。

廣告文案之外，經營者也不惜重本開始興建新館，這背後是一道城市發展的軌跡——一九一五年余清芳為首的「西來庵事件」結束，這標示台灣人武力反抗的終結。一九一六年紀念始政式二十年的「勸業共進會」以博覽會的形式在台北舉行，會場包括台灣總督府、台北新公園博物館（今國立台灣博物館）、台北植物園物產陳列所（今植物園），整體物件的展示與觀眾的動員，都已進入都市規模。

此外，按台灣第一代社會學家陳紹馨在《台灣的人口變遷與社會變遷》當中所說，瘟疫與武力抵抗是日本殖民者最憂慮的。其中，尤其以鼠疫、霍亂與天花最為劇烈，鼠疫在一九一七年全面肅清、霍亂與天花則在一九二〇年撲滅。在此情形下，台北人口也穩定增加。

這些是電影館在台北能夠持續發展的外在條件，值得一提的是，本文所談是日本人所經營的電影館，隨著現代都市的逐漸成熟，日本經營者對電影館的投注增加，這也刺激了大稻埕的台灣人，一九二〇代台灣電影文化的另一道風景：有的台灣人夢想著興建電影館、有的台灣人把電影視為文化啟蒙的手段、也有跑單幫的台灣人跑到中國引進上海電影……。

這一切，都從百年前的電影商業廣告開始。

——原載二〇二〇年五月二十八日《聯合報》鳴人堂

李政亮，輔仁大學法學士、台灣大學法學碩士、北京大學哲學博士。文化評論者，政治大學傳播學院兼任助理教授。關注視角是從大眾文化諸如電影、動漫、文學等作品解讀中國、日本與台灣。二〇一二年以《拆哪，我在這樣的中國》獲第三十六屆金鼎獎，二〇一三年以《中國課》獲選《亞洲週刊》二〇一二年度十大好書，二〇一八年以《拆哪，中國的大片時代》獲選法蘭克福書展台灣館展書，二〇一九年出版《從北齋到吉卜力》。

敘事的意志／頻率——張惠菁

敘事的意志

前天到東華，兩天內給了一場講座，讀了三十篇同學作品，做了七回一對一談話、與一場校內文學獎講評（都是談作品）。

這次看到的作品，各有優點，這先不在這裡說，已經都告訴同學們了。但有個比較顯著的、共同的缺點，則是有多篇作品似乎顯得缺少「敘事的意志」。當然，因為是習作，一定是在進步的途中，故我都很直接地說、問他們：你究竟想說什麼？

有同學告訴我，他喜歡那隱晦，只想寫一種時代的氛圍。我告訴他，香港洪昊賢的〈之後〉，中國胡波的作品，都很好地寫了一種無所歸依的時代氛圍，但是他們的語言並不模糊。相反地，他們是以相當節制與清醒的語言，去勾勒出一個時代的殘酷與人的無依。沙林傑、卡佛，更是如此。所以，不可因這時代對我們隱藏著它真實的面目，充斥模稜兩可的情感與痛苦，我們就被那模糊捲走。這正是使用語言者自身的責任，窮盡一切可能去捕捉那些沒有被言明的事物。我們要非常敏銳，非常清醒。不可一片模糊。

作品的主題意識、和寫作者的主體意識不清楚，所經常產生的現象之一，就是沒有節制的瑣碎和蔓生。寫了無盡的他對我說、我對你說，未必就是真實反映世界。不要被你想寫的文字帶走。是你寫它不是它寫你。如何能做到掌控文字的繮繩，但又不會只在大路上徘徊，人云亦云，能深入非一般論述所能及之地，背後往往是有一個世界觀、有對人世的觀點在支撐。如此說來，寫作這件事，最重要的恐怕不只是文字，是世界觀的鍛鍊。

第一天在研究室和同學談到晚上九點。回到會館房間，才知道那一天外面發生了什麼事。那天在北京，下午三點，天空像深夜一樣黑，下冰雹，電閃雷鳴。中共要推香港《國安法》，香港的人權處境劣化。天示異象。強權者逆行而用權力說話，說著它要壓迫世界變成的模樣。

我能做什麼？最基礎的，一定還是做好現在做的事。在這兩天，我希望我有清楚傳達了「敘事的意志」的重要性。因為語言是思想的載體，有清楚的思想、面對這個世界有所意志，是非常重要的事。尤其在這樣的時代。

即使黑暗四合，也要能清楚思想。寫作的人一定要在這上面鍛鍊自己。我們使用語言，有一種責任。我們受不了小粉紅的語言，受不了中國牆頭標語的語言，那我們的語言是什麼？我說的不是只在政治上的。是更廣泛在一切書寫之中，語言的內在生命力的革命。用簡潔，節制，有高度，有洞察力的語言，去了解和描寫我們所在的世界。誠實地面對自己，而不只是模模糊糊語焉不詳。再多試一試，試試更深入、更完整的看見，和寫出在那樣的洞見中看到的世界的模樣。這是我們的責任。

世界是我們的世界。不是別人的世界。除非你棄守理解它、描述它、創造它的意志。

——原載二〇二〇年五月二十三日作者Facebook

頻率

早上去小學跑步。

操場上，已經有不同速度的快走者或慢走者，分布在其上移動。我慢慢跑，不斷重複趕上他們，不斷進入他們的聲音範圍而後遠離。有一位老先生帶著收音機，小聲地放著日文廣播。有一對中老年夫妻，妻在批評政府最近的作為，間雜著不斷地敲打質問「怎麼可以這樣」，夫緩慢才回一句，意思是「不是這樣」。

再跑，又交會一圈。又是類似的對話，和聲音的頻率。我忽然感到，關鍵，主要是頻率。如果我可以看到頻率，可能會看到在妻子身上，是位置較高、短促而窄小的振動，丈夫的身上，是位置較低的振動，並不多言，構成比較穩定的低音。

我想到小時候，家附近有軍營。早上會聽到起床號的聲音，非常細微，乘著空氣旅行了很遠才來的。管樂器的宏亮被距離洗掉了，剩下清亮，與透明感。頻率很高，音階上揚。在晴朗的日子，躺在床上，聽著那聲音醒來，心裡會覺得空蕩，但並不是不舒服的感覺。或許，在童年的長時間裡，我的心臟都在被那音階打開一個比較高的共鳴頻率。

然後也會聽到巷子裡樹葉的聲音，鳥叫，人。一天開始。

然而關於頻率，也有不開心的故事。比如去了旅行，無論在風景多美的地方，身邊的人卻陷在某種看不見的頻率裡，不斷抱怨很久以前的事。我還記得那種被困住的感覺——被困在另一個人說話和思想的頻率裡。我想看風景，我想沉默，我想想點別的事，我想發呆。但那個頻率會一直在。我知道自己像一隻音叉，是「被共鳴的」，並且解不開繚繞在我之上的頻率。

今早的操場讓我想起那種，被困在一段窄小頻率裡的感覺。那時比較年輕的我，還看不到這些頻率。有時實在受不了了，便以發怒打破它。被發怒的人，或許都不知道真正的原因是什麼。後來，努力想要從他說話的內容上，替他開解，也未必都能成功。或許說話的人自己也脫離不出那個頻率，他也沒有辦法，必須那樣振動。

再後來，現在，我應該能看得比較清楚些了。

或許是我知道，往哪裡去尋找和包納進來那些讓自己相對穩定下來的共鳴點。比如在操場上，同時聽到樹的聲音，風的聲音。讓那個擦肩而過的頻率，只是許多頻率裡短促的一個。如果棲地廣大，它會自然地發生變化。如果棲地夠廣大，身在其中的自己可以聽見每一個聲音而不被它帶走。

有時面對一個頻率的方式，不是去進入那頻率。是在別的地方敲響另一只音叉，一個頌缽，或是別的什麼。從別的地方，以別的頻率創造新的共鳴。

我之所以在臉書上寫這些，就是我在給自己、給這個世界放置不一樣的頻率點。

——原載二〇二〇年八月十二日作者Facebook

張惠菁，台灣大學歷史系畢業，英國愛丁堡大學歷史系碩士。著有小說集《惡寒》、《末日早晨》；散文集《流浪在海綿城市》、《閉上眼睛數到十》、《告別》、《你不相信的事》、《給冥王星》、《步行書》、《雙城通訊》、《比霧更深的地方》；傳記《楊牧》。在寫作之外，曾經擔任國立故宮博物院院長機要祕書。也曾在中國工作七年，於數字營銷公司擔任企畫總監。二〇一九年起進入出版業，現在是衛城、廣場兩家出版社的總編輯。

讓錦鯉鬆綁——伊森

清明節過後，「鎖國」的第二個禮拜。

清晨七點，走進第二航廈，體溫攝氏三十五點八度，這是今天第三次量體溫了。站在航廈正中央的D5號停機門往左右望過去，燈火通明的免稅店兩列排開，挑高的天頂，乾淨到反光的地磚，巨大的空間中卻一個人影也沒有，空氣中隱含著詭異的味道，彷彿誤闖電影《神隱少女》中魑魅魍魎的國度那般，魂魄隨時會被騙走。

電視牆上的航班資訊幾乎全是「取消」的紅字，遠端移民署證照查驗的通道走來一隊人，個個膚色黝黑，手上戴著塑膠手鐐，身旁更圍了一圈戒護人員。在疫情嚴峻，各國空港封鎖的此時，遣返回國的外籍人士竟是民航機能載到的少數「旅客」了。

若今天要飛往泰國的話，給飛行員的通告寫明了除軍機，貨機，緊急狀況，技術轉降（但人員不得下機），人道醫療考量以外，所有客機禁止落地。不僅是泰國，大部分國家為了自保，都已經封鎖國門，即使有少數不強制執行的國家，在這樣黑暗的時期，根本沒有多少人想跨境移動。

今天的目的地是關西機場，通告上寫著慣用的六號左跑道關閉，僅開放右跑道。「是趁著沒有交通量時修繕嗎？」副駕駛說道。「也許吧。」我下意識回答。設計來乘載三百多人的客機上僅有我們兩人，艙單標示著「0旅客」，下貨艙則有兩萬公斤的貨，各國接續鎖國後，貨不暢其流，空運的價格水漲船高，聽說已是平時的三倍。即使如此，少了旅客的飛機還是身輕如燕，進入福岡飛航情報區之前就輕易爬升到最上層的巡航高度四萬一千英呎，平日吵鬧的無線電頻道裡鴉雀無聲，除了兩架美國聯邦快遞（FedEx），或是像我們這種把客機當貨機飛的機種外，整個天空裡沒有幾個飛行員，安靜到大氣都凍結了那樣。

「Bulk現在二十二度。」副駕駛說道。「謝謝！」我盯著系統螢幕回答。今天的特殊裝載貨單中，有三百公斤的熱帶魚，散貨艙內要求攝氏二十二至二十五度的溫度控制。令人好奇是哪一種熱帶魚，要這麼精準的溫控？是台灣捕獲的，還是東南亞一路運過來的？說來慚愧，空運熱帶魚不是一種環保的行為，他們像「尼莫」那樣離開原生環境，餘世將蝸居在某人客廳或房間的一個小水族箱內，飛行員在文明世界的運作法則下參與一程，僅能衷心祈願每條魚都有個好的歸宿。

位於大阪灣內的關西國際空港，雖說是進出大阪的門戶，事實上是後期才蓋起來的，市區附近還有舊機場伊丹空港，海上的「關空」反而離和歌山縣比較近。難得使用六號右跑道，沿著淡路島南邊上行，進場航線還能碰到和歌山縣的紀伊半島的海岸線，是櫻花散落的季節，天氣晴朗，氣溫十四度，帶著尾風清爽落地。

不帶旅客，場面上沒有其他航機，一路乘著噴射氣流，用不著兩個小時的飛行時間，自然比表訂時間早到了。等著上下貨補油的過程，我暫時脫下戴了半天的手套，煮了一壺咖啡，吆喝著副駕駛與兩個修護人員聚在空無一人的商務艙。昨天日本宣布七個都府縣進入「緊急事態」，包含大阪府，民眾陷入半恐慌，據說晚上到超市已經買不到麵包了。駐站機務的手機響起，是台灣家裡打過來的，說水電有問題，一家老弱婦孺無法處理，他回不了家，就算可以回台灣也需要檢疫十四天，只好講著電話乾著急。

檢疫（Quarantine）這個英文的字源是拉丁語，原意是數字的四十。十四世紀歐洲黑死病（鼠疫）大流行，古代沒有旅客機，若懷疑船隻帶有傳染病人時，便要求船隻在外海停四十天，以防止旅客或貨物將傳染源帶入境。這讓人想到沒有國家願意收留，最後停到柬埔寨的威士特丹郵輪；東京灣的鑽石公主號與她延伸出來各國派遣飛往羽田機場的撤僑包機。「四十」的拉丁文可以衍生為「檢疫」一詞，而「武漢」這個地名，所代表的不再是華人圈內所認知的九省通衢，武昌起義，工業大城；它的意義將由數百年後的全體人類後世子孫來定。

喝了半杯咖啡，我下機坪做飛行前的例行檢查，中華郵政的包裹一個一個從貨艙履帶緩緩下來，心裡一陣陰影掠過，有些國家郵務包裹已經禁運了，接下來只會每下愈況。飛機是早到了，日本的機場也是全世界最準時的，但是你早到，卻也不見得讓你早走。在這個按部就班的國家，就算進入「緊急事態」，日本政府對於疫情的反應已經明顯慢了好幾拍。包含德國總理梅克爾在內，好幾位國家領袖對民眾的演說都表達「這是二戰以來最嚴峻的時刻」，英國女王伊麗莎白二世說「我們從來沒有這麼需要復活節過」。復活節絕對不是西方社會行事曆中最重要的節日，只是在這樣黑暗的時期，人們極需要祭典的力量，以保存心裡有一股希望。

網路謠言滿天飛舞的時代，我刻意將手機關了三天，只偶爾看些整點新聞。紐約州連續幾天死亡人數都超過七百人，美國有線電視新聞網CNN在新聞的間隙中，播出了一系列「三十秒的沉靜」（30 seconds of calm），沒有字幕旁白，只有三十秒的世界風景，而這天畫面放的是一望無際的蒙古草原，圓陣排列的蒙古包，風吹草低見牛羊的游牧人家。三十秒之後，畫面出現一位心理學家，呼籲民眾不要無條件接受所有訊息，以免訊息量過多心理承受不了；如果心下慌張的話，不要找一樣也是慌張的朋友談話，只會更增加心理負荷。另外每天的行事還是要照舊，該做瑜伽健身，該用餐時還是得按部就班，這樣才能維持正常。

什麼叫作日常，已經很難定義，這一個航班過後，下一個航班在哪裡？全球瞬間倒閉的航空公司，失業的飛行員難以數計；減薪留職停薪，回國後無止盡的健康管理大家都有覺悟，最可怕的恐懼是不知道它什麼時候會結束。而即使有結束段落的一天，大家心裡也知道，我們所認知的世界已經大大改變了，我們再也回不去過去的日常。

回程巡航四萬英呎，晴空萬里，氣流良好。無線電頻道內依然靜默，令人懷念起平時劍拔弩張的解放海軍與自衛隊互相宣示主權的口水戰，這時真想拜託他們，出來個人吵吵架吧，吵吵架總有點人氣。

起身上廁所，三百多個空位一眼望過去，只剩下寂寥與心酸。

回程的特殊貨單上記載了日本柑橘以及一千公斤左右的錦鯉。一千公斤應該是包含了活水及氧氣裝置，錦鯉高貴，貨主包裝妥當，所以不用調溫。曾經看過紀錄片，錦鯉大致分紅白二色，大正三色，昭和三色三個主要品系，又細分好幾十個支系，體型也分得很嚴格，每年的愛鱗品評會若選出優勝，身價更是高不可攀。錦鯉不似熱帶魚野生捕獲，純粹是為了嗜好愛玩，完全由人工豢養交配出來的生物。我好奇能讓我們載回台灣的是量產種，還是魚主特地培育的優勝魚？鯉魚號稱可以活百歲，他們會被取些什麼名字？又會在台灣誰家的魚池裡悠游幾十載？在這樣的時期，我們更需要這樣的日常，需要那樣長年雕琢出來的文化。思念至此，瞬間對於願意空運錦鯉的魚主感激滿懷。

心中馳騁幻想，下貨艙載的錦鯉是「御三家」，是「九紋龍」，還是紅底黑紋的「緋寫」，我默默走回駕駛艙，伸手將緊繫安全帶的指示燈關掉。

副駕駛一頭狐疑：「我們沒有載客人啊！」

「我們讓錦鯉鬆鬆綁，自由自在游一下。」我像是在催眠自己那般說道。

——原載二〇二〇年五月二十日《聯合報》副刊

師大附中畢業，現為民航機師，偶以寫作自娛。

防空論字——林銘亮

在那個相信人類一切向上的十九世紀，倒是出了本奇書《紅與黑》，柯拉索夫親王對朱利安說：「您需記住您這個時代最大的原則：故意做出和別人對您的期望相反的方向。」言外之意是路易十六斷頭後何妨幻想自己是拜倫筆下的唐璜，我行我素，器識風標，命定的悲劇英雄，在轟轟烈烈的厮殺中獲得傷口。但是現代人要去哪裡打長槍高馬的盔甲戰士？只能自虐地生產傷口。集體自虐虐人的風尚大概等同於「反高潮」，現代人最高興不停地掃彼此的興，懂此心理遊戲的高手「您」，讓人先喜後氣終於恐懼，對「您」捉摸不著，心虛的現代人能不把「您」放進心裡嗎？

故意做出和別人期望相反的方向，「您」於焉成名。

不是成功，是成名。

斯湯達爾（Stendhal）預料越來越開放的時代將放乾成功、偉大、神聖等名詞的血液，越來越墮落的思想將分割他們的屍體，現場行刑的劊子手就是不成功不偉大不神聖的當下通感。這樣很好，各自營生，認清這個脫衣露肉神嫖鬼鬧的時代現實，說不定竟有人因此得以真正偉大起來。比方說藝術家，固然可以靠連續與六十八名陌生男子交媾的行動藝術成名，或者靠剝面皮割乳頭驚駭觀眾，然肉體容易挑動也容易疲乏，倘若做得這麼絕都無人搭理，豈不是要直播菜刀抹脖子？或開槍轟腦袋？粉絲團，按讚數，觸及率，數字至上的年代，想當個藝術家縱然不上網花六十元新台幣買ＩＧ照片千個愛，也不意味恪遵家法，而是換個美稱，叫「寓傳統於創新」。

我想一定有人記得台灣書壇曾經流行過彩色書法，此門派以為傳統書畫墨分五色過於單調，情調偏向古老東方，現代書法應該結合油亮花彩的西洋繪畫，藉以展現自我的心志與情緒；在字體上尤以草書為主，解構成點劃線條，零度字義，高度造型，以抽象強調整體。唯一啟人疑竇的是……握刮刀和握毛筆的差別在哪？新興門派的發展軌跡通常是師尊出奇，徒兒更想出藍，把顏料改成天然果菜汁，造成不同層次的視覺效果；或把書法當科學實驗，在青蔥汁倒入黑墨水期盼調出雲破天青色，這個理論的腦中風在當年轟動武林。

自知難以成功的心態稍加扭曲，便成抄襲。上世紀八零年代，此岸慢慢看見對岸的紅火三式：癲狂、潑灑、蠻橫。這三式要用話語形容難，用寓言故事卻易：文革之後，迎來高漲的尋根之聲，吼得每位文化人都騷動起來，最能代表文化精神的首推書法，提倡書法，最快的方法首推辦比賽，頒獎，給獎金，獎金還得高額，額高名聲才鬧得響。如此一來，寫書法成了全民運動，只是不知道多少人是為了文化傳承，多少人是為了搶當文化紅人。

消息傳來某鄉某莊，鄉人挖長坑，放入宣紙，攤平，再蓋回砂土。同時將詩句交給不識字的孩童，讓他們在白紙上依照樣式，隨意塗鴉。三日後，出土的宣紙吸收水氣與泥色，陽光下視之恍若舊物，鄉人憑几轉擬小兒們的字跡，走筆兼具豪逸與童趣，字形在似與不似之間，行氣與留白夭矯在知與不知，評審過程中驚動四座，甚至有「道進乎技」這樣道家最高境界的審美批評，果然奪下金獎。此作一出，驚動中國各派教頭掌門：這墨跡癲狂、潑灑、蠻橫，望之不若名滿天下的啟功、林散之，究竟是何路高手？各大門派按不住蝨子般彈跳的好奇，四處打聽。

答案揭曉，是一對兄弟，連握筆都有問題的兄弟。

哥哥一時興起慫恿弟弟，成果居然騙過整座書壇。

話說回頭，書壇爭議什麼呢？那對兄弟抄襲天真，能叫作假嗎？惱羞成怒的書法評審們嚷嚷著要取消獎項，不讓騙子當魁首，其實只是不願被內行笑掉大牙，外行笑乾眼淚，從而敗壞自己「墨寶」的市場行情吧？然故事尚有後事待續。台灣的書法家不明緣由，也不知道中國為了這一張仿古宣紙鬧了個天破地碎，只知道不遠千里而來，得獎之作，順手摹寫，回去投件競賽，照樣訛詐獎金。後來兩岸慢慢往來，真相在地下流傳，只是不說破——說破了，能不被滅口嗎？

此事說來並非道德教訓，而是一樁現代藝術在美學絕境的寓言。美受到挑戰，被胡亂地塞進絞肉機，香消玉殞。所謂藝術家或是靠自殘搏版面，或是把超市的香蕉胡蘿蔔用膠布貼在牆上高價賣出，無非依賴挑動道德界線以假造藝術招牌招徠顧客，開了店門進去全然不是這麼一回事，店裡賣的往往是跟風的贗品。台灣書壇先是顏、柳，歐、褚更迭，現在則是智永《千字文》大行其道，十年過去，鋒頭仍健。倘斷小指為三截，千字《千字文》每字大小約為一截，書道字小求舒逸，字大求纏實，因此千字文鋒芒閃閃，游絲洽轉，中鋒側鋒變化曲折，目不暇給；輕盈的地方幾近滑開紙面，渾重之處像唐代裸體的豐腴女人，喝醉了一下子往你這邊頹下來。歷代書家譏評「為得右軍肉」、「氣調下於歐虞」，可是透氣、舒服。台灣書壇幾十年來，略貪軟媚，習者滔滔，技術如不熟爛難以在比武論劍時出一頭地。我的學生不怕老土之譏，執意寫歐，到了全國賽與各路好漢過招，果然敗北，當年優勝作品一字排開，全是智永，精緻美麗得彷彿彼此複製。

正正經經寫書法這麼沒人看，那就換個字體——《天發神讖碑》，夠張揚吧？趙孟頫《落花詩帖》，夠妖嬈吧？鳥獸篆，夠裝飾性吧？連這都沒人看一眼，那就抬上彩色書法，再不行，巨幅3D列印立體彩色鳥獸篆夠讓觀眾瞠目結舌吧？眨眼間以為到了南美雨林求生。

「成名必過火。」王爾德（Oscar Wilde）真會說俏皮話。

世道如此。我則時時夢迴不求成名的學書年歲——學書必始於楷、行，一路寫回篆隸，這般追溯不啻承祧九世。書法像文學，鮮少有各體兼備的人才，年輕的時候更是把式不全。但是我的老師和福樓拜（Gustave Flaubert）不一樣，福樓拜要求徒弟莫泊桑（Guy de Maupassant）學藝未精時不可隨便出手，出手便要驚鬼神；吾師則要求我多出去和別人比試，反正不出人命，還可以刺激鬥志，十足十的經驗學派。對我來說，與其說出場競技，不如說上台看戲。第一看排場，第二看演技，何謂排場？選手自帶的宣紙是也；何謂演技？選手運筆的神態是也。紙是灑金爛紅或秋香松花中堂、福壽瓦當條幅、蠟生金花羅紋扇面……箇箇是不同顏色的門，準備不足就別敲，起手無回的濃墨接觸了宣紙是一點沒得反悔的。場上最常見的情形是：練家子先在一般熟宣上試筆，覺得順手了，先把筆硯挪開，恭恭敬敬的請出那輕盈的重寶，立於桌前，紙鎮輕拂，其姿態有如鋼琴家確認座位高低、人琴位置。緊接著，蘸飽墨的秀筆軒起，左手比劃方位，筆尖猛然俯衝，臨到紙面卻悻悻然使個怪蟒翻身，斜去數吋。他擺一擺腦袋，吸一口氣，再來，筆鋒顫巍巍地盪在半空，繼之腕指一動，白鶴亮翅，流星追月似的要下筆，眼看要逞威風，忽地又拔身而起，離桌角數步。來來去去，這第一筆始終難以成形。

你不要恥笑他們胸中未有成竹，因為重寶只有兩張，寫壞了一張，看著另一張備用的，心理壓力更大。書法和繪畫不同，素描草稿尚可橡皮修正，松煙墨痕可沒有雌黃信手。因此必須準，全幅中堂只有毫尖一點，全紙作廢的情形多的是！第一次藏鋒就決定了作品成敗，況且寫書法求意在筆先，書家往往又想出乎自己意料，下筆更難。

且莫說是否為王羲之醉寫〈蘭亭集序〉一揮而就神品難再得的神話荼毒，作品終究會完成，上擂台與高手比拚，戰勝了裂土封王，戰敗了屍首也會郵寄回來，冠冕黼黻地埋葬在衣櫃深處，成為恆久供人欣賞的美麗死亡。書壇流傳一則掌故：某書生於科舉路上過關斬將，到了最後金鑾殿試，內製宣送上書生面前，請應制答題。鄉下人從沒看過這麼漂亮的紙，心驚膽怕，忍不住手抖，因此落了一等。

這叫「物鬥」。西洋人沒了上帝，以物為神，拜物勝於拜神；然而，物如同神，想盡辦法要在方方面面羞辱人，拽人踩在腳下，以張揚神蹟。人，忻慕物美，卻也要懂得輕賤，否則落居下風，自己就真的敗賤了。物，性好鬥人，人起身相鬥，這是一部現代可嘆的《伊里亞德》。端看各大筆墨齋，筆山水滴，臂擱文鎮，各種珍希；白牛角印，黃鼠狼毫，多少名堂。包裝則為祥雲彩布、番蓮紋錦盒、金銀鈕扣，最後輕巧無垢地放入套印商家字號的提袋。但人物相鬥後，能凝神養氣，提筆學書的又有幾人？

蘇子由論文，手裡掂量著自己和哥哥，言道：「子瞻之文奇，吾文但穩耳」。奇，人不一定容得下；穩，卻最容易親近人。國小的一個炎夏，初初提筆寫字，字出奇的醜，醜到連自己都無法容忍，撕爛了毛邊紙，連筆一起扔在陽台，跑下樓開冰箱吃仙草。吃了一碗，悶氣消散，想了想，咚咚咚地撞上樓把筆撿進來，收拾狼狽，攤開九宮格，繼續描紅。寫了幾個月，老師對我說，你知道什麼是天分高嗎？天分高就是，在你還似懂非懂寫出來的東西，人家就覺得好，沒辦法解釋的。像你，就是天分低。

天分低，夠把字寫漂亮了。訣竅在於把墨磨黑，墨黑，字就亮。墨汁加點水，將鐵齋翁方形長墨使勁慢磨，千萬別用什麼盤龍柱，那種觀賞用墨條不發墨，顏色慘淡，如屍居，一幅字寫完，如鬼市，還刮花硯台，邊浣硯邊心痛。學得這點，寫起書法來可就得意洋洋，左踢右捺無不閃閃發光，我天天陪著文房四寶，一張張的臨帖陪著我，彼此親近，看了就開心。這表面的，這快樂的，這幼稚的滿足幫助我度過第一年的折磨。學會寫字不夠，還要學會用印章，懂字又懂印，才叫內行。三十幾年前，我還真的看過中學生持荔枝、田黃刻的姓名章，掀開瑣窗格子錦盒，捧出粉撲大小的彩瓷缸，我一看唉唉啊是西泠印社的印泥（分不清是光明還是美麗還是更高檔的），他掀開蓋子，印面均勻輕捺，於落款處當胸直下，朱文滾燙，在紙上燒出紅疤。一幅中堂大字處處講究，剜人眼球，以為他要交件，居然又從口袋摸出一枚寸長的梨形印，原來是引首閒章。你完了，他還沒完呢！

物鬥，從小開始，只是那個時候不懂。你以為我是受了這些竹石翰墨的吸引才學書法的？還是看了氣象萬千的作品心嚮往之？或者是父母親送我上才藝班方便比賽得獎上台拍照？不不不，都不是，但原因我也說不清想不透，不過是小一寫字課上換了軟軟的毛筆寫字，覺得那張紙很壞，把字變好醜。沒有生命可以忍受醜陋，尤其這醜陋是親手造出來的。塗鴉門牆令人開心，但終歸要靜物素描；嬰孩伊呀固然可愛，長大仍難逃語文焚煉。墨中有火，一旦走入了藝術的雷霆，同時也就有了兩種騰騰的人生：一種是渾然唯愛的童年，一種是覺識析辨的成年，當我們探究兩種人生的三原色，必定都是墨韻，留白，與朱文。

書法是最困難的藝術，以至於只是寫字這麼簡單。藝術和把戲的靈肉關係大約如此：沒有把戲，觀眾看了會膩；只是把戲，觀眾看一次就膩。如果真是藝術，一橫一豎站在那兒便令人觀之不盡，賞之翫之而不足，最好的藝術就是最好的把戲，因為背後下足了工夫。此一防止空洞的道理可以連綿地討論下去，比方書法是不是該趕流行，宣紙該不該做舊。

在我們的時代，故意做出和別人對您的期望相反的事情似乎顯得太刻意。如你問我，我答如下：天然灑落，耽詩耽書，書成則邀三五賞心好友，指點嘆息，直至夜深時分，各自數著路燈，懷著酒意，打道回府繼續練功去也。

——原載二〇二〇年六月二日《中國時報》人間副刊

林銘亮，現為清華大學中文博士候選人，新竹高中教師。曾獲全國大專生古典詩獎、台北文學獎、竹塹文學獎、夢花文學獎等文學獎項，〈嘗鮮〉一文收錄於《二〇一九飲食散文選》，並於《自由時報》、《聯合報》、《中國時報》、《人間福報》、《印刻文學》、《文訊》、《光華》等報章雜誌發表作品。著有傳記文學《張昭鼎的一生》、論文《諷刺與諧擬——論張大春小說中的諷喻主體》。

買一尾詩集——離畢華

傳統市場總讓人覺得隱隱然藏著盛宴的祕密，一如進到獨立書店，看著全是無異連鎖書店一樣的書，味道卻全然不同。

散文集在菜蔬瓜果那一攤，那位名家又寫了一本情愫繾綣、翠綠如玉的龍鬚菜。閨秀小品是那磕碰不得的進口雪梨。那些小文青們書寫了清新脫俗有著特殊香氣的芹菜或芫荽。有位知名老作家寫了一條回顧大半生葫蘆科的苦瓜，表面具有許多不整齊瘤狀突起是他坎坷的一生，如今憶想起來，回甘。花椰和白蘿蔔是鄉土地誌。紅龍果該算哪種性質的散文呢？封面設計勝過內文的那種嗎？

你喜歡小說吧？小說在那一攤。攤架上攤著淡紅和粉紅色交染的活體豬肉，一塊塊一條條攤開來讓你看清肉身真相，文字間如神經的線索已切斷，煎炒煮炸燉滷全憑妙手，多餘的肢節剃除殆盡，像小說講師無不盡言的剖析出來的大骨是大結構，陳列一旁，熬出骨髓正是精華。掛在鐵鉤上的肝膽腸肺是需要特殊處理的情節，畢竟是一場又一場的懸疑。

盧兆琦繪圖

我想買一尾詩集。捏著這本，「老闆，詩目魚怎麼賣？」專注處理魚體的老闆像隱在書店陰暗角落的老文青，眼也沒抬，鄰身的另一位客人指著書背的標價，「照原價賣。」老闆木訥寡言，從不招呼客人，可他處理魚肉刀法明快、肉身乾淨，回家甚至可以直接下鍋，一口氣一個晚上便可竟篇，所以攤前客人很多。

先掀開腮的序，查看是否血紅新鮮，那些正當紅的推薦文哪。整齊排列的魚鱗，泛出冷靜卻憂鬱的藍光，一片一字一字一片的挨著，無一贅字齊齊整整的句子，一句一句的花紋如深海水波，忽而深潛忽而露出水面，直至落入凡間。結束在和魚體極不相襯的小小尾鰭。老闆快刀一下，別說尾鰭，連偏離題旨的背鰭和臀鰭和原以為十分重要實則多餘的內臟早已一併去蕪存菁！

窩在床上乾煎了一尾詩集，只加了一點松露醬油而已。

——原載二〇二〇年六月十日《自由時報》副刊

離畢華，藝術學碩士。曾獲第二十一屆時報文學獎新詩首獎、第一屆台灣文史營新詩競賽第一名及第三名、二〇二二「好詩大家寫」現代詩組貳獎；玉山文學獎小說類、梁實秋散文獎、台北文學獎新詩獎、九歌兩百萬小說入圍。詩作入選《一九九一～一九九九年世界華文新詩總鑑》、《九十年度詩選》、《二〇〇三年台灣詩選》、《二〇一五台灣詩選》、《二〇一八台灣詩選》。著有詩集《縱浪去吧》、《迷人》、《山中曆日》，散文油畫集《心裡的光，亮著》，小說《道生法師……頑石點頭》、《花間總問鳥聲否》，長篇小說《十三暝的月最美》，合集《簪花男子——離畢華詩・文・畫集》，造型設計書《盛開的女人》，畫冊《野草花園》，台灣新俳壹百句《春泥半分花半分》。

別再大掃除——鍾怡雯

洋曆新年才開始，過年的陰影便隱約成形。又要過年了，這念頭一出現，背後好像真的跟了一個叫年的怪獸，我看不到牠，卻老是有種被跟到的心神不寧。不知道從什麼時候開始，我變成了怕年的人。

不就幾天而已，沒什麼好過的。說這話的朋友是個神經大條的主婦，平時不太開伙，也不愛打掃。她有健身癮，每天要耗兩個小時上健身房揮汗練肌肉，過不過年她都過平常日子，每天睡足八小時，睡飽了日日是好日，年年是好年。拖過地板便可以過年了。另外一個朋友剛好相反。才過冬至，洋曆年還沒結束呢，她的感嘆已經很深很濃了。一年又快過完，要過新年了。真快，會怕欸。這樣的話我聽了十幾年，她的時間感很強，什麼節日都有感想，無中生有，老跟日子過不去。她叨唸過好多次了，平平都上班，為什麼我下班回家要做家務，男人可以不做？下班回去很累還要抽空洗洗刷刷的，這樣公平嗎？

那就別掃，年會來照樣也會走的。她猛搖頭，怎麼可以？沒有大掃除怎麼過年？

她說中我的心事了。大掃除絕對是關鍵。除了住宿舍那幾年，過年跟大掃除幾乎要劃上等號了，過年先得勞作，租的房子要掃，買的更加不能不掃，房子要煥發新的氣息年才能降臨，這是家訓，母親留下的精神教誨之一，其他的包括每天擦地板，不外食等等，都是折騰女兒的勞力活。我們家妹妹曾經拖到年二十九眼看要突破封鎖線了，最後還是沒衝過除夕。她說沒弄條濕布東抹西擦，身上沒沾點灰便渾身不對勁。有一次在小妹家，三姊妹在流理台和爐火邊混戰，做頓飯出嘴又出手，人氣火氣一樣猛，弄得大汗直流。煮完吃畢，最難伺候的小孩也終於填飽，收拾過一地飯菜的殘渣，小妹默默濕了拖把邊拖邊嘆氣，說，我實在不懂，為什麼吃完飯要拖地板？三人對望了一眼，都很有默契的笑了。

母親一定也跟著笑了。她過世多年，卻彷彿從未離開，果然母訓長存啊。母親沒料到我會長住台灣，她沒嘗過冬天大掃除的滋味，天寒水冷又是淒風苦雨的，真是折磨。寒假後過年前，就那麼一小段空檔時間，剛忙完學校的腦力活又迎來家裡的勞動工作，這叫雙重剝削。上班的人回家還有家務要忙，過年前還加碼勞作。每回我說要請人打掃，總是得到這樣的回答：萬一來的是阿嬤，你忍心讓她一個人做嗎？告訴她怎麼清怎麼做，講得來你都做完了。

好吧。都怪我媽。

做起家事，我很像拚命三娘，而且見不得髒亂。要讓一個家不髒不亂其實並不難，認命點勤快些，別想太多。可是我常常覺得家務活很無謂，打掃浪費時間。剛成家時，我每天擦地板，後來改成隔天，現在一週一次，比較容易髒的一、二樓一週兩次，算是開悟許多。等哪天徹頭徹尾大悟由它髒由它亂照樣開心過日子時，可以開香檳慶祝。

這世界是微塵的，塵埃無所不在，誰都明白清潔工作的精神意義遠大於實質效果，大掃除也不過是過年的通關儀式。傳統華人家庭的長女，從小就明白大掃除和過年的關聯。如果母親讀過《金剛經》，她早該悟得微塵眾的意義，早早放棄折騰女兒折騰自己。塵埃不只無所不在，而且不分室內室外，一個月吧，只要過了一個月，好不容易收拾乾淨的房子又要還給灰讓給塵。大掃除也好，小掃除也罷，都是徒然的戰役。過完年，書架蒙著灰沾著貓毛，看得見看不見的縫隙也早就髒了。跟灰塵的纏鬥是無用的，它乘著時間的翅膀暗地裡收復失地，讓人有白做工的沮喪。我明白人生有很多薛弗西斯的時刻，但是從來沒有一件事情像清潔工作做起來那麼讓人無力。想到母親在家事打滾完一輩子，從家事裡再生出做家事的力氣，只有佩服。

每年我都有奇想，過完今年，趁熱呼呼的夏天把大掃除提早完工，輕鬆等過年。還好從沒實踐過。很可能這樣一來變成一年大掃除兩次，虧可吃大了。從大掃除的念頭一起，眼睛也清明起來，房子到處蒙灰沾垢，處處都等待清理打磨，走到哪都發現髒汙，走到哪都有個聲音跟著，大掃除大掃除趕快大掃除。那些平常沒注意的角落和縫隙，櫃子上方和架子底下，想到想不到的角落，灰塵早已靜悄悄都鋪仔細了。好像年獸在人世間行走打滾經年，惹了一身塵埃，就等過年洗個乾淨的澡。夏天離過年可遠得很呢，大掃除？找自己的麻煩。

母親不怕麻煩。我猜她的人生哲學裡根本沒有麻煩這事。她可是連廣告的空檔也要起身清個桌子，或者撿拾餅屑的人。兩個親家母看不過眼，說過一模一樣的話：妳可以坐下來，好好看電視嗎？母親用親家母的口吻質問自己，笑嘻嘻的，好像在講別人的故事。她站在沙發旁邊，手上還捏著濕抹布，臉上彷彿汗水閃閃。

那時她跟老五住。老五從小外向，擅長的是運動，牆上的游泳獎牌一字排開，全是她的彪炳戰績。她對家事沒耐心，很幸運的既沒遺傳到母親的潔癖，也沒受到母親精神的感召。老五的三個兒子一個剛上幼稚園兩個國小，這年紀除了擅長打架吵鬧更擅長製造髒亂，生了六個女兒的母親竟然說，女兒好，女兒愛乾淨，還會幫忙掃地擦地板，換成連生六個兒子，我會做死喔。語帶慶幸。看不得髒亂的母親在老五家有做不完的家務，老是坐立不安。老五很沒良心的說，媽有事做才不會老。

坐立不安。這是我用來調侃母親的成語。什麼叫坐立不安你知道沒？坐也坐不久，站也站不住，剛坐下便想起衣服沒收，站起來就要順便開冰箱解凍豬肉，一天下來閒不得。從前母親也見不得女兒閒，只要我們看電視超過半小時，很快就收到她的家務命令。我總是使命必達，不像老二老三會討價還價或者拖延戰術，尤其敷衍了事最讓母親無法忍受。任何家事母親都認真以對，從不馬虎，而且從不埋怨。飯菜沒對父親胃口時招來惡言，她也不回嘴，母親過世八年了，我對這事始終沒釋懷。

油棕園沒有點心麵包店或麵攤，母親煮三餐外加下午的點心，攤面餅、捏咖哩角、蒸粿，即便最簡單的蒸木薯吧，也要看火。她的耐心打哪來我不明白。好吃的木薯微帶焦黃，母親連個簡單的點心也有她的堅持。九張嘴要餵食，一週七天的無休無薪勞作，沒完沒了的吃，沒完沒了的做，日復日的重複這種沒成就感的勞力活。無條件付出。把生命耗在沒人給予肯定的瑣事。窗明几淨又怎麼樣呢？家裡髒些亂些日子還是可以過的。有了自己的家才明白，這個艱難的角色，我們家姊妹沒有一個人擔當得起，總是要在別處肯定自己的存在價值，才有辦法做這種沒人肯定的家務瑣事。

理家這種事，女人不帶頭做，男人也不太會做。起碼在我家，自然有怕髒的人會先動手。拖地時還會聽到這種欠扁的話：又擦地板？明明還很乾淨啊。那雙著地的腳現在會自動抬高了，眼睛可是沒離開過電視。

我一直以為自己走的路做的事跟母親完全相反。不然。早在我還沒認識命運二個字時，母親的身教已經成功。

母親很會流汗。我總以為那是天熱，我們家人全都汗腺發達，母親汗津津的樣子很合理吧。況且，馬來西亞哩，出汗不是很平常嗎？這幾年聽多了更年期故事，我開始回想，五十歲以後的母親，不會熱潮紅吧？朋友的，朋友的朋友的故事，一個比一個誇張。有人年輕時覺得冬天難熬，睡覺沒電毯難以成眠。更年期一到，立刻說寒流最好，夠凍，冷氣團還不夠看。有人說冬天在日本行走，穿件薄外套加件短袖可真舒服啊。還有人半夜熱醒，在床上掀被子滾來滾去，就是要找塊涼爽的床面降溫一下。最好笑的說半夜從窗口吹來的冷風好享受，上廁所時忍不住多待兩秒，還用手在臉上加碼多搧兩下。說這些事時朋友邊笑邊比劃，她的表情逗趣又搞笑。我想到母親。

母親更年期時有症狀沒有？那時我剛教書，同時寫博士論文，兩件事幾乎耗掉了所有的精力。三十歲左右的我沒什麼更年期的概念，周遭也沒有這個年紀的朋友。那時沒有打國際電話的習慣，五個妹妹都離家了。母親一人獨力應付這隻大怪獸？類風濕關節炎、突然狂飆的膽固醇，這些都跟賀爾蒙的變化有關，母親肯定吃了不少無處可訴的苦頭。

有一次返馬，我問她還有沒有吃當歸。青春期時，母親偶爾用紅棗當歸燉豬肉，晚飯之後，入睡之前，一日的勞作接近終了，還有小小一鍋的熱湯在爐火上冒著溫暖的甜香，像個美麗的驚嘆號。我很喜歡當歸溫潤的氣味，有那麼一兩次，母親也讓我喝上一小碗。以前家裡很少吃補也沒宵夜的習慣，這道湯品讓人印象深刻，當歸和紅棗的暖香停駐在安靜的夜留在我的記憶裡，少數屬於我和母親的私人祕密。

經我一問，母親有點靦腆的說，停經了，不用吃了。那麼坦白直接，我有點詫異。這麼一件小事，不知為何我一直放在心上。我的好奇從來不用在家裡，說表面話，不表達深層情感，點到即止最安全。母親說了，我也聽到了，對話就此打住。但是肯定意識到這句話的不尋常，否則不會往心裡去。

有一次在老五家，我在草地上閒步等晚飯。新種的秋葵一支支長得肥碩有力，已經不是女人的手指了，而是不折不扣的羊角。英文把秋葵叫作女人的手指，那肯定是不做家事的纖纖玉指。馬來西亞華人叫羊角豆，很土，倒是比較貼切。母親喜歡種菜，而且很會種，花草都打理得生氣勃勃，惟獨自己的身體顧不好。那天她剛洗好頭，髮是濕的，臉上冒著汗珠。不知道是水或汗水跑到眼裡去，紅紅的，像哭過。泰山欺負你？我調侃她。泰山是老五，我們有時叫屬虎的她老虎，她叫阿珊，母親有時也喊她泰山。喊泰山就沒好事了，肯定是哪裡惹火了母親。我們還泰山泰山的跟著母親叫到現在。

母親其實不太會哭，她只是疲憊。做了幾十年的家庭主婦，身體累心更累，常說不知道要煮什麼，現在我也能體會她的心情了。習慣了不外食，當煮飯變成責任和義務，連打開冰箱都會嘆氣，好像小孩子不得不打開書包寫功課，只求速戰速決。大掃除也是。

母親在世的最後那個除夕，我吃完飯打電話回老五家，竟然是母親接的。她說父親在剁雞肉，每年除夕的年夜飯必然會出現的白斬雞，妹妹戲稱那叫百吃不膩。手痛啊，剁不動。輕描淡寫的語氣，帶著笑聲，那個痛隔太遠，又被笑稀釋了，我沒多想。母親的類風濕關節炎伴隨著更年期折磨她到離世，我寄過食品也寄過中藥，她的病時好時壞，讓人擔心。農曆年過後，她背痛得起不了床，進了醫院，動了一個號稱有九成五把握的脊椎手術。那是母親過的最後一個年。

最後一個年，不知道母親有沒有大掃除。

——原載二〇二〇年六月十八日《聯合報》副刊

鍾怡雯，生於馬來西亞。現任元智大學中語系教授兼系主任。著有散文集《河宴》、《垂釣睡眠》、《聽說》、《我和我豢養的宇宙》、《飄浮書房》、《野半島》、《陽光如此明媚》、《鍾怡雯精選集》、《麻雀樹》，論文集《莫言小說：「歷史」的重構》、《亞洲華文散文的中國圖象》、《無盡的追尋：當代散文的詮釋與批評》、《靈魂的經緯度：馬華散文的雨林和心靈圖景》、《內斂的抒情：華文文學論評》、《馬華文學史與浪漫傳統》、《經典的誤讀與定位：華文文學專題研究》、《當代散文論Ⅰ：雄辯風景》、《當代散文論Ⅱ：后土繪測》、《永夏之雨：馬華散文史研究》；並主編多部選集。

在綠島，追憶父親柏楊

郭本城

綠島在台灣東南方約十八海里的海域，面積約十六平方公里。綠島環島距離約二十公里，自台東富岡漁港搭乘遊輪約五十分鐘，十五人座的小飛機約十五分鐘即可抵達。

這個孤島曾經稱為「火燒島」，傳說是大清嘉慶年間大火焚燒島嶼而得名。綠島就像電影《惡魔島》（Papillon）的那座小島，孤懸於台東外海。

在白色恐怖席捲台灣的上個世紀中期，綠島是一個嚴格禁忌與深不可測的神祕之島，而現在則是引人入勝的國際性觀光度假勝地。在日本殖民統治時代，就已經在綠島的「流麻溝」附近圈地設障，做為囚禁抗日分子的天然監獄，稱之為「火燒島浮浪者收容所」。以日本皇軍殘忍暴戾的習性，絕對不會善待俘虜，他們在孤島上肆無忌憚地殘害囚犯、生化實驗，使台灣的民族英雄折損無數。

綠島海域的海象險惡、暗礁滿布，是綠島的天然屏障，而且還有一股強大的黑潮，往北沖到日本，囚犯絕難脫逃。一九四九年八月一日，國民黨政府更名為「綠島」，但仍延襲舊制，維持監獄的功能，而囚禁的多是蔣家的政敵和異議分子，以及惡性重大的流氓。

一九七二年開春，先父柏楊從「景美看守所」被五花大綁遣送到了綠島，囚禁在「綠洲山莊」

四年，但是刑期屆滿卻不被釋放，仍被軟禁一年又二十六天，因為國際上的援救，才於一九七七年四月一日釋放返台。十年冤獄的淬鍊，以及重新開始的人生，讓父親在最有權力報復之時，他大度地放下仇恨，選擇了原諒。

父親對綠島感情是特殊的、濃厚的，也是錯綜複雜的。在他被禁錮的生命史中，這個惡海之中的孤島，占了極其重要的地位。

父親離世之後，我們遵其遺願，將他的骨灰撒在綠島海域，當天因為風浪過大，阻礙了我們繼續前進，在浪濤洶湧中撒完骨灰，匆匆完成儀式，我們就身心濕透地折返台東了。

往後幾年，我數度心動，卻都因故沒有行動，連遠在舊金山灣的「阿卡翠斯島」，我都專程搶灘成功了，綠島距離不遠，但是，卻像好遠好遠。

慈母之心

很多遺世孤島，都有其特殊的宿命，不只是憤怒與悲情而已，綠島就曾經滿載了令人顫慄的血腥和悽慘的故事。

台灣長達三十八年的戒嚴，綠島被烙上悲悽壯烈的印記，標示出多少冤屈的幽魂和血淚的痕跡。這是台灣獨裁統治最暴力、最猖狂的階段，也是人民最噤聲的年代。

我這次登島訪問是「X」行動，紀錄為「X」檔案，就是指「綠洲山莊」X形放射狀的外形，而「X」又是個叉叉，寓意著錯誤之後的反思與重生。人權館派專人為我解說，又派專車載我「環島」，使我倉促的行程圓滿地達成任務，讓我不勝感激。

其實，綠島是座既夢幻又浪漫的旖旎島嶼，令人心曠神怡。這裡經過千年風化及海波浸蝕，海岸線特殊曲折，滿布巨大的岩塊，完全沒有人工的破壞。

遙望夕陽餘暉，柔和得讓你與海緊緊相擁。這是上帝何等的恩典，讓這裡的一切能從殘暴、血腥、含辱和淚水之中，歸於平安、祥和、寧靜和歡笑，還給我們一個有尊嚴的人間怡境。

在綠島西北角的高地上，有一座純白色的漂亮燈塔，這是在一九三九年美國捐款興建的，也是綠島的精神象徵，更像偉大的慈母，永遠矗立在我們的孤心之中。她永無休止地發出亮光，指引我們的旅程，不眠不息更無怨無悔。這座純白燈塔跟「人權紀念碑」的碑文相互呼應，白晝展顯白色的純潔，夜晚投射慈暉的光炬。

我稱燈塔為「慈母之心」。她高三十三點三公尺，是航海人的守護之神，是遊子的北斗星辰，後來被日本飛機炸毀。經過重建，至今已七十高齡，是太平洋上最具歷史意義的一座燈塔。

我朗讀父親在紀念碑上的題字：「在那個時代，有多少母親，為她們被囚禁在這個島上的孩子，長夜哭泣。」我也特別撫摸了父親的名字。

一個人有掙扎與哭泣的權利，在紀念碑前，你可以撫摸刻在上面自己的名字，或是撫摸刻在上面父母或兒女的名字。你可以飲泣，也可以嚎啕大哭，這裡就是能讓你完全釋放、盡情抒發的地方。

禁錮的靈魂與身體

綠島監禁政治犯第一個階段，是一九五一年啟用，至一九六五年關閉的「新生訓導處」。

在一九五一年五月十六日的一個星月隱晦之夜，第一批政治犯滿腔的恐懼，手銬腳鐐、五花大綁，跟粽子一樣被捆成一串，在詭異、肅殺的氛圍之中，除了腳鐐拖在地上的刺耳聲響，以及軍警的吆喝聲外，連空氣都凝結不動。

在地上軍警憲兵荷槍實彈、空中直升機盤旋警戒的全面戰備之下，一串串肉粽步履蹣跚地被驅趕登艦，擠進老舊船艦的艙底，在船底捱過驚濤洶湧、風高浪急的兩天一夜，柴油味＋嘔吐味＋尿騷味，甚至有失禁的糞便臭氣熏天。

他們沒能向親人告別，也不知道有無機會，對這「又失蹤」的原因對摯愛的家人補充說明。左搖右晃在第二天抵達綠島時，每個人都已經兩眼翻白、軟癱難行了。

他們不敢有任何抱怨之聲，因為在這孤島之上、極權之下，帶刺的鐵絲網，形同刺入枯瘦的身軀，再刺入骨髓。即使刑期屆滿，你也可能無法獲釋，永遠過著集中營的生活，還有最壞的準備，就是身葬異鄉，然後給鯊群裹腹。

第一梯政治犯稱做「新生」，一上岸就到海邊搬硓砧石來修築一道一千三百公尺長的圍牆，稱為「萬里長城」，把自己監禁在裡面。這是他們敲打出二、三十萬顆的硓砧石所堆砌建成的。接著開始建造牢房、營舍和所有公共設施，並親手掛起「新生訓練總隊」的大招牌。

嚴冬酷寒，使他們冰冷的心更加凝重，囚禁在孤島上可以呆滯思想，卻不能停止勞動，凜冽的北風砭骨，他們卻必須站在海邊，迎著刀割般的寒風敲打石頭。

當時一個大隊有四個中隊，三個大隊分為十二個中隊，每一中隊約一百二十至一百六十人，而女性在第八中隊，最多時也近百人，加上南日島的俘虜及獄方的管理人員，總計將近三千人。到了新生訓導處後期，又編了十三中隊，就是自殺身亡者，或病死沒有家屬領回者，就埋在新生訓導處公墓，這個集葬地的墓園就是十三中隊。

那個齷齪的年代，吞噬了無以數計的寶貴生命和青春年華。

在綠島刑期超過三十年的政治犯，就有二十多人，被囚禁最久的居然長達三十四年七個月，這些數字絕對可以申請金氏世界紀錄了。

綠洲山莊

當年綠島的生活條件太差，一切都因陋就簡，好幾千人過著原始叢林的克難生活。

除了勞動之外，政治思想的教育課程繁不暇目，包括國父思想、孫文學說、國際形勢、新民主主義批判、領袖言行、蔣介石對軍民同胞訓詞、日寇侵華史、中華民國憲法、中國近代史、中華民國革命史等洋洋灑灑十多本，充滿思想改造的政治性課程，讓人喘不過氣來。

很多新生的知識水準比一般官兵還高，所以官兵要求新生們自己編輯書冊，再教導自己，然後再分組討論。這裡有各級的政治指導員負責評核考績，如果不及格，即使刑期屆滿也不能出獄，有的轉送小琉球繼續勞改，有的就送去軟禁。

九點半關燈、關門並扣上大鎖，十點整準時就寢，查房之後結束這艱辛難熬的一天。但是，即使每個人都疲憊至極，但仍有人輾轉難眠，有人思念至親、有人傷痛呻吟、有人撲蚊趕蠅、有人唏噓飲泣，此刻窗外的蟲鳴，也奏出交響樂曲更加惹人悲悽。

一九七二年至一九八七年第二階段的監獄，是國防部綠島感訓監獄，就是今日我所看到的「綠洲山莊」。這也是執行完全封閉式監控、勞動、思想改造和起居管理，外界無法一窺全貌。

綠洲山莊是一九七一年二月五日開始動工，當時由台灣各監獄遴選具有營建技術之八十名受刑人長駐綠島施工，耗時一年半才完成第一期工程。比第一批政治犯被移送綠島，整整晚了二十年，當然，營造技術、機械、生活水平和方便性，其進步也都不可與二十年前之艱辛、匱乏同日而語了。

綠洲山莊是台灣戒嚴時期，最後興建的一所政治監獄，父親就在一九七二年被關進這個擁有度假村名稱的陰森囹圄。其實，這就是勞動思想改造的集中營，人數最多的單一時期，就高達兩千人。

父親持續一種使命感的好習慣，把早餐吃剩的稀飯塗在報紙上，一層一層黏著再經過風乾，變成一張很硬的紙板，他就擺在大腿上，靠坐在牆角，藉著微弱的燈光，持續他監獄文學的創作。

他每天專心地振筆疾書，一個字一個字地寫在類似報紙這種容易偽裝、容易掩飾的紙張上面。

就這樣「一日復一日」，他從台灣的監獄，寫到了綠島的監獄。

勇闖鬼門關

我看到一隻大象鼻子般拱形的蝕洞，旁邊有塊巨石連接，形成一個通道，這就是「象鼻岩」，是通往監獄的必經關卡。

第一批政治犯上岸，戴手銬腳鐐徒步從碼頭走過這條泥濘不堪、步履維艱的小道，他們不知道自己會被關多久，他們無法掌握自己的命運，即使十年、二十年總還有個盼望，就怕一輩子飛不出去、屍骨無存。所以，他們稱這道關卡是「鬼門關」，我踱步慢行，深刻地體會那種沮喪、黑暗和被蹂躪的破碎心境。

通過鬼門關，政治犯都要走「新生之門」進來，出獄時因為已經「新生」了，才能走「革命之門」出去，數十寒暑下來，洗腦成功的才能出獄，這真要看個人的造化了。如果洗腦失敗，則送到小琉球延長管訓、做工、開墾，繼續洗腦，不過現在小琉球的管訓監獄已經撤掉了。

新生們在這裡接受重新生活的勞改訓練，每天上山砍柴、海邊打石、修建碉堡、房舍和馬路，還要建築克難房，當酬勤水庫施工期間亦遭派遣支援，這些都是勞動改造，就是每天持續永不歇息的粗重勞動。

靠燕子洞海邊那裡的石頭比較平整的，都是他們用雙手和鑿子，一吋吋敲打出來的，這兩千米的海岸線，布滿了勞動者打石的足跡和血漬。而蠟像館裡的人物，就呈現出他們勞動過程的艱難、辛苦和傷痛。

蠟人們的手腕、腳踝、肩頭、手臂、腰背和大小腿等處，多用紗布及繃帶包紮著，這些都是受傷、扭傷的，輕則皮開肉綻、重則筋斷骨裂，打完石頭還得搬運回來，分批興建各樣的公共設施。

在打石的工作中，他們會遙望西北邊的「將軍岩」和「三峰岩」，這正是台灣的方向，晴朗時可以看見中央山脈、大武山、海岸山脈，新生們遙望自己的家鄉，寄予無限的思念。

他們跟先父一樣，大多是手無縛雞之力的書生。而讓書生做這種超重的勞動，實在是倍感吃力，他們都是被判重刑，財產被沒收充公，之後再被押上綠島來開墾的，辛勞之軀、思親之情與冤悽之怨，旁人永遠無法理解。

晚霞如火燒古城

父親重獲自由的二十年之後，他連續四年三度重返綠島，第一次是一九九六年公視拍攝《柏楊傳》，第二次是一九九八年「人權紀念碑」動土典禮，第三次是一九九九年「人權紀念碑」的落成典禮。

一九九六年七月十六日，父親跟公共電視台到綠洲山莊，他穿起「二九七」號的囚衣，坐到當年牢房一角，述說二十四年前五花大綁被押解到綠島「勞改」及「軟禁」的生活。接著，父親百感交集，特別作〈綠島呼喚〉一詩紓解情緒：

晚霞如火燒古城，群山齊動傳茄聲；
孤島有情長夜泣，蟄龍沉睡海吐腥。
無邊風雨蕭蕭去，曙光穿雲一線明；
法場鮮血囚房淚，癡心仍圖喚蒼生。

綠島詩篇

廣場後方有一排破碎、荒廢的二層樓建築，這就是當年令人顫慄的「隔壁」，名為「警備司令部所屬綠島指揮部」，就是先父被軟禁之處。現在時逝、人逝、樓亦逝，回顧歷歷，徒增無限惆悵。

初春的螢火蟲很多，螢光萬點閃爍在「慈母之心」的裙角下。新生們從小小的窗櫺中，看見螢光忽地飄過，或許跟看見流星一樣許下心願，祈禱自己能活到重獲光明，也祝福台灣的親友平安。這個季節萬象更新，新生們圍坐牢房高歌一曲，也能抒發鬱悶情緒，而〈綠島小夜曲〉會唱好幾遍，一遍比一遍悲不自勝，最後，終於有人泣不成聲。

其實這首歌並不是指綠島，而是指台灣，因為台灣寶島充滿了綠意盎然的青峰翠嶺，也只有台灣才有眾多的椰子樹，綠島哪有椰子樹？綠島地圖怎麼看都不像船，而台灣卻很像一條船。

「這綠島像一隻船，在月夜裡搖啊搖……」這句歌詞在當年，也經過情治單位的約談，因為「船」影射台灣孤立在海峽之中，「搖呀搖」暗示不太平穩。但是〈綠島小夜曲〉跟〈大力水手〉的命運不同，沒有造成流血或冤獄，值得慶幸。

今年是父親百歲冥誕，我為這個昇華中的綠島，寫下這首真正屬於她的歌曲〈綠島的詩篇〉，獻給這個島上的居民，以及曾經監禁在這島上的長輩與朋友們，藉著遲來的優雅詩篇，給您們衷心的祝福、擁抱和鼓勵。

〈綠島的詩篇〉

白色的燈塔點亮了希望、點亮了沉睡的大地、也點亮了綠色的孤島。
遲來的陽光、遲來的愛，遲來的微風、遲來的雨，還有遲來優雅的詩篇。
永遠的白色，烙印在白色的燈塔。那是慈母的心，投射出永恆的春暉。
白色的人生，孕育著綠洲的禁地。一段永生難忘的破碎生命，我們是浴血鳳凰。
一道劃破濃霧的光線，照亮枯萎的傲骨。
撫摸著你的名字，遙祭無限的哀思，繫上絲帶，憑弔沉睡的冤屈。
豺狼已經斷了獠牙、魔鬼已經滅亡，火已經不在綠島燃燒。

生命種子的熱淚，在芬芳的綠地上萌芽。
迎著火紅的晚霞高照，我們重新到海邊尋找貝殼。
螢火飄過花叢，月光灑在樹梢，浪濤沖去了我們的哀傷。
親愛的母親不再流淚，讓落葉化作春泥，讓綠島長青。

——原載二〇二〇年六月二十八～二十九日《自由時報》副刊

一九五九年父母仳離我才五歲；一九六八年父親因「匪諜」之嫌遭捕，我才十四歲。對世事似懂懵懂，但卻感覺到師長的眼神不比從前慈祥了。父親被唯一死刑起訴、冤獄十年。母親帶著我和弟弟，跟外公、外婆過著勤儉節約的日子。我們怕被監控，也養成儆醒低調的性格。我身為這個特殊、破碎家庭的長子，成長過程揹負「黑五類」的包袱，使我壓抑沉鬱。尤其兵役期間，經常承受歧視待遇，且須按時報到接受保防檢驗。我的簡介異於常人，因為我不同於一般人的人生歷練。我是個平安之子，凡事只有謝恩。已逾耳順之年，投稿得主編與讀者喜歡，則是我最欣慰的一件事了。著有《背影——我的父親柏楊》。

家書四封——楊牧

一

常名：

前幾天我開始寫一封信給你，但寫得很慢，後來不知道為什麼，那些字也都消失了。現在想重新開始，希望很快可以寫成。如果我常寫，我的電腦網路技術應該會進步，只是不知道需要多久時間。無論如何，這樣練習一段時間必有好處，而且於你也是一個使用漢字熟習漢字的機會。

你在華大已經兩學期，關於研究所的一切大概多已經有些認識。我最大的希望是你能真正喜歡你在做的，研究的學問，因為只有如此學校的生活才有意義，也才有趣味。你當然知道，學業是很重要，現在這時候把根基打好，終生受用不盡。可是，同時，我還是最希望看到你以上研究所為快樂，而不要以它為負擔。至於將來等書念完了以後將選擇什麼行業，在學校或到工商界，我覺得都很好，雖然我自己一生都在學校教書，否則就像現在這樣在一個完全以學術研究為目標的地方做相似的工作，我認為應該一切順其自然，任何選擇皆有其道理，重要的是性情合適，必然就能發揮所長。

你除了經濟學之外又能夠有些別的興趣可忙，平常生活過得很充實，媽媽和我都很高興，很放心，也很為你感覺驕傲。功課之外又有音樂和壘球，的確非常理想，使我也覺得羨慕。法文進步之後，就可以閱讀歐洲最好的文學，會使你終生覺得享受。當然，我相信你還會想到中文的事，但中文我們都有信心，一定可以學得很好。這一方面由我負責。

這封信已經寫得長了，也寫得很久了，現在準備發出。

祝你

快樂

爸爸

April 9, 2003

二

常名：

這個週末你要到紐約看朋友，我覺得出門玩一玩，和朋友相處在一起，接觸些學校以外有意思的人和事，正好可以休息休息，當然是很好很值得的。我相信你一定會很高興可以有這樣一個假期。今年洋基隊一開始就好像很厲害的樣子，但西雅圖水手也並不弱。不過你大概沒有時間看球，而紐約對你們說來可以重遊的地方不少，即使不出遊，朋友們大家在一起講講話聊聊天，也是很高興的一件事。

這兩個星期以來台灣因為傳染病的關係，大家都不是很開心，甚至可以說是人心惶惶的。現在我們還不能斷定問題哪一天會解決，但大家都很努力在工作，包括一些年輕和資深的醫生，還有很多從事生命科學研究的學者專家，都在想辦法找出病毒的原因，和怎樣對付它的辦法。台灣醫生有一個很好，很值得驕傲的專業傳統，一向都是認真而受尊敬，而且也尊敬自己的；我想現在正是他們發揮榮譽心，責任感，和專業訓練所長的時候。我有一個朋友本來在美國行醫，十年前回到花蓮辦慈濟醫學院（我們是在花蓮才認識的），後來被政府徵召，到中央做官專管全台灣的醫護衛生，但不久還是覺得在學院教書做研究比較有意思，就又回到了慈濟。這一次因為傳染病流行，他又來到台北幫政府做事，負責防疫和治療的工作，我想只要多一些肯負責的好醫生，大家合作防疫，台灣的傳染病問題不久就會解決了。

我們都還平安。媽媽每天忙著新房子，監督工人進行各種計畫，成績很不錯。現在這房子看起來比剛開始的時候又好了很多。她覺得很滿意的樣子。我一切尚可，自己的工作還算順利，也頗有成績。就是打字進步有限，應該加緊努力吧。

祝快樂。

爸爸

2003/5/7

三

常名：

這幾天雨比較多，聽說是因為有一個颱風要來的關係。通常颱風都是夏天的事，現在來就有點太早了。一般人並不太注意颱風的行蹤，也不去多談，大概都比較關心傳染病的問題吧，沒辦法想過多的事。至於傳染病SARS，這幾天好像稍微控制住了，一些醫生專家似乎都表示只要大家願意合作，不久問題應該可以一步一步解決，希望一個月之內讓病毒消滅。我們雖然沒有把握，但也覺得還是保持樂觀才對，否則又能怎麼樣呢？

我們的新家已經整理得差不多了，都是媽媽的功勞。她幾乎每天都在設計，採購，在和工人談話，講價。實在不簡單！現在新房子裡幾乎應該有的都有了，而她正在忙著後面陽台裝花架和另加一個鐵門的工作。不過，我其實也很贊成裝花架和加一道鐵門，目的是使小偷卻步，為了安全。我們還沒有真正決定哪一天搬過去，但我是希望不必太急，等到疫情比較穩定的時候才搬，從容些。新家的環境很好，從那裡走回到仁愛路也很近。這幾個星期走來走去，使我多了不少運動的機會，也是很好的。

你幫我寄來的開會通知和表格都收到了。原則上我會去參加，並且利用那個機會回西雅圖度假。不過這也是十月中的事了。知道你一切都好，學校功課和教書都很好，我覺得很放心，很高興。希望你們的壘球隊馬上也變得厲害起來。

祝一切順利。

爸爸
5/28/03

四

小名：

很久沒有用這個電腦寫信，重新開始也很不容易，要慢慢來才想得起應該怎麼用，所以這封信可能要寫很久吧！

我們上次通信是五月底，還是傳染病在台灣流行的時候，後來就好了，大家也都不再去想這件事了，好像都忘了。可是同時我們又聽說還有一個新問題，就是叫作流行性感冒的傳染病（中國簡稱流感兩個字）。我上星期五到附近一個醫院去打了一針，因為媽媽堅持這樣才安全。我平時很少感冒，是因為常洗手的關係吧，可是聽說流感和普通感冒不一樣，所以還是防備一下比較放心。

台北最近相當冷，幸好我們新家有暖氣設備，很方便，舒服。媽媽下個星期要到高棉去玩（高棉就是Cambodia），和寶雍阿姨她們一起去五天，目的是去參觀一個很特別的古蹟，叫吳哥窟。我在電影裡看過吳哥窟，相當神奇，但是還不至於使我想要親自坐飛機去看它。聽說高棉現在冬天裡還很熱，大概和墨西哥差不多。

這封這也寫得相當久了，因為打字技術不夠好的關係。希望你收到後會給我回信，多用些中文字（漢字），可有些練習的機會，中文就不至於忘記了。

爸爸

12/9/03

——原載二〇二〇年六月三十日《自由時報》副刊

洪範書店提供

楊牧，本名王靖獻，一九四〇年生於花蓮，二〇二〇年三月十三日過世。東海大學畢業，美國愛荷華大學碩士，柏克萊加州大學博士。曾任東華大學教授、文學院院長。著有散文、詩集、戲劇、評論、翻譯、編纂等中英文五十餘種，代表作包括《葉珊散文集》、《楊牧詩集》、《山風海雨》等。曾獲時報文學獎、國家文藝獎、紐曼華語文學獎、蟬獎、華文文學星雲獎貢獻獎等。一九七六年，與中學同學葉步榮、詩人瘂弦、生化學家沈燕士共同創辦洪範書店。

今天什麼都沒有發生：讀《鷹頭貓與音樂箱女孩》

——言叔夏

至今我仍常翻動書櫃深處、沾滿舊灰書斑的《好黑》。那是許多年前，從舊書屋裡拾獲的香港青文書店的版本。多年以來，書頁裡夾雜的全黑書頁，隨著時間河流的澱積，變得更深更黑了。有時那些濃重的黑色裡，會方舟一樣地浮出一行未見過的字跡。字上幾個小人，在黑色的河裡跟我招手。他們要將船駛向哪裡？意義划過河面，流星一樣地消逝在遠處的光亮裡；而有時那些字，會隨著屋裡光影的變化，被漸漸沉沒入河底。好黑。邊揉著眼睛、邊下意識地發出這個單詞時，遂忍不住發笑了。像終於覺察作者隱埋在小說裡的一個輕快的詭計——這可愛的詭計無非透過文本外部物理性的各種介質，讓人抵達一個書名。我一直喜歡這個版本，勝過於它後來漂洋來台的寶瓶版本許多許多。也許是因為那些穿插錯落在小說正文旁側的另一個故事，岩洞一樣地洞開了小說的甬道；那些黑幕般忽然垂降在小說文本與文本之間的扉頁，故事裡的時間被遮蔭了；還有那些看似與正文無關、滑移開來的詩句：比如「他們最討厭我／常帶一瓶一九八二年／下午燒的開水」；比如「那一年有一扇窗在旁邊／窗裡的孩子／在深谷處玩一種遊戲／聽說最終一個／也不可能起飛」。

它們是如此地讓我迷惑，同時又具有一種關於迷失的誘惑，令人想及了九十年代末用美工刀小心割過的夏宇，一種鑽木取火式的手感。九十年代的時候，字是被一根木頭摩擦以後竄生的火光，倒映在牆上。其實我第一次讀到謝曉虹，遠在《好黑》這本書以前。是零一年的聯合文學小說新人獎（那時《聯合文學》雜誌還是大開本的橫式編排），關於一個家庭，在旅行之中紛紛脫隊離開的故事：變成蝴蝶的姊姊、遇劫而加入皮皮黨的父親、跟著流淚表演團離去的母親……，還有那最終化作塵埃、被吹進風裡而再也沒有回來的祖母……。故事裡的香港叫做巴巴齊。人們也搭巴車。也住大廈。小說名之為「旅行」，但隱約感覺那是一趟city tour（也許是因坐著的是雙層巴車）；在小小的城裡幾條街上晃來晃去，遂把家給晃散了。

奇怪的是，那似乎也是我有記憶以來，憑藉電影與粵語歌曲裡印象中的香港，即使它選用了一個幾近中南美洲魔幻寫實的聲腔，仍不妨礙被辨識出那是九十年代乳與蜜的流淌之地，蜂巢裡熠熠發光的金黃。那種獨屬於香港的金黃裡有一本事：彷彿再悲傷的事，都自有它孑然的輝煌；小說的最末，所有人都消失了，只剩下夢中的「我」獨自騎著單車，拐繞在巴巴齊曲折的街道上。路面反射著陽光。遠處也許還流盪著維多利亞港。旅行下去吧。繼續旅行。再找到另一些家人。「旅行」裡無論拖帶或散佚的，都是「家」的形貌。它如同流水，四方散去，八面聚攏。Be Water。

一六年的時候我才第一次去到香港。九七已遠，傘後不久。許多人驚訝於我竟沒到過「從前的香港」，沒見過香港最好的時代。香港友人告訴我：這座城的陳皮已斑駁脫落了。做為發語詞：「從前不是這樣的……」；那麼，「從前」又是怎麼樣的呢？我脫走自一個會議，獨自去到上環與中環一帶，看滿街的叮叮車纜線從空中翻出，路面軌道一直一直延伸到一條街的盡頭，無論什麼時間都雜沓來去的人潮，東方臉孔，西方臉孔……遂油生一種奇異的陌生化之感：像忽忽從中文的語法邏輯裡掉落出去，掉進了那漢字、粵語與英文音節之間的裂隙。一九年去到香港，在高樓之上，滿街的黑衣之間，看得見與看不見的訊息（多是廣東話的書面語），在空中虛線般地散射、連結（那是另一種形式的纜線）：數十萬人、一百萬人……有那樣一個瞬間，我忽然想起了《好黑》，想起那好黑的岩洞裡，陌異的語感攀爬成櫛比鱗次的岩壁；那因歷史的侵蝕而形成的語言的壺穴裡，某些時刻，或許也正棲居著避險的魚群。

寫於傘後與反送中期間的《鷹頭貓與音樂箱女孩》，像是孵胎自那好黑的岩洞。但已離那最初的、彷彿芭蕾舞者般輕盈的手工藝感極遠了。也許走得太遠的不是作者，而是時代自己。謝曉虹說，這本書是寫給這十年以來的香港的。小說的語言仍保留了《好黑》時期極強的虛構性，內裡卻充填著幾近要撐破符號的膨大現實——不同於前一個十年的《好黑》，巴巴齊裡曲折曖昧的巷弄，充滿詮釋的時差之餘裕（啊那時的我們何其奢侈）；《鷹頭貓與音樂箱女孩》裡，那些脫胎自現實的地名與事件：陌根地、先鋒黨、先鋒共和國、維利亞港……只要對香港知所一二，幾乎不必費心猜疑，都能輕易抵達它們的現實喻指——彷彿在小說的文本與現實之間，安插起一面既模糊、卻又極端清晰的毛玻璃；供人指認：那即是「香港」的「現場」。那是「此刻」，「正在發生的事」。

「此刻」的「香港」正在發生什麼？「我們」是被什麼共同沖刷到這一「此刻」？在時間下游的沖積扇上，擠挨著聚攏在這裡的人，拖帶著什麼樣各自的私史、屈辱、慾望或祝福？又是被什麼所梳理、馴化成共同體的「我們」？之於這座高效運轉、極早即已編制進現代性隊伍的城市，這部小說的裂縫正是洞開於那樣一個脫軌的、彷彿隱密春夢般的情境裡：看似正常甚至無趣的大學教授Q瞞著妻子、沉溺於與人偶的交往；小說最終的背景來到了抗爭的現場，當他被要求供出罷課革命的學生名單，那有著陰鷙臉孔的官僚男人對他說：「有時，我也喜歡做做夢，好平衡一下苦悶的現實。但夢中發生的一切，無論如何是不能侵入現實的，如今，假借我們之手，正是毀滅你做過的夢、毀滅罪證的最好時機。」

這其實已經是一個卡夫卡式的命題了。來到小說的最末幾章。關於那些「現場」的煙霧與催淚瓦斯槍，終於島一樣地浮出。幾乎是憤怒之言，小說的聲腔在此忽衝破了虛構性的薄膜，是作者投擲與十年來香港歷史的一記直球：夢中的一切無法侵入現實，那麼，你將能否從夢中醒來，成為「我們」、共同介入那當下的現實？又或者，你反覆地為那些夢的痕跡被發現時的羞恥，一一抹以新的油漆：「只要一旦有什麼出現在牆上，我們便必須立即用油漆把它覆蓋。」當教授Q故作鎮定地問他的妻子瑪利亞：「今天——可有什麼新聞？」瑪利亞告訴教授Q：「沒有，今天什麼都沒有發生。」

漆過的牆。彷彿如昨的日常。海裡的死人被打撈起來了，她好像一隻鬆垮垮的橡皮玩具；而房間裡的玩具人形卻眨著眼，在這部小說裡，很長的一段時間，你都一直以為她真正活著。讀這本書的時候，我總想，這樣一部其實挾帶著大量現實泥沙與憤怒的小說，為何仍要召喚那些龐大的虛構技術呢？也或許，解謎與否，已不是這小說技術的真正核心了；我有時會想，這部彷彿布置出一座「虛構香港」的小說，或許只是為了招徠小說裡那位指路的魔術師，如同天聽；他對著那無論在過去或現在的兩種時間性裡、皆虛無地被掉落出來的教授Q說：「時間真的那麼重要嗎？重要的是你想要到哪裡去。」

二〇二〇，你想要到哪裡去？

——原載二〇二〇年七月四日《聯合報》副刊

言叔夏，一九八二年生於高雄。遷徙多地。畢業於花蓮與台北。著有《白馬走過天亮》、《沒有的生活》等書。現任教於東海大學中文系。

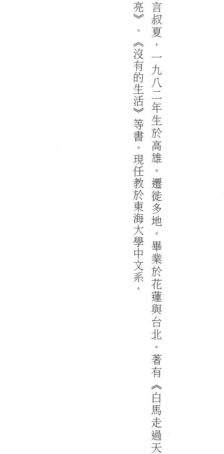

一支麻竹筍／一領花仔衫——劉靜娟

一支麻竹筍

阿圓收著朋友相送的一箱透早才挖起來的麻竹筍，欲分予逐家食，「產地直接來的，真正幼。緊來提，才袂予伊柯（kua，粗糙，老）去。」

天氣有較熱，我嫌撥工去提麻煩：伊熱情，直直鼓吹，講足大支，會當一部分煮湯，一部分滷抑是炒。

偌大支？伊講有五十公分。

正經？筍仔一般攏三十公分左右，毋捌（不曾）看過遐爾（hiah-nī，那麼）長的。

好哩蹛（tuà，住）附近的阿華第二工欲去提，伊的囝婿開車，會當順紲（sūn-suà，順便）共我的送來。

看著筍仔，我好奇，提尺出來量。三十六公分。準做阿圓有削掉較粗的部分，嘛無可能削掉一公分以上。可見伊的目測能力有問題，也有可能伊根本無寸尺觀念。

想欲留到兩日後囥仔轉來才食，我共伊切做幾塊，先炊起來；筍仔袂囥（khǹg，放）得，無先處理驚會柯去。我共阿圓講，「放心，筍仔猶真幼，敢若宋仲基的皮膚。」

這有典故，兩個外月前，我報伊看韓國連續劇《太陽的後裔》，伊無啥佮意（kah-ì，喜歡），主要的理由竟然是，「連演特戰部隊軍人的宋仲基的皮膚都遐爾幼，無真實感！」

筍仔真正幼麵麵，我切片煮一鼎湯，閣切絲和肉絲、香菇絲炒一盤。食材新鮮，免啥料，本身就真清甜。

逐家佇群組報告家己的成績，有人煮排骨筍片，香菇干貝炒筍絲；有人筍箍滷香菇豬肉。罕得煮食的阿華也貼兩張相片，講伊煮豆腐筍湯和絞肉炒筍絲。「我切的筍絲親像筍條：毋過，哺（咀嚼）起來較有額（分量）。」

逐家呵咾伊有進步矣，不過，伊紲落寫的予我笑出來。

伊講，「我毋知影筍仔愛削偌濟皮，煮湯的是用頭的部分切的，食起來有一點仔割喙，有的哺過猶有纖維，吞袂落去，愛呸出來。」

真趣味，佇外商公司做過主管的人，削筍仔遮爾（tsiah-nī，這麼）外行。

我想著幾若年前我去買綠竹筍的時，賣筍的歐巴桑問一个二、三十歲的小姐，「筍仔你欲創啥？」

「欲食。」

歐巴桑講，「我是問你欲煮湯抑是欲煠（sa̍h，燙）起來搵豆油冷冷仔食。」

煮湯，伊著會共箬（hàh，竹籜）剝清氣；若欲煠，就kan-na（只）共筍仔尾切掉，筍殼斜斜畫一刀，到時較好剝。

保留筍殼去煠，筍仔的甜分才袂流失。

我這个內行人感覺真心適，笑笑仔講，「欲食。」

我叫是（以為）彼位小姐家己也會感覺好笑，想袂到伊共我睨（gîn，瞪）一下，氣怫怫講，「啊無，敢欲買轉去看！」

——原載二〇二〇年七月二十九日《自由時報》副刊

一領花仔衫

我慣勢穿素色的衫，會買彼領花仔衫，一方面看伊的花草素素仔，接近自然色；一方面伊是棉的，熱天穿起來涼涼仔。上重要的是，俗俗仔，無貴，免啥考慮就買會落去。

一遍轉去員林，穿彼領衫，大姊講，「誠久毋捌（不曾）看著你穿花的。」

「有媠無？」

逐遍真注意我的穿插（穿著）、呵咾我gâu（擅）買衫、gâu配衫的大姊看一時仔，講，「佇厝內穿袂bái（差），看起來涼涼仔。」

自彼陣開始，彼領衫就變做厝內粗穿的，kan-na（只）去菜市仔，伊才有機會出門。

昨昏，禮拜日，囡仔照常轉來食飯，後生竟然講，「媽媽這領衫真婧。」

我穿的就是彼領花仔衫。

新婦紲落（suà-lòh，接下來）講，「配牛仔褲一定真好看。」

我淡薄仔意外，從來罕得聽著囡仔呵咾我的穿插，這日予in（他們）注意著的竟然是一領我穿咧煮飯炒菜、加減有噴著油的衫。

「真雅氣，看起來是日本布料。」

我講毋是啦，一領才三百箍。

既然予囡仔按呢「另眼相看」，我講，「看起來，我著來共伊洗洗、熨熨咧。」

好好仔對待伊，佗一工和朋友約會的時，配牛仔褲穿出去。

按呢講起來，我實在是無自信、無主張的人，一領衫的婧抑bái，竟然愛予別人決定。

伊的價數嘛影響著伊的價值，伊若至少一千箍以上，聽大姊講伊適合粗穿的時，我一定會替伊辯護；講伊布料好，花草婧，頷領（ām-niá）有特色。

無法度，衫俗（便宜），就予人「看無夠重」；洗的時，嘛是擲入去洗衫機，隨在伊絞；不過，有橐（lok）入去網仔袋。

貴的衫較耐穿，其實也是因為予人較好禮仔照顧；有時閣提去洗衫店焦（乾）洗。

出世佇經濟較好的家庭的囡兒會較健康較成材，真大部分嘛是因為受著較好的照顧和栽培啊。

——原載二〇二〇年八月五日《自由時報》副刊

劉靜娟，彰化縣員林人。曾任《台灣新生報》副刊主編。著有《歲月就像一個球》、《咱們公開來偷聽》、《被一隻狗撿到》、《布衣生活》、《輕鬆做事輕鬆玩》、《樂齡，今日關鍵字》等。近年以台語文創作，已出版台語冊《驚驚袂著等》。

黑色是豐饒的顏色——王盛弘

離開半對流湖時，陽光忽然轉強，照耀得一叢叢草蕨精神煥發，卻又在不旋踵間隱去，小徑籠於陰影底，空氣更顯濕涼，濕衣服穿在身上，像穿一條濕抹布。

起風了，木葉搖落，一片兩片，三片，五片。起風了，沙沙沙，樹梢擺動，我看不到但聽得見葉片一波波湧動如潮，殺殺殺，揭竿起義一般，帶著殺伐之氣步步進逼。

一個人走著走著，落雨了，滴滴答答。心裡有點著急，風聲雨聲，彼呼此應，一切都是初詣，那麼的陌生，令人起疑也令人，興奮。雨林也會欺生嗎？《陸上行舟》說的：「叢林會矇蔽你的感官，那裡是一個充滿幻覺、謊言與惡魔的地方。」

心裡急躁，腳步也就有點兒凌亂，呼吸失去穩定的節奏，樹根築起的攔沙壩，現在成了我的高低欄。深吸一口氣，用力吐出，我作下決定：就近找了段橫過小徑的光滑樹根，坐下，拿出記事本拿出筆，我思索著該如何拾掇這段雨林初體驗。

從出發起筆總是比較容易。

出發時，一名工人正揹著刈草機，在入口左近打草，轟轟隆隆地翻攪著豔陽天。一登上步道，叢樹阻絕日光直射，驀地一片沁涼，噪音也被留在身後。風帶腥鹹，海水就在一線之隔，潑喇潑喇，一波湧來，嘩啦嘩啦，一波退去，押著同樣的韻腳來回唱和。岩礁上有夜鷺佇足，凝視海水深思。

這裡是檳城國家公園，位於檳島西北角，馬來西亞最小的國家公園，約僅二十五平方公里，但它含納了半對流湖、濕地、紅樹林、泥沼、珊瑚礁、海龜產卵沙灘，高達六種生態保護區。啟程不到十分鐘，走上了岔路口。往右沿海岸線朝西北方向，可以抵達猴子海灘或更遠的燈塔，我已經作出選擇：打算往左，朝西南深入內陸，穿越岬角，以可拉竹海灘為折返點。這段路程，單趟約三千四百公尺，順利的話，八十分鐘就可以完成。

我在心裡盤算，在台灣也常健行，一次走上四五個鐘頭沒有問題，那麼，也許還有餘裕在直取目的地之前，歧出岔路先去一趟半對流湖，那只消多花上半個鐘頭。體力、路況、天候、時間……人在山中，首先衡量的無非安危。我喜歡為難自己，但不會太多，需要撤退時，也不過度掙扎。我當不成一個探險家。

往左才一跨出步伐，等在岔路的一雙年輕男女開口問我：可以跟在你後頭嗎？我回：可以啊，可是我走得很慢喔。男人說：當然，你要拍照。相機就揹在肩上，這幾年，出門旅行還帶著個單眼的，形象很古典。

其實，這並非我的真意，我不想被打擾，不想用蹩腳的英文，談些初次見面的人會談的，你是哪裡人？為什麼到檳城來？今天天氣很不錯呢……之類的寒暄。但是人在山中，誰與誰都該互相合作。你看，平日城市裡冷漠著一張臉的人，一在山徑上對向走來，無不說聲嗨，給一個微笑，有時還會為對方打打氣：加油，再五分鐘就到了。

踏出第一步最難，這一雙男女啟程後，本來寫在臉上的猶疑很快煙雲消散，才一會兒功夫，便說著笑著，消失在視線裡。我望著他們青春而凌亂的背影，估量他們很快地就會遭疲累所攫捕。

一路上沒什麼人，規畫的七條步道，我選擇了比較不熱門的路線，路況不好，這樣很好，適當的煎熬讓人躍躍欲試。

陡坡鋪有水泥階梯，許多已經崩塌，倖存的階梯上嵌進一顆顆半個拳頭大的白色石頭，推估可以增加摩擦力，視線不佳時，還能靠著它的反光辨識路面。沒有鋪設水泥的小徑，蓁莽夾道，泥土經過雨水沖刷、遊客一次又一次的踩踏，崎嶇，蠻荒，凹凸不平。

凹處如谷，落葉堆疊，初落者褐色黃色，堆在底部的已經爛成腐質。前一夜，閃電劈在馬六甲海峽，隆隆雷雨大作，此時積水成窪，長期如此，前行者試圖繞開，已經踩出另一條蹊徑，我走享其成。凸處為裸露的樹根，攔砂壩或擋土牆似地，減緩了土石流。常見於熱帶雨林的板根並不明顯，板根起著歌德式大教堂飛扶壁的功能，支撐大樹，讓它挺拔讓它高聳，心無旁騖地竄高至天篷爭搶日光。

踩在腳下的是老成土，又稱淋育土、極育土，英文ultisol，由極度的ultri和土壤sol組成，指過度風化的土地，富含砂質，強酸，貧瘠。為了在養分滲漏到底層前充分吸收，樹根雲龍遊走於地表，像靜脈？像草書？一百條生鰻、一千隻蚯蚓、一萬次心思的迴繞？不，它們什麼都不像，它就是它自己，帶著蒼勁的力道，野性與不被馴服，猙獰鬼氣。

舉目皆綠，草蕨、木樹、藤蔓、棕櫚雜錯。一蓬一蓬的芒萁也常見於台灣，這裡那裡冒出兩根天線也似的嫩芽，沒有風，但暗處似有什麼走動，它便一顫一顫地打著密碼。或是雙扇蕨，新芽是個完美的愛心形狀，舒張後變身破傘一把，又稱破傘蕨……目光被綠，濃淡、遠近、明暗、深淺交織的綠裡我的目光迷了路。

綠裡走動，只感覺濕涼，沒有燠熱。

一名在吉隆坡工作三年的朋友說，初到大馬，不覺有異，直到第十個月才突然發覺，怎麼衣櫥裡永遠是同一批衣服？這才清楚意識到，馬來西亞位處熱帶，只分乾濕兩季，東馬每年十一月到隔年三月是雨季，吉隆坡與檳城都位於西馬，四月五月、十月十一月多雨。我在十月中旬來此居停一周，此地的天氣也懂人情世故，白天在外，天清氣朗，晚上回飯店了，才嘩嘩嘩地下起雨來。一下過雨就涼爽了。

叢林裡蔭涼有更根本的原因，這裡上演著一場日光爭奪戰，植物藉著它，與水與二氧化碳，透過葉綠素行光合作用製造養分。高矮參差的枝葉一層一層攔截日光，天篷獨享八九成，篩漏而下，少有浪費地，落到地面只剩下了星星點點。

陽光無法直射的陰隰角落，雜陳著落葉、枯枝、腐木，也許還有動物的屍體和排遺，一眼望去，可以覺知它們分分秒秒地正在崩塌正在腐爛正在分解，分分秒秒地正在回歸大地。

黑色是豐饒的顏色，黑色裡，綻放著這裡一朵那裡一叢的野菇，有的像打著一把小傘，有的像開了幾瓣鵝黃色小花，有的靜默守拙如礦物，又有的，肥潤潤的一塊生肉似的。我一一以相機記錄，共得十餘種。

據說古希臘羅馬人曾經以為，野菇是雷擊的產物。這多半是因為，雷擊伴隨雨水，而潮濕是野菇生長的必要條件。你讀過卡爾維諾（Italo Calvino, 1923-1985）的《馬可瓦多》嗎？我真喜歡這本小書，第一個故事就是小工馬可瓦多在市區發現蘑菇，他誰都不說，把祕密藏在心裡。馬可瓦多在等待一個時機——只消一個晚上的雨水，便可以採收。終於等來夜雨，他興奮地從床上跳了起來，喚醒全家：下雨了，下雨了耶。隔天，便挽著籃子在市區裡採蘑菇。

總是在晚上。波蘭人認為，蘑菇總在夜深無人的時候，偷偷摸摸地生長。波蘭作家，二〇一九頒發的兩位諾貝爾文學獎得主之一，奧爾嘉•朵卡萩（Olga Nawoja Tokarczuk, 1962-）著迷於採蘑菇。她說在她的國家裡，秋天是蘑菇的季節，人們帶著酒、唱著歌來到森林，嘉年華似的。採來的蘑菇有各種吃法，差不多就像華人的善吃豆腐了。為了這個季節性的狂歡，波蘭有蘑菇地圖，就像日本的櫻前線、紅葉前線那般地，每日更新網路資料。

正所謂：所有的野菇都可以吃，但有些只能吃一次。卡爾維諾和朵卡萩筆下，都有人誤食蘑菇，僥倖的只是身體不適，嚴重的，甚至連命都丟了。

要命或不要命的這些野生蘑菇，有個學名叫「子實體」，菌絲長期潛伏於地底或有機體內部，等到時機成熟了，出菇、發菇，短暫的現身，為的是散播成熟的孢子，就像花朵為了結籽，繁衍生命。雕塑家、作家高村光太郎（1883-1956）二戰後移居日本東北，他的山居筆記裡提及，野菇盛產於紅葉開始掉落的時節，他嘗遍各種可食用野菇，其中有一種長在深山裡的叫「灰樹花」，可以重達三、四公斤。熱帶雨林是找不到這麼大的野菇的，因為在這裡，容易腐爛、遭到蟲咬，少有多年生野菇，若是靠著落葉等腐植生長的野菇，則沒有足夠的養分讓它茁壯。

野菇不是動物，沒有葉綠素也不是植物，它們自成一個真菌界，是真菌界裡的大型真菌。（另有一名「高等真菌」，我不喜歡這個稱呼，容易讓人誤以為真菌也有階級之分。）大型真菌與它的生長基質，透過腐生、寄生與共生等互動模式，錯縱複雜地進行著營生。

腐生性野菇棲居於死物，以木材為生長基質的，分泌酵素，分解死樹的纖維素或木質素以獲取養分。另有一小部分生長於衰相已現的樹木，比如常給人延年益壽、長生不老意象的靈芝，其實是拿樹命換來的。也有不以木材為生長基質的腐生性野菇，則扎根於土壤、落葉、動物的屍體與排遺。

寄生性野菇以活體為寄主，植物、動物或甚至其他真菌都是對象，最如雷貫耳的，莫不就是冬蟲夏草了。多數寄生性真菌在寄主死後，營生模式轉為腐生，繼續執行分解的任務，少部分如玉米黑粉菌，則無法在已經死亡的寄主身上存活。

共生性野菇也寄生於活體，但兩者達成互利共生的默契，幾乎都現蹤於樹根，成為「外生菌根菌」，松露、松茸、羊肚菌、牛肝菌、雞油菌等，皆為美味食材。不過，真菌種類的分布，強烈受到溫度的影響，這些美味食材多生長於北半球溫帶、亞熱帶，高村光太郎筆下，可食用野菇就有網目、金菇、銀菇、紫丁香蘑、栗茸、毛釘菇、雞油菌、灰樹花、香蕈、香茸、土柿茸和吸濕地星。熱帶低地則只有龍腦香科的樹木常見外生菌根菌。

外生菌根菌不會侵入樹根細胞，不對樹木造成傷害，它們分布於細胞間隙，長了外生菌根菌的樹根稱為「菌根」。菌根肥大、向外展延，有利於樹木吸收水分與養分，並形成保護，抵禦病原菌的入侵。科學家指出，巨木參天，靠的其實是菌根的幫忙，樹木則回饋以光合作用產生的碳水化合物。

美國作家茹絲・卡辛吉（Ruth Kassinger）提過，她郵購了一棵佛手柑，商家為了寄送方便，將樹洗成裸根苗，卡辛吉收到後，以市售的培育土盆栽。這些培育土的主要成分是樹皮、椰殼、珍珠石，並沒有真正的土壤。樹苗種下後，卻怎麼也長不好，卡辛吉向綠手指求救。然後，你知道我要說什麼了——癥結就是，這些經過熱殺菌處理的培育土沒有真菌，沒有真菌的幫忙，樹長不好。因此，她在友人建議下，於坊間買了一份綜合菌根菌澆入土中，才讓佛手柑恢復了元氣。

渺如真菌、巨如大木，彼此相互依存，不論缺少哪個環節，生態就要失衡了。

我，我們，我們人類，不比真菌大、不比巨木小，也在這個環節中。

雨林裡，養分都鎖在動植物身上，當樹木倒下，白蟻來了，針尖般大小的肉食動物來了，線蟲、細菌，加上真菌等，共同扮演了地球清道夫的角色，在它們聯手之下，時間會讓一切退位，養分再一次進入生態循環。

當然，也有它們使不上力的地方，比如一路上偶爾看見的塑膠製品，水瓶或塑膠袋。購物用塑膠袋（T-shirt bag）一九五九年由瑞典人圖林（Sten Gustaf Thulin, 1914-2006）發明以來，席捲全球。圖林死後，他的兒子受訪談到父親，說父親出門，總會將塑膠袋摺好後放口袋隨身帶著。圖林之子說，對他的父親而言，「塑膠袋用過即丟，是一件很奇怪的事」。是啊，重複使用，友善環境，這才是塑膠袋被發明的初衷。

這回到檳城，是受邀在咖啡朗讀節作一場演講，四天活動結束，分批來大馬的朋友四散，或回台灣，或赴吉隆坡、怡保，只有我在檳城多留了三天。

前幾日都在喬治市區走動，大馬路上車潮不斷，但少見斑馬線。沒有斑馬線，我不會過馬路，等著等著，等著塞車了才敢行動，或像一枚鬼鬼祟祟的鬼針草或羊帶來種籽，沾附著路人穿行。也有過我就困在安全島上，進退不得，直到一輛公車特別停我身前，司機揮揮手叫我快過馬路吧（你這個可憐的外地人）。回到旅館，我想站落地窗前，俯瞰市區，胡亂大叫幾聲，發洩累積一日的壓力。

叢林裡，雖然小徑殘破，但它袒露它的危險，也指示了迴避之道，我注意踏出的每一步，一個步伐接著一個步伐，我感覺到比身在市區更加自在。自在地徐徐走著，一個半鐘頭後，林木掩映中踏上一座吊橋，視野驀然開朗，我張臂，也想要大叫幾聲，暢快地。

吊橋下短溪潺湲，串連了海與湖，海是馬六甲海峽，湖是半對流湖，meromictic lake，又稱部分循環湖、不完全對流湖，水分兩層，上為淡水，下為鹹水，不充分混合，這並非常見的生態。以披頭散髮一株巨大木麻黃為界，一面是海一面是湖，海灘上細沙綿延，長空點綴白雲，湖傍山巒起伏，林木蓊鬱，風光秀麗截然不同於置身其中的雜蕪。

面海或是面湖而立呢，很快地我作出選擇，我選擇了湖，選擇了山，選擇了木樹草葉。我選擇了緣。

衣服濕答答，擰不出水但沉甸甸的，我把它脫了晾在草尖上。大量流汗後我似乎被淨化了，這是雨林裡的汗蒸幕、芬蘭浴，我舒暢無比。半個小時後，拾起衣服穿上，驚訝於竟然毫無乾燥的跡象，太濕了這空氣。

回程時，陽光驀然現身卻又倏忽隱匿，林蔭底暮色掩映，風踩著葉片四面八方包圍而至，這是虛張聲勢還是真有其事？我該向《陸上行舟》裡那位老船長討教，要如何分辨現實與幻象？

身後似有人追趕，惘惘的威脅，而其實，絕多數遊客選擇花錢搭船折返，比如在起點岔路口曾說過幾句話的那雙男女，稍遲我一刻鐘抵達半對流湖，在踏上吊橋時，便鼓足所餘氣力，朝遠遠的遠遠的海邊木棧旁一艘漁船，大喊：等等，我們要搭船。

這是我一個人的雨林。

手臂與頸項有雨滴濕濕冷冷，雨林也會欺生嗎？我佇足，略一猶豫，決定不去可拉竹海灘了。腳步凌亂，呼吸淺而急，再走下去就是困獸。很快地我作下第二個決定：停步，就近找塊乾爽的樹根，坐下，拿出紙筆，寫下風雨寫下陰晴，寫下豐饒寫下貧瘠。筆尖劃過紙面，唰唰唰，唰唰唰。十數或數十分鐘後，收拾好參差踴躍在腦際的各種思慮，起身，再度啟程，我重又感覺到輕盈與從容。這時候，雨水才真正地劈哩啪啦落下。

走路，不管在哪裡都一樣，就是一個步伐接著一個步伐，別無他法。

回到出口時，陽光等在廣場，那樣明朗那樣無辜好像它從未偷偷缺席過，工人仍揹著刈草機在打草，比起適才我出發時，推進了也許僅僅不到三十公尺。對他來說，這只是個例行的，有點單調無聊的一天吧，但是我，卻已經過了一場洗禮。

——原載二〇二〇年七月十日《The Affairs 週刊編集》

賴小路攝影

王盛弘，彰化出生、台北出沒，寫散文、編報紙。曾獲九歌年度散文獎、台北文學年金、入選文訊「21世紀上升星座」等獎項，著有《花都開好了》、《大風吹：台灣童年》、《十三座城市》等共十本散文集。目前任職於報社，曾獲報紙編輯金鼎獎。

致我們終將逝去的：鍾楚紅——范俊奇

之後我看見鍾楚紅眼睛裡的光一點一點的熄滅了。她站起身。不再嬌憨嫵媚。不再理直氣壯地美麗著她肆無忌憚的美麗。就好像她原本把朋友們招待到家裡來，忙進忙出的，時不時轉過頭來，露出她一綻開笑臉就好像碎鑽撒到了地板上倏忽一閃一閃的梨渦，興高采烈地打開筆記型電腦，想要把她婚後的幸福通通過畫面製成短短的視頻一幕幕地打到熒幕上，預備告訴大家他又把她帶到那裡那裡去吹山風去看海景了，可不知怎麼的，先是音效發生了故障，畫面裡她甜蜜地依偎在他身旁，嘴巴嘰裡呱啦地在說著些什麼，偏偏我們一句都聽不清楚，然後我們看見一片金黃色的一望無際的沙丘飛旋著撲過來，風沙颳得好大好大，畫面完全沒有先兆地被切換，鍾楚紅突然落了單，怔怔地瞪大著眼睛，成千上萬的馬兒的腿在漫天的風沙裡奔騰——隨即鏡頭一黑，就什麼都看不到了。

後來鍾楚紅說，她在丈夫的靈堂說的話是認真的，而不是為了草草打發記者，胡亂編幾句話敷衍過去，「他給了我廿年特別豐富、也特別幸福的生活，將來不管再遇上誰，恐怕都沒有辦法給我想要的，所以我從來不覺得一路單身下去是對不起我自己。」於是我聽了，禁不住將手掌交握，拱成一條橋，輕輕地按壓在眉心，原來我一直低估了鍾楚紅對愛情的虔誠，也原來我一直誤會了一個美豔的女明星的內心其實也可以為一個心愛的人草木萋萋。我記得亦舒寫的《流金歲月》，朱鎖鎖有一次對蔣南孫說，「誰會笨得去嫁一個自己深愛的人呢？」偏偏現實生活卻恰恰相反，真正肯在愛情裡循規蹈矩，肯為愛的人綠肥紅瘦的那一個，竟然是朱鎖鎖，而不是蔣男孫——張曼玉從來不會放棄任何一個為愛情勇往直前水裡來火裡去的機會，而鍾楚紅卻意外的總是對愛情溫柔哀惜，對鍾楚紅來說，愛情是一條線索，不是一條導火線，不應該劈哩啪啦燒過了就算數，她要的是可以緊緊握著的同一條線索，輪迴往返，尋找的都是同一個和她生生世世相認的人。

我記得吳宇森說過，他比誰都相信愛情，他的電影其實一直都以浪漫為基調，常常第一個在他腦子兜轉的，不是廣場前飛起的白鴿，不是小馬哥兩隻手各持一枝手槍，一路走一路向兩邊掃射的槍林彈雨，而是一個女人表面上風捲雲舒，暗地裡卻張羅著要如何在心裡挪出一小塊方寸來同時安置另一個男人——因此我特別喜歡吳宇森拍的《縱橫四海》，根本把當時整個香港最漂亮最風流的人物都拍了進去，他讓兩個男人同時深愛鍾楚紅卻又各自假裝其實隨時可以放手不愛，他說，「無論外面的世界有多麼大的變化，大家遭遇的人生有多麼始料未及的曲折坎坷，最終不會變的，永遠是一份真誠的愛情。」

所以拍《縱橫四海》那一陣子，吳宇森一直躲在鏡頭後面，一邊看鍾楚紅左右為難的在周潤發和張國榮之間擺渡，一邊靜靜地流著眼淚，害怕驚動了愛情，也害怕驚擾了演員。我始終記得裡頭有一場戲，鍾楚紅把長髮盤起，穿件白色低胸晚禮服，美麗得就像巴黎剛剛睡醒，正伸展著春天的懶腰，而她倨傲的鎖骨和娟秀的肩頸，簡直就像是一座萬劫不復的懸崖，驚險但綺麗，沒有一個男人會不願意失足掉下去——吳宇森特別安排鍾楚紅和坐在輪椅上的周潤發跳舞，因為吳宇森年輕時也很愛跳舞，而且吳宇森有一隻腿其實短了一點點，但跳起舞來一樣靈活，當年他就是這樣單手搭在太太的肩膀上，在舞池裡跳了一整夜的華爾滋，最後跳呀跳的，終於和太太一路旋著轉著舞進了結婚禮堂——不同的只是，吳宇森的太太沒有鍾楚紅標誌了一整個時代的美麗，我們必須承認，不是每一個女人都可以擁有如鍾楚紅一般，和一個時代共同進退的美麗。

而美麗，說得殘忍一些，到後來幾乎都是女明星們的懺悔錄。那些杯盤狼藉的風光，那些「滿庭殘葉不禁霜」的風華，當觀眾漸漸轉身散去，當聚光燈慢慢收弱光束，她們都得慢慢蹲下身子，放低身段，找個時間一件一件收拾。我們永遠不會知道一個因為美麗而呼風喚雨的女明星，到底要穿過多麼陰險的峽谷和多麼深遠的隧道，才能重新遇見曾經被遺棄的她自己。我記得八卦雜誌拍到一組照片，朱家鼎的葬禮上，鍾楚紅戴著一對珍珠耳環，一副造型特別時尚的墨鏡，穿一件式樣簡單的鬆身黑色連身裙，步伐蹣跚，神情哀戚，但她偶爾還是會不自覺地掠一掠頭髮，偶爾還是會微微地昂起下巴，那些女明星的架子始終還在，也始終不能說丟開就丟開，後來好不容易挨到辦完解穢酒從「香港仔鄉村俱樂部」走出來，鍾楚紅這才虛弱地撲倒在她在圈子裡除了張國榮之外最好的異性朋友周潤發身上，周潤發一把將她接住，另外一隻手馬上伸出去擋開蜂擁而至的攝影鏡頭，在那一刻，我想起了《秋天的童話》。

「或者我唔走呢？」十三妹說。

「唔走咪——一齊望住個海咯。」船頭尺一時難掩心頭喜悅。

其實我們都應該慶幸，慶幸曾經活在一個把情話說得吞吞吐吐的時代。兩個對未來都沒有十分把握的人，一張口就把情話說滿了，其實大家都心虛都倉惶。愛情最美的地方是，給彼此留個餘地，就算你走，就算你不留，將來兜了好大好大一個圈再碰頭，你當然已經不可能是原原本本的那個你，我也已經沿途丟失了好大一截的自己，然後際遇就會悄悄湊過身來，調皮地撞了撞你的手肘，向你擠眉弄眼，暗示眼前的那個人其實一直沒有放下過你，於是你抬起頭，訕訕地把手插進褲袋裡，至少那個時候你知道，你們之間還有半截沒有說完的情話可以駁回去，還有一顆沒有按下去的句號，偷偷握在彼此手裡。

我一直很喜歡《秋天的童話》。喜歡周潤發的船頭尺像一條跳上舢板的金槍魚那樣滑不溜手；喜歡鍾楚紅明媚如斜陽的十三妹，她的美麗跟紐約的黃昏一樣，總是拉得那麼長，又總是那麼的叫人低迴惆悵；喜歡那間在海堤架起來的餐館，名字就叫SAMPAN；喜歡兩人再見面時周潤發問，「table for two」，然後嘴唇忍不住微微地顫了顫，望著眼神裡千帆過盡的鍾楚紅；喜歡導演張婉婷後來說起，拍攝當時資金相當吃緊，劇組的伙食很差，剛巧張婉婷把一個大學同學拉來當劇照攝影師，順便給當時紅得雷電交加的周潤發拍了好多大頭照，請周潤發在照片上簽名，周潤發二話不說，接過筆，草草在照片上「飛一飛」，然後拿到紐約唐人街去賣，賣完了大家就可以到餐館吃一頓好的。

後來電影報捷，票房一把火似的，熊熊地燒開來——而八〇年代的香港，整座城市趾高氣揚，歌舞昇平，驕傲得不得了，街上擦身而過的香港人，每一個都走路有風，每一個都鵬程萬里，那時候的香港人尤其喜歡看周潤發搭鍾楚紅，因為他們兩個人在熒幕上投射的，從來不是郎才女貌的明星們開著跑車喝著香檳的愛情故事，而是隱隱透現出香港低下層堅忍不拔的拚搏精神，以及一整個時代的香港人如何不屈不撓，讓自己的夢想欣欣向榮的志氣，而且那個時候的明星，有誰不是從草根裡冒出頭來？比如在南丫島長大的周潤發，比如獲選港姐之後還跟家人一起住在「重慶大廈」的鍾楚紅，他們都是最讓香港人引以為傲的人設和標誌，對他們總有一種說不上來的親，那些出了名刁鑽的香港人也特別的疼鍾楚紅和周潤發，當時大家最愛掛在嘴邊的是，「發？你發得過周潤發？紅，妳紅得過鍾楚紅？」可現在回頭看，我僅想起那首歌，「何地神仙把扇搖，留下霜雪知多少」，香港的大時代和好日子都過去了，日漸破敗的香港，就只剩下一個空洞洞的軀殼，所有的是非與爭論被扭曲在陽光底下盤繞，剩下來的只有焦慮和猜疑，不會再有傳奇，就連床畔的蝴蝶，也早就飛走了。

而或許是樸素的出身和單薄的背景吧，鍾楚紅不怎麼懂得使用流暢的手段和圓滑的世故，也不怎麼特別牙尖嘴利，有一次上黃霑、倪匡還有蔡瀾主持的《今夜不設防》，他們明顯醉翁之意不在酒地擠在她身邊，盤問她的擇偶門檻，我記得鍾楚紅戴了個誇張的幾何圖案耳環，說話的時候晃呀晃的，而鍾楚紅常常話說到一半，就會機靈地將慢慢往下滑的無肩抹身衣服往上拉，到底跑慣了江湖，她懂得在必要的時候適當地保護自己，我倒是記得比較真切的是，她說過，「我要找的男人是值得我仰望的，他不一定要很富有，也不一定要什麼都懂，但至少和他在一起，我看到的世界和思考的方式，基本上和一個女明星平時接觸到的和可以想象到的有很大的不同。」也因為那一席話，我開始喜歡上鍾楚紅應對人生時「無目的的合目的性」。既然美麗對她來說如魚得水，渾然天成，那麼名和利也都應當相對的隨遇而安，特別是當她必須在娛樂圈刀光劍影的人際關係裡穿身閃過的時候，她總是禮貌地拉開人與人之間的距離，對每一個人都周全都寬容，即便接待生命裡發生的每一件事，無論是大喜大悲，也都謙遜有禮。後來鍾楚紅全面退隱，偶爾接受美容品牌或時尚派對邀約，她一站出來，整個人散發的還是一種極其強烈的年代感，雖然她明顯已經沒有興致再施展跟美麗較勁的鬥志，可就算一個時代消失了，鍾楚紅的美麗到底還是大江大海，勾起我們對港片全盛時期的美好回憶，她昔日的萬種風情，一直都和香港當年風發的意氣連接在一起，也曾經和我們終將失去的青春，那麼親密地共飲一瓢沁心的江水。

至於當年鍾楚紅常常讓男人們如遭電殛，呆呆地劈倒在原地的美色，徐克就曾以男人的標準說過，「她媚，但不妖；她豔，卻不俗」，簡直如同一波又一波的驚濤駭浪，拍打著八〇年代每一個少年的春夢。連一向自豪自己長得比女明星還漂亮的張國榮也禁不住驚嘆，香港怎麼會有一個女人可以把皮褸穿得那麼好看？那種遊刃有餘的風情，可以梵谷，也可以莫內，「她太美了，美得做錯什麼你都可以原諒。」有一次鍾楚紅穿上《意亂情迷》的戲服，領口開得好低、好低、好低的一件式黑色比基尼，為香港版《花花公子》拍攝封面，就算事隔經年，到現在還是會感覺到鍾楚紅當時那讓人渾身焦灼的性感——她舉起手，輕輕拂開臉上的髮絲，波浪似的蓬鬆及肩長髮偶爾撥向一邊，蜜糖色的皮膚，薔薇色的嘴唇微微張啟，眼神夢幻而迷離，還有標誌性的大耳環，以及手腕上一口氣戴上十來個造型獨特的手鐲，整個人散發出一種熱帶雨林的誘惑：慵懶的，神祕的，危險的，而那組照片的震撼性，就和站在地鐵出風口用手捂住翻飛的裙裾的瑪麗蓮夢露一樣，風韻流芳，風情永繼，是那麼的對同性殘酷，又是那麼的對異性恩賜，緊緊地扣壓住少男們靦腆而羞澀地上下滾動的喉結——

結果那雜誌據說在一天之內就售罄。雜誌所賣的，當然不單單只是鍾楚紅咄咄逼人的「鍾記」風情，而是所有年輕男孩們在「女神」這兩個字還沒破殼而出之前，讓他們渾身發燙的集體回憶。我特別記得，那時候鄰居有位當木匠的大哥哥，喜歡交筆友，喜歡看雜誌，個性特別內向文靜，可他那一回卻赤裸著瘦削的上身，不動聲色，把鍾楚紅的拉頁海報索性從雜誌上撕下來，貼在小小的潮濕而光線幽暗的房間裡——第一次那麼明目張膽地對外張揚他體內因鍾楚紅而分泌旺盛的雄性激素，而往後在他人困馬乏的人生或一敗塗地的婚姻裡，至少他偶爾會記起，在他還是青春中人，在他還困在青春的泥沼裡，也曾經以青春的名義，領受過鍾楚紅沒有經過剪輯，沒有經過混音和配樂，如山洪傾瀉的美麗。

——原載二〇二〇年七月二十七日《星洲日報》副刊

范俊奇（Fabian Fom），新聞系出身。前時尚雜誌主編。文字造型師。「拾」字如金，「嗜」字成癖。前後擔任四本女性時尚雜誌和一本男性時尚雜誌主編。目前為電視台品牌及市場企畫部經理。穿梭時尚影像與文字意境，迷信文字是一宗神祕的煉金術。專欄文字散見馬來西亞《星洲日報》、《南洋商報》及各時尚雜誌。書寫類別包括：時尚、生活、人物、旅遊、文學、愛情小品、文學創作。著有散文集《鏤空與浮雕》。

山與海之間——賴舒亞

宛若大肚美人山的鮮明輪廓、或青或白用來區別身分的簿本、不遠處定時的炸山響，皆鑲嵌在你靈魂深處，這些風情變成一幅值得珍藏的浮世繪。隨著那輛載著隻身家當的小發財車駛離的是青春、父執輩等親友相繼謝世的傷悲，時空遞嬗，它們沉澱於時間的長河底，經年累月昇華為一種力量，帶你繼續向前邁進。在城市拚搏的漫長年歲裡，曩者根植於心田，甚至彷彿擔心遭遺棄，不斷藉由電影、新聞、廣告等方式，發出一張張的請柬，呼喚著你。

過往歲華是預約人返璞歸真的鄉愁，而你的本身就是一則鄉愁，由淡漸濃。記得古早時在山腰以上是聚落的市集與做買賣的五寮仔，而山腰底下，則是被內、外九份兩條溪流圍繞，整個山坡遍布礦工宿舍的青簿仔寮。經濟貧困的早期本地人多為白丁，為方便工錢與物資的發配，會社用顏色做登記，資深礦工是青色的簿本，年資較淺的簿子則用白色。蒙父家多次挖得金礦所賜，阿爸跟屘叔皆有機會讀書。黃金讓家裡不致斷炊，而青簿仔上的每筆帳，每月也總能按時結清。平素，大半是父親上金光路去找屘叔談事情，順道去俱樂部帶幾個你愛吃的饅頭回家。而某天屘叔在坑底挖到的金礦，像投下的震撼彈，在山與海之間。

你不會忘記發現金礦當天，屘叔歡天喜地的模樣，只是不知打哪探來的傳聞，他聽說礦脈有囡仔的頑性，若不管教，白晝被發掘，晚夜就消失。於是，待金礦一煉成黃金，屘叔沒立刻換現，反倒藏在家裡，拿根藤條圍著真金繞圈，揮鞭厲聲喝斥：「金仔，別逃！敢偷跑你就知死！」如此數日才把它拿到銀樓變賣。自此，屘叔再沒進礦坑。黃金變現金的翌日早晨，屘叔突然發高燒，送到醫院時又陷入昏迷，經過急救處理，轉往台北的醫院。命保住了，可是屘叔卻成了親戚裡的拒絕往來戶，長兄如父，阿爸接屘叔到家裡同住，彼此卻成了最熟悉的陌生人。每天，屘叔將自己關在房裡，重複碎念：「金仔，好膽就出來，不准躲！」不只一次在房裡找不到金礦，跑去問左鄰右舍是否有看到？被阿爸哄回的屘叔，激動地吵著要金子，阿爸只得用礦石搪塞，屘叔用筷子不住地敲打：「阮的心肝金，不行再偷跑哦。」時笑時哭，直到累了便揣著它睡著。

礦工人家的夢魘，採無金，恐積鬱成疾；採著金，恐樂極生悲。而這樣的悲傷不僅是屘叔的專屬品。時序流轉，日子如常行進，屘叔的記憶卻一直留在他挖到金礦的當時。已過志學之年的你，戴著頭盔、手持礦火燈，偕同大人們走進礦坑。跟著阿爸的腳步，穿過蜘蛛網般遍布寶礦的坑道，阿爸說在礦脈區有時會直接看到黃金。往前數公尺，他指著右手邊的山壁跟你說這就是金礦，眾人沿著牆壁敲打，將石頭鑿開，然後進行分類。你想著自己一定要努力挖出黃金來，將它帶回家送給屘叔，這樣他的病說不定就會好起來。你好奇壁上許多赤黃、棕紅的岩石，阿爸說因為金脈周邊有黃鐵等礦物，加上地下水通過，風化後就變成眼前的顏色了。

原礦究竟長什麼樣？是像坑內的岩塊，或如剛提煉的黃金？你打算下工後去找屘叔問清楚。山頭被雲霧籠罩，透著神祕。乍暖還寒的黃昏，領班傳來屘叔跌落山谷的噩耗，被人發現時，已是一具失溫的軀殼，經過勘驗後確定厖叔是因不慎失足而墜谷身亡。處理完厖叔的後事的那晚，阿爸整夜待在厖叔的房裡喝酒，手裡握著在厖叔口袋發現的石頭，一顆顆地數算，如回顧一幕幕手足之情。「跟細漢同款，去哪都沒交代，出去也不知轉來……」阿爸弓起的背脊，如丘陵在孤星下起伏，伴隨著嗚咽，像外九份溪，深深淺淺地流淌在你和阿爸之間。天亮之後，阿爸沒再提到厖叔。往後的日子，你們按平日一樣上工，與過去不同的是阿爸沒那麼賣命挖金脈。清理厖叔剩下的藥，對著餐桌的空位，你知道厖叔永遠不會回來了。整個礦山漸趨平靜，由始至終，彷彿厖叔這個人從沒在這土地生存過。

生命中難以承接的，不論輕重，皆無須刻意去記住或遺忘。厖叔說過這山有取不完的黃金，金脈遇到對的人，會不斷衍生出新的礦脈。眉飛色舞的表情，像一生就是為淘金而來。想起厖叔，你不知怎麼就聯想到《臺灣雜記》所載：「番人拾金手上，則雷鳴於上，棄之即止。」如果厖叔沒迷信傳說，能否免於那場連醫生都找不出原因的災病；如果厖叔不執迷採金，可否當個平安的礦工，直至壽終正寢？山櫻開滿了樹梢，阿爸帶你去採集礦石標本，老練的他敲落堅硬的岩塊，一疏忽，手被石頭劃破，滲出鮮血，搶先你一步反應，阿爸抓了一把泥土糊傷口，「小傷口，不要緊！」他自顧自地說著，像只是喝水不小心嗆到。回程，行經當年厖叔失事的山邊，阿爸把步伐放慢，佇足，和你不約而同地望向山谷。此刻，你發現阿爸臉上生硬的神情竟變得溫柔。有時阿爸會答應你替他去採標本，同時再三叮囑安全第一。那次起大霧，落過雨後，山路格外泥濘，你一個沒踏穩滑了一跤扭傷腳，回家已過炊煙時分。等在門口埕的阿爸見你一身狼狽，趁拿藥酒的當口，要你以後別再去採標本了。父子之間，失去屘叔的傷疤仍隱約可見。

山中的採礦量大不如昔，金沙也不像以往隨地可得。阿爸的礦工生涯走了三十多年，大病沒有，小咳不斷，連爬坡也漸覺吃力。為減輕阿爸體力的負擔，你帶阿爸搬到車站附近的平房。蟬鳴喧鬧的晌午，你陪阿爸在診間，醫生指著X光片上那些分散在阿爸肺部的小圓形陰影，確診是矽肺病晚期。「礦工命免怨嘆！挖幾兩金仔，就要準備轉去。」阿爸喟嘆，彷彿拿了半世人的黃金，就得付出一生代價，滿布歲月紋路的臉容更顯滄桑；但即使無藥可治，你仍想為阿爸拚一次，帶阿爸搬去台北就醫。而以此地為依歸的阿爸並不想離家，「免啦！這款症頭看哪個醫生都沒差。」任憑你費盡唇舌，阿爸仍執意留在家鄉，你只好妥協。每次進出醫院，你都感覺阿爸的時間又少了一天。那日，阿爸咳出血痰，「做礦工整身病，吃老才來拖磨，不值！」從小到大看多矽肺病、礦坑意外喪生的礦工，理應能與生離死別和平共存，只是這一回，你該怎麼說再見？對這座深受外人寵戴的「金山」，不懂為何，你厭惡多過喜愛。阿爸與屘叔把青春獻給了金礦，屘叔更是連性命也賠進去，而矽肺則像無法抹滅的烙印，預告阿爸的一生即將終結。「趁少年去外面打拚，毋通像阿爸一世人沒效，只會守在山裡。」清醒時，阿爸對你說了最後一句話。或許青春的他，也想過出去看看外面的繁華，只是翻不過這座山。

芒花霜染山頭之際，你送離了阿爸，告別了桑梓。小發財載著中年的你，在公路上疾馳，身後的基隆山、窗外的青簿仔寮、橋下的金瓜石溪，在前進的車速裡慢慢地隱沒，取而代之的是阿爸病倒前帶你去鎮上賣金，走進銀樓，看老闆用瓦斯火不住打在金條上，然後截下半塊來的畫面。鼻頭一陣酸楚，你壓抑回首的衝動，深怕一個心軟就揮別不了身後的山。或者，離開不單僅有一個原因，還有其他？霧般的迷惘，隨著身處環境的變換蔓延到他方。

在他方，經營南北貨生意小有成就，之後房地產起飛，台灣發展到錢淹腳目的榮景，而老家的礦坑全面封閉。春去秋來，你在城市落地生根，刻意擺脫礦山人的身分，可是它仍透過《悲情城市》與《無言的山丘》走近你，雖因金礦停採而蕭條，卻蒙媒體青睞，死裡復活，吹起一陣觀光旋風；夢裡，淘金客從四面八方蜂湧，礦產量達亞洲之冠。然而，任憑它被商業包裝成黃金的故鄉也好，觀光新亮點也罷，你一次也沒回去過。

遍布整座山坡的油毛氈屋宅，黑壓壓地錯落在某個塵封的角落，一如未被挖掘前，沉睡了上百年的金脈。總以為離鄉的時間夠久，那些在山與海之間發生的悲喜就與你無關。一日黃昏，同鄉送來一張《青簿仔寮的夢》專輯，那是高閑至的礦山音樂。音響流洩著歌聲，瞬間，嗜金成癡的厝叔、教你採礦的阿爸、拒絕再看山生存的你，跑馬燈似地藉由歌詞閃過腦際。

我站佇基隆山山頂　看著山下的青簿仔寮
想著阮夢中　金爍爍的金沙
那親像聽到金礦仔內傳出礦工仔的笑聲
我站佇基隆山山頂　看著山下的金瓜石溪溪水
想著阮夢中　金爍爍的金沙

如今只剩滿山的管芒　來替他們表示繁華
礦工仔生夢空　生出青簿仔寮的希望
礦工仔生夢空　生出阿爸的白頭鬃
礦工仔生夢空　生出白茫茫的管芒
礦工仔生夢空　生出阮回故鄉的願望
生出青簿仔寮　青簿仔寮的夢

遭颱風侵襲的青簿仔寮早成了歷史，讀著吳國平所寫〈青簿仔寮的夢〉歌詞，你眼眶微潤。不禁揣測，礦產獲利與聚落生態，孰輕孰重？金脈沉睡了上百年的富礦小鎮，居民與土地本相安無事，原始時期，物資雖不豐，但生活平安；自金礦遭開挖，整座山千瘡百孔，人為刀俎，土地為魚肉，造成多少的客死異鄉。是否讓聚落單純地躺臥在山與海之間，才是它真正的命定？

而你明白，也許這只是離鄉背井之人一廂情願的想法，經媒體高度曝光後，以往的金礦史再度被挖出，說地底大概尚有價值兩千億元的金礦，也掀起是否重啟採金的論戰。看著電視上咖啡廣告的圓拱煙管，這是當年為排放煉銅廢氣而建的廢煙道，使周邊寸草不生，大人嚴禁小孩去附近玩。吹東南風時，汙煙隨風瀰漫，早晨還翠綠的花葉，傍晚就變斑黃，你急著關閉門窗，阿爸無奈地說就算如此，也難以防止滲入體內那幾乎使人窒息的灼熱廢氣。

這是你首次回來，在全面封坑三十載後，當地居民終於盼到台糖釋出土地權，可惜凋零的厝叔與阿爸沒能等到這一天來臨。在有關單位評估是否重啟採礦消息之際，你倏忽想起滿身傷痕的基隆山、嗚咽的金瓜石溪、嘆息的菅芒。你多希望讓繁華跟著黃金埋藏地底，那隨著爆破聲而至的落石成回憶，不會再出現任何干擾山城的決策。

從五寮仔往瓜山國小方位直行，行經對面運動場，沿左邊步道，順著斜坡前行，兩旁的樹木，跟從前一樣蓊鬱。踏經一長串的石階，景色豁然地呈現眼前，山腰座落的幾家民宿替故鄉換了一張不老的臉。你仔細環顧四圍，睽違的大肚美人山如昔，不過憑添了幾許滄桑。印象裡，朝左轉直走就能看到以前阿爸經常帶你去的水圳仔橋，橋下的溪是除了礦坑之外，屘叔最喜歡逗留的淘金地點。辰光溫柔地在你心上輕叩，你敞開心門，而回憶像飛簷走壁的賊，不著痕跡地偷偷竊走摯親永別的傷痛。你在模糊的視線中，努力想找出礦工宿舍的位置，不過時移事往，現下的青簿仔寮徒留駁坎。

綿延青山，盛開著白茫茫的菅芒花，天邊海景依舊。你深深凝望，那青春礦工的靈魂，走進壯年離鄉的遊子，成就髮白回家的自己，傾聽著關於聚落，在山與海之間，所發生的一切。

——原載二〇二〇年八月五日《中國時報》人間副刊

賴舒亞，生長於瑞芳金瓜石，獲益最大的書是《聖經》。曾任職出版。現專事寫作。曾獲時報文學獎、吳濁流文藝獎、浯島文學獎等及財團法人國家文化藝術基金會文學類創作暨出版補助。作品入選《九十二年散文選》、青少年台灣文庫Ⅱ——散文讀本3《希望有一天》。著有散文集《挖記憶的礦》、《金色聚落——記金瓜石的榮枯》、《一想到九份》。

光音之塵——羅任玲

1

如果可以，我願意用一切去換回童年無所事事的午後，那些光線裡的細微塵埃與音響。聽微風的影子拂拭遠山，寂靜的白晝有蔭涼花香。

我非常喜愛的繪本《巨人的時間》，很少很少的文字。其中一句是：今天什麼事都沒發生。

從春到冬，年輕到白髮，頭頂著一棵樹的巨人始終沒做一件正事，（因為他是一座山啊。山能做什麼正事呢？）白天摸摸看看樹皮的紋路，抬頭是無盡的藍天。只有一次一頭母牛飛過，帶給他片刻驚奇。但也只是這樣而已，然後那頭母牛就消失了。

今天照樣什麼事都不會發生。這樣也好。

彷彿午夢醒來，斜陽在窗簾外漸漸冷去。

發現一天又過去了。

2

白色書封有什麼不好？比起始終不變的封面。

匿名者在上面作畫。從一開始的純白，每隔幾年，就變成另一本書。

舊了黃了，長出抽象畫的斑斑點點。

像一個人的一生。

沒有一本白書封的斑點是一樣的。

那是時光的手繪，並沒有最後，因為永遠在變化之中。

3

約翰・伯格曾用「煙藍色」來形容一種「魁奇李」（quetsch plum），什麼是煙藍？那或許是我童年夏天的顏色。打開冰箱芬芳沁人的可爾必思牛奶冰。竹筷捲的（經常黏到頭髮的）夢幻麥芽糖。圍牆外草叢裡（總是被拿來加菜）的野母雞蛋。萬年溪漂蕩一下午的雨中布袋蓮。沉默垂掛無人竹林的青竹絲。檳榔樹叢後凝視誰的瘋女人。偷挖地瓜一群人被追著跑的昏黃田野。母親自製的裝在餅乾桶裡的煙藍麻花捲。

4

羅斯福是我們家的第一隻狗。據母親說，是為了和鄰居的「拿破崙」一別苗頭，才取了這麼氣派響亮的名字。更重要的是，我們姓羅。

那年我四歲，站起來剛好碰到羅斯福的鼻子。記憶裡我從沒看清羅斯福的長相，牠不是伸舌頭舔我的臉，就是辛苦追趕自己的尾巴，要不就箭一樣衝出大門。在我眼裡，牠根本是一匹馬。

多年後，我在電視上看到高大的、毛色發亮的黑馬，總會想起羅斯福，那時牠已不見多年了。羅斯福失蹤在一個冬日大雨的午後。母親說，她後來在街上看到一隻土狗，憨憨的，很像羅斯福。

現在回想起來，羅斯福其實只是我童年的一個暗影，倏忽消逝的詭異夢境。然而那樣的場景，我肯定是不會忘記的。

常常我在冬日的，接近新年的午後，聽著隱隱爆竹聲，唸著一個個熟悉的名字：小胖、小白、美麗、小黑、哈巴、麻子、黑背心……那些伴隨我成長，在時光裡老去的名字，現在都像夢一樣遠了。狗的生命也和牠們的心一樣吧！可以卑微到只要一點不太好吃的食物、一盆水，就能一輩子守在主人身邊。而那時候我以為的地久天長，最多也不過十年光景。更多時候，牠們像羅斯福一樣，在寒風裡消失得無影無蹤，來不及留下哀怨的眼神。

5

生命中有幾次難忘的觀星經驗。

印象最深的一次是在蘭嶼。那年我十九歲，參加救國團的活動，和幾個同學搭夜車到台東，輾轉來到蘭嶼。那時的蘭嶼不像現在，到處是觀光客。走在小小荒涼的島上，吹來熱帶海洋的風。晚上我們住進一個舊軍營，陳年的床鋪和軍毯。睡到半夜，有人起來捉跳蚤。我也被咬了，無法再入睡，乾脆披衣起身到戶外去。夏末微涼的小島，我永遠不會忘記，那暗黑神祕宇宙，以滿天寂靜星光啟示我的，豐饒與深邃。後來我讀到周夢蝶的詩〈孤獨國〉：

這裡白晝幽闃窈窕如夜
夜比白晝更綺麗、豐實、光燦
而這裡的夜寒冷如酒，封藏著詩和美
甚至虛空也懂手談，邀來滿天忘言的繁星……

我總立刻想起那晚的蘭嶼。百無聊賴夢幻星垂永不再臨的青春。

6

颱風將臨的黃昏，特別想念母親。不知她現在在哪裡？過得好不好？

母親直到五十九歲，我才第一次帶她出遊。我用「帶」，是因為母親方向感不好，在陌生地方從不會認路。但她喜歡看新鮮的事物和風景，因此出遠門時，常常很依賴我。第一次帶母親出國時，覺得她像我妹妹。最後一次帶母親出遠門時，她已經像我女兒了，那次是為了一起帶二姊「回家」，我們這一生走過最遙遠傷感的旅程。

哥哥走後，我經常回台北陪伴父母。父親通常很早就睡了，我在客廳一邊和母親聊天，一面吃簡單的晚餐。尤其最後幾年，母親常和我聊起她小時候的事。我特別愛聽，彷彿也參與了她的少女時代。雖然在我眼中，母親從沒變老。或許是她始終保有純真之心吧，看她的畫就知道。

母親走後，想念她時，我就看她和我一起出遊的照片；或者看她的畫，看很久，便有一種會心的溫暖，彷彿母親從來不曾離開過。

7

忽然想起那年和母親同遊印尼。夜裡車子經過一個小村莊。漆黑之中只有車燈大亮，兩旁的樹布景般不斷倒退，枝椏錯亂指向夜空。偶然一兩間民房洞開，門口板凳坐著面孔模糊的村民。被車燈打得過於蒼白的臉，有種鬼魅的錯覺。我一直記得後來經過一個車禍現場（那樣荒涼的小村那麼突兀的事故），白布覆蓋的人噩夢般靜止在幽寂無邊的大地上，只一秒鐘，就永遠消失在淡漠的夜色裡。

8

他攤開星空的藍圖，把自己擺在管理員的位置。

9

晨夢得句：闢山冷，溼涼見雨芒。

10

又得到夢中一句：在每個時空斷裂的切面與自己相接。

11

王大同在午夜的廢墟裡夢遊。這就是所有詩的神祕性來源。就是波赫士的〈循環的夜〉，就是塔可夫斯基的《鏡子》，就是考克多的《奧菲的遺言》。

12

在夏天就要過去的茶水間，我遇見一個女人。風軟的肉體，蘊藏著無數問號。

然而她不過是一只瓷杯，杯上的一幅圖畫。誰遺忘了。在夏天就要過去的長廊上。溫潤的肉身。冰涼的憂愁。

13

十三點過一刻。剛睡下去就有一個女人打電話給我，說她姓符，符咒的符，還是幸福的福？我請她再說清楚一點，就醒過來了，然後又昏沉睡去。如此反覆作夢二三，夢與現實的界線愈加模糊不清。

14

但這次，夢中的母親頭髮全白了。她在文具店裡，買新年禮物，對店員說著什麼。我在遠處跟朋友說：我要去找我媽了。

和從前一樣，當我對人提起「我媽」二字時就會升起的安心感。夢中我暫時忘了，四年前的今天，是她進塔的日子。

15

有一天，那些螞蟻就不再來了。永遠消失在跋涉過的山水。

16

蟬衣。另一則關於虛空的命題。

17

我喜歡的幾乎都是無人之境，像深林。星空。荒野。大海。即使其中有人，也非現實中人，大抵如夢。

18

我喜歡背影勝於正面。原因很簡單，靈魂是不需要五官的。五官很小，小到幾秒鐘就可以把故事說完。背影很大，大到可以為它說一千零一個故事。臉是文，背影是詩。臉是現實，背影是夢。

19

我在黃昏的河岸與海邊拍過許多夢與詩。那些陌生人走向未來，沒有表情。他們安靜，把世界帶到很遠的地方。

20

京都的西芳寺也是一面侘寂之鏡。

那些幽黯苔蘚，是旅人遺忘的明信片，寫滿了宇宙願望。光陰在其中堆疊生死，或許還有愛與恨吧？

苔蘚也懂得愛恨嗎？那麼細密溫柔的體膚。

卑微。簡約。優雅。極致。十四世紀的枯山水在腳下，延伸到無盡遠方。夕暮徘徊的潭影，殘山剩水勾勒的萬事萬物——終將敗壞的繁花盛景。

夢窗疏石。夢窗疏石。如今他也凝視著滿園荒涼青苔嗎？

21

現實具象的美短暫且不可靠，唯有將其昇華到抽象層次，且駐留在大宇宙間，才可能永恆不朽。那是一種形而上的哲學之美。不像世俗之美，總是短暫而具衝突性，波動劇烈且令人患得患失；甚至美如羊齒化石，也都有瓦解的一天。

具象的美令人憂心，教人操煩；但只要美不再囿限於形體，就永遠不必擔心它會消解滅亡。詩人說的：「詩自身就是一種不滅的哲學之美。」而這不滅的哲學之美，非得與形上宇宙結合，不能至此。

22

在旅途中，獨自一人步行是最重要的。說我是在旅行中思考一點也不過分。

二十多歲開始踏上旅途的安藤忠雄這麼說。

這一點不奇怪。因為一個人就是一個世界。那樣緩慢，寧靜，深沉，永遠不必開口說不想說的話。

唯有獨行的時刻，才能清澈鑑照鏡湖般的寰宇。

23

讓山去高大，任天空去遼闊，我輩雖渺小，依然能從一莖野菊看到全世界。

24

歐姬芙的沙漠，閃電煙雲烈日花影，被白骨豢養的山谷。王者君臨於此，把死亡墳場天空收納懷裡。

25

波赫士畏懼的鏡子。誰都有過的，在夢與現實間拉扯逃離又再回來的，靈魂裡的那頭野獸。

26

有多少花朵在林中枯萎
或在山丘上死亡
卻沒有機會知道
它們自己有多美

艾蜜莉狄更森的詩。那是人類視角的慨嘆。

花不知自己的美，因而能自開自落，一切了無痕。總是照見自己內心，帶來苦痛歡愉的，只有人類吧。只有人才會有創造的渴望。即使如艾蜜莉狄更森避世至此，也還是想寫。

那是打敗死亡唯一的方式。

27

世間的冷慄困阻從不曾因詩人的悟道而減少，但同樣的，大自然的美也因詩人的不斷追求，而流露豐盈的生機與智慧。它們就這樣在無常的人間交織，於片刻閃現永恆，且成為詩人無窮的命題。

28

面對幾近永恆的青山，所有人間志業都變得微不足道起來，再驕傲的人也不得不學會低頭。而永恆到了極致，竟是一種寧靜大寂之姿，教人深坐、定靜、凝想這超越一切的宇宙大化。

29

詩人完全明瞭永恆不可抵達卻可接近。詩，正是逼近永恆的一種姿勢。而山的莊嚴與水的無盡，無疑為詩人開啟了永恆之門。山水是詩的反影，詩也是山水的變貌，它們互動相生，繁衍無盡，只要山水存在一天，詩人便有無窮無盡的題材；只要詩存在一天，山水的形貌便將永留世間。

30

自開自落，一切了無痕的野薑花。

偶然一天，
沉默的你，
投影在我的世界裡。

年少時曾經喜歡的一首歌，主唱者是劉藍溪。〈野薑花的回憶〉如夢一般，是少數空靈且詩意的流行歌。劉藍溪清麗出塵，當年三十出頭的她，正當萬事皆好，卻毅然離開紅塵修行去。多少年過去了，成為道融法師的她，剃去頭髮，身著袈裟，依然那麼美。當然不是世俗定義的美，是智慧莊嚴之美。

31

比起「時間」，我一直更愛「光陰」。明明同樣的意思，後者就是比前者多了幾分情感和詩意。彷彿時間只是個冷硬計算的傢伙，光陰卻是有溫度有畫面的。多年前我寫過一首詩〈下午〉，最後幾句是：

光陰乘著死亡來去
像雨水一樣簡單
像無事的一個下午
誰靜靜

發現了夢

從年少就感受人生彷彿大夢，常常書寫死亡的我，每次重讀這首詩，總能輕易回到那個氤氳的午後。詩人梅新曾為這首詩寫過一篇短文，轉眼他也離開二十多年了。

現在？我又發現光音比光陰更動人。

誰知道呢？它們落下的塵埃都是一樣的。

——原載二〇二〇年八月九～十日《自由時報》副刊

賴小路攝影

羅任玲，台灣師範大學文學碩士。曾以組詩〈沉默的日常〉獲二〇一七年度詩獎，散文〈鰲的黃昏〉、〈雪色〉獲第六屆及第十二屆梁實秋文學獎散文獎，長詩〈孤獨手記〉獲師大文學獎新詩首獎等。著有詩集《密碼》、《逆光飛行》、《一整座海洋的靜寂》、《初生的白》，散文集《光之留顏》，評論集《台灣現代詩自然美學》。二〇二〇年秋天出版散文集《穿越銀夜的靈魂》。

牢房趣事——胡子丹

記憶中的往事，多半有趣，往事中的牢房，更是趣味盎然。

我住過的牢房，在鳳山、左營、台北和綠島，時間是一九四九年十二月十三日至一九六〇年三月七日。我以距今約六十至七十年前的親身浸潤，和今日思之念之的殷殷心情，略略記述出，我沒有一日或忘的，在牢房裡的那些刻骨銘心；往事堪重數，酸甜苦辣。

一九四九年十二月三日，我二十歲，在左營港的軍艦上，被「敵人的敵人」誘捕了！寄押在左營大街一家冰果店三樓，約半小時後，被送往一個去處，招牌是「鳳山海軍來賓招待所」，進了門才知曉，掛羊頭賣狗肉也，是一個專門羈囚政治犯的監獄。有趣！高抬我了，我算哪門子政治犯！勉勉強強，頂多冠其名「政治受難者」而已；那一年，正是「白色恐怖」的開始。

白色恐怖真恐怖！內戰正酣，打從一九四八年秋開始，陸地上所謂的三大戰役（註❶）已臨尾聲，料不到「小米加步槍」的解放軍，打跨了百萬雄師、擁有飛機大炮的國軍，原因是兩軍對峙時，國軍往往換了裝，繳了械，自動成了解放軍。海戰伊始，滿以為只是打打機帆船的水上遊戲，料不到海軍高層用人荒謬，外行領導內行，引進了大批陸軍情報人員，以高額獎金酬庸他們，去逮捕被認定可能涉嫌的海軍官兵生，做案、冤案、錯案，無日無之，人人思危，左營街上官兵們碰面時的流行語是：張三不見了！李四沒有了！官校校長魏濟民被捕了！海訓團主任林祥光失蹤了！官校學生整班整班被帶走；更有駭人消息：黃安軍艦開去了敵區，重慶號跟進，長治也是，這三艘軍艦是當年海軍裡的一級戰艦，任何其他軍艦，一旦遇上這三艘中任何一艘，除了豎白旗，別無他途。加上長江突圍失敗，艦隊司令林遵率艦投降，江陰要塞司令戴戎光易幟，等等等等，前方海戰全敗，致使後方基地左營，只能報復性地，更多更快更狠更扯的抓人。寧可錯殺九十九，不可放過一人；我，在劫難逃！

進了招待所的第一晚，被推入一個小小山洞，看見洞裡已有十多位難友，或坐、或站，或在榻榻米盡頭的水泥地上，來回不停地走，拖鞋卜卜響，偶爾碰到地上的臉盆，發出吱的旋轉聲；看他們有的穿睡衣，有的軍便服，少開口，愁容，尷尬叢生，四目交會時，彼此苦笑。還有一人，躺在榻榻米上，裹在軍毯裡呻吟。我被感染得呆了。牆上貼有告示：

查本所近來來賓甚多，加以房屋窄狹，不便之處，尚祈諸來賓見諒。所長劉斌（註❷）敬啟。

這三十二個字，我一連默唸幾遍，好奇怪，好見笑，難道另外還有囚房？只有這一間是山洞？對！和我同一囚車來的他們，一定關進了別的牢房，只有我一人來到洞中。我們被關進牢房，偏偏在名稱上叫做「招待所」，我們被關進來了，為什麼被稱做「來賓」？

這時候，忽聽得有人低低叫我，好熟的聲音，原來是我受訓時的大隊長陸錦明，按我肩，並坐榻榻米上，關照我別著急，別生氣，見人矮一截，早一天出去，是最大的勝利。記住，「遇到任何意外情況，不要亂說話」。第二天，我調房了。七十年來，未聞陸大隊長任何消息。

調到小木屋似的牢房裡，兩個半榻榻米大，同房兩位難友，一叫姜光緒，是「八艦」（註❸）某艦上的航海官，另一位是官校學生，綽號「表妹」，都在等待「組長」的「談話」，所謂談話，問案也，組長等於檢察官。等待的日子不好過，沒有消息的等待更難過。他二人勸我，別說對「出去」的等待，八字不見一撇，等「談話」的等待也要努力等待。牢房內不准說話，受刑後不准號哭，耳語囚更愁，泣聲牢愈靜，乍睡乍醒，往往錯覺到自己的失落。姜兄有句名言，「你不殺時間，時間必殺了你。」他自己拚命在啃吋半本袖珍英漢字典，每兩天撕一頁，和水吞入肚中。建議我拜託衛兵，以手錶換本英漢對照的書，記得書名是《新中國》。我發憤認真讀英文，竟在牢房中起的頭，老師就是姜兄；「表妹」不甘寂寞，自告奮勇教我球面三角，說回軍後，大圓航行最管用。沒學多久，他深夜「談話」後不曾歸房，耳語信息，說他刑傷調房了，球面三角不停而停。不久姜兄調去軍法處，臨走附我耳語：「任何情況不要亂說話，尤其是碰到了意外。」一字一字，棒喝錐刺，竟和陸大隊長關照我的，異詞同義。當時我完全聽不懂這些話的意思。幾個月後的某一夜晚，我豁然開竅，我真的碰到了意外。

有人事後分析，被抓進招待所的來賓是三個月一期，最多三期，必須結案，必須送往軍法處，走完軍法程序。但也有不走軍法程序的，在招待所便逕自解決了，所謂解決也就是自行結案了；被刑求致死，被槍斃，被麻袋套頭丟棄太平洋，時有所聞。當年軍人少有戶籍，「其存其歿，家莫聞知；人或有言，將信將疑。」最令人難以置信的精心傑作，是在被自行結案的來賓中，夾帶一、二位疑似結案的來賓做為「陪客」，同赴左營桃子園，執行死刑，途中觀察這些陪客們的個別反應，以決定是否結案。我何其幸，居然客串了一次陪客。

在我當來賓的第二期的九十天裡，已經享受了例規的殺威棒，也被刑求後在自白書上捺了手模。第一期的日日夜夜，完全白白等待，煎熬得要上吊，折磨得要撞牆。到了第三期後段的某一個夜晚，一輩子記得，是一九五〇年八月二十四或二十五日，對我來說，面臨了一次天大天大的意外。

那天晚點後，輪流尿尿的景觀剛結束，宣布就寢不久，每晚每晚，那是最叫人心膽俱裂的要命時刻，來賓們都在閉目豎耳傾聽，衛兵在敲某號門，在喚某人名，忽地，我被唱到名，我出了牢房門，在甬道燈光下，我偕自己的影子走，淒淒慘慘戚戚，身後有卡賓槍和刺刀監隨。迷迷糊糊跨出鐵門時，有人狹路斜上，按停了我，上了我手銬，矇了我眼罩，被推架上了車。我霎時呆住，在絕望與渺茫中徘徊，腦門轟地被封閉，要思考，要思考，就是不能思考。我察覺到車上已有好幾位來賓，還有荷槍實彈的士兵，咳聲有別，呼吸各異。這是走的哪一步棋？那位審訊我的、賞我好幾拳的趙正宇趙組長，不是對我說，你們這案子事小人多，沒什麼了不起，我要求看那封關鍵的信，同學宋平在香港寫給在左營的同學陳明誠，信中附筆問我好的信，他就是不肯。車程中，他在我腦袋裡一直糾纏不已。

滿車人都在罵聲中悲憤、涕沱。有人開始了喊口號，群聲附和，口號得驚人，山岳崩頹，風雲變色，光憑這幾句口號，就足以執行好幾個死刑。我沒跟著起哄，陸大隊長和姜光緒的話在腦中響起，「任何情況都不要亂說話！」我暗中分析，眼前情況應屬於任何情況。有人向我挑釁，口沫濺上我臉，「怎不喊上幾句？」我重複我的三字經，「我冤枉！」我的危機意識，柔弱得不夠悲天憫人，我的明哲保身，耽誤了喝阻制止。

囚車終於到了終點，寒風挾帶著鹹濕空氣，鼻孔察覺到車停處正是海邊，海鷗夜啼驚心，海浪拍岸懾人，難道真的是傳說中的左營「馬場町」？說時遲那時快，我被拉下車，踉蹌幾步，推倒在地，不掙不扎，等斃等溺；有人憤憤嚷，有人默默然。我的肩膀被踢：「喂！喂！有什麼要說的？」我口供未改，大聲喊：「我冤枉！」從容得尷尬，赴義也窩囊。「砰！」我應聲而去。「砰砰」，又聽見好幾槍響，好遠好遠，難不成我不是一槍斃命？

不知道過了多久，我被推醒，眼罩卸了，手銬解了，車上人全不見了，一班長，一便衣，在車門旁正瞅著我，班長示意押我回房，便衣向我狡黠地搖搖手：「不可說，不可說，一輩子不可說！」

我在招待所住滿九個月（一九四九年十二月三日至一九五〇年九月二日），享受了一次「陪客」宴後，我被轉送到海軍軍法處看守所，開始「軍法程序」，這是一九五〇年九月二日的事。

看守所畢竟是正派監獄，絕大多數是未定讞的過客，案情各異，人犯複雜，重要的是，海軍管理海軍，種種措施和日常管理，夠得上說是人道而正常。最自由的莫過於在室內可以唱歌、談話、下棋，是一個可以讀書思考的環境，奇怪的我，居然沒有一天讀書。長達七個半月多（一九五〇年九月二日至一九五一年四月三十日），我被提審開庭僅僅兩次，一次問訊個資，勞師動眾的戲劇場面，三言兩語就匆匆完畢；另一次就是全體肅立，正經八百地聆聽宣判了。所謂「走完軍法程序」，原來是如此這般，為何草率至此？不解不等於無解，到了半世紀後的一九九七年八月十日才有了答案；那天我陪徐學海將軍，應邀參加了在台北市富都酒店的一個飯局，巧極了！鄰座竟是當年審判我的三位軍法官之一的陳書茂將軍，談起了此事，他淡淡地說：「在那個年代，上面怎麼交代就怎麼判，在招待所的自白書就是口供。」當然，他更知道，所有的自白書，全是刑求成績。

看守所牢房裡的趣事多，一裸體散步，二夜中小解，三展現人性美醜，等等等等。南台灣天氣熱，三餐後更熱，男囚犯被默許可以赤膊，甚至一絲不掛，有人參觀時例外。同房二十幾個大男人，全身清潔溜溜在牢房裡繞圈子散步，正時鐘方向十圈，反時鐘十圈，周而復始，袒裼裸裎，是滑稽畫面，可誰也笑不出來，看那全身氣力，幾乎全發洩在兩腿雙臂上，兩手不斷揮甩全身汗水，那奇形怪狀的胯下之物，隨身搖擺、晃動，有的昂然，有的無精打彩。像極了舞台上的龍套，潛意識憧憬著奔向自由。

牢房一隅，挖有排便小坑，上覆木蓋，成了新進囚友的二分之一床鋪，夜中有人入廁，麻煩而恐怖，躡手躡腳，人頭中、腿縫間，一步一爬，前進小坑旁，輕輕推醒小坑上熟睡的人，抱歉可無奈；回程時較為清醒，腥臭的暖空氣在昏暗的燈光下，更顯燻熱冒蒸，一具具半裸、全裸的男性胴體，有的皆牙咧嘴，有的掀鼻抵唇，輾轉反側者有之，胸腹起落者有之，爭奇鬥妍，隨心所欲，整個看守所，在隆隆鼾聲中，安靜得使靈魂戰慄。「比死人多一口氣」是罵人的口頭語，此時此地此景，滿眼皆是。

不應該自然而自然，應該隱祕而不隱祕的事，莫過於有人公開手淫，而且是三五成群，競相表演，最先弄出汙物的是輸家，輸家處理善後，洗刷全房地板。這些表演者，清一色是軍區裡行竊或收買贓物的年輕小伙子，他們被關進看守所，完全寄居性質，即使判刑，也是極短日子，想不到他們竟是如此性急，如此色膽包天，名副其實急色兒。

判決定讞後，「十年有期徒刑」，我當然知道我已經沒有了未來。我多次想到了死，也一直找理由來抵擋自己想死的念頭。內心掙扎、矛盾的結果，活下去！就算看戲，我要看這場戲怎麼演？演員也好，觀眾也好。

在看守所寄居了七個多月，到了一九五一年四月三十日，被送去台北的軍人監獄。軍人監獄所在地，就是現今忠孝西路的喜來登飯店。監獄裡東側有十多個大牢房，聽說西側還有，專門羈囚政治犯。我被推進牢房時，臭味撲面而來，第一個念頭，就是我的小命一定在這兒嗚呼！

軍人監獄，的的確確是一所典型監獄，一排排牢房，每一牢房面積比起看守所的小了近一半，可是被關在裡面的人犯卻多出不少。具體的說，看守所的每間牢房有二十個榻榻米大，關了四十多人，這兒只有十二、三個榻榻米大，卻擠疊了將近五十人。我被推進牢房，迎接我的是一百隻左右的厭惡眼光。我向他們小心翼翼打招呼，換來的是一陣沉默，我再打招呼，並且道歉：「對不起！」一位老先生開了口：「免啦！」想當然，他們有理由討厭我、仇視我，甚至把我毒打一頓，因為我是軍人，我是外省人；他們是老百姓，卻被軍法審判，關進軍人監獄，他們被認定為匪諜，再加上「二二八」餘悸猶存。

三、五天下來，沉默解凍，表情由尷尬恢復正常，語言使空氣活絡，久入鮑魚之肆，臭味也不翼而飛，我用我曾經學過的破碎日語，去酬酢他們剛剛上口的簡單北京話。彼此緊挨密擠，大家都成了近鄰，別人的肢體語言，成了你必讀的大塊文章。睡覺輪流睡，等睡的人坐靠牆壁，最是痛苦不堪，因為盤膝久了雙腿發麻，懸空伸展不小心，會碰到別人的頭。一夜裡往往一腿不平，另腿又起，煩不勝煩，糾纏不已。

我生平第一次吃味噌湯，就是在軍人監獄吃的，就是那位對我說「免啦」的老先生請我吃的。軍人監獄的政治犯是可以接見，老先生的味噌湯是家屬接見時送來的。我一直記住了他名字，許德興，倒不是因為吃了他的味噌湯，而是他的案情有趣，叫我捨不得忘。許老是名行走山地的木工，工具箱常年揹在背後，多年來不論藥商的廣告單也好，歌仔戲的宣傳單也好，往往被張貼在他的工具箱上，代價當然有，香菸、肥皂呀什麼的，他不識字、國語不靈光，只要不撞期，他都來者不拒。有天他被捕了，說他「為匪宣傳」，軍法審判，被判七年徒刑。

另一位是比我年輕兩三歲的陳榮華，一九四八年剛剛考上台灣大學當新鮮人，寒假前被捕了，判十年徒刑，因為他參加了學校裡的讀書會，卻被政府認定為「共匪外圍組織」。他問我，大陸上是不是這樣？我說我沒讀過大學，「嘸宰羊」。

四十幾個同房難友，就是四十幾個不同的奇怪故事，規定同案不同房，我來不及聽聞第三、第四，甚至更多的故事時，我們離開了軍人監獄。一九五一年五月十七日，約一千二百名政治犯，半夜裡在樺山車站被裝上貨車，在基隆登上LST206號大型登陸艇中基軍艦，乘風破浪，開往剛被改名為綠島的火燒島。我在軍人監獄只待了十七個朝朝暮暮。

綠島的監獄也掛了羊頭，叫作「新生訓導處」，我在那兒被「新生」了三二一二天。上岸剎那，一吸一呼，立刻有感，「上了天堂了！」這當然是一個和前幾個牢房的比較級想法，有點阿Q，但非誇張；陽光、空氣、水，都有了，而且無限量。我安慰自己，是一個頤養天年的好地方，好山好水好自在，無憂無慮無未來。我看到了未來，刑期滿了，我也走不了，因為無保！

這是一個開放式管理的監獄，像軍營，也像勞工營，有上政治課，也有輔助教育如國文、英文、數學呀什麼的，苦力般的勞動當然有，頭幾年尤其辛苦，砌建長城般的圍牆、倉庫般的克難房，舞台、運動場、開闢十里長的環沿太平洋的馬路，養豬、養雞、種菜，等等，全體官兵（管理人）生（政治犯）眷，全盛期間三千多人，有各種球賽，也有多樣戲劇表演，生活得有血有淚有汗，多采多姿多樣，人人都在等待刑期屆滿，陸續回到台灣本島。

在綠島監獄的牢房裡，趣事特多，其中兩件事讓我無法忘懷：一是拒絕刺青，一是〈綠島小夜曲〉。

一九五〇年六月二十五日韓戰爆發，北韓共軍超越38°線南侵，美總統杜魯門下令，派第七艦隊協防台灣，台灣因而轉危為安。到了一九五三年七月二十七日執行停戰協定後，有一萬四千名反共義士被遷往台灣，手臂上均有「反共抗俄」、「殺朱拔毛」等刺青文字。新生訓導處的「新生」中居然有了響應。被處感訓的前國大代表齊維城，奉承旨意，發起了「一人一事良心救國運動」，要新生們在手臂上刺青「反共抗俄」，向政府交心。此運動一時間沸騰全處官兵生，三個大隊的三名大隊長，召集十一個中隊長及指導員開會（每大隊四個中隊，第八中隊以女生分隊替補），決定由抓鬮抓中的某中隊試辦，成則推廣全體新生，人人刺青，不成則另議他法。抓鬮結果，第七中隊抓到了鬮，而我，就在第七中隊。

新生同志們，在百分百的事件上，幾乎是百分百的順從，至少在表面上如此。揚眉固可表示吐氣，舉手豈是意味投降。九十九加一等於一百是算學，在這件突發事件上，有了百分之九十九點九九的零點零一的意外。

那個夜晚，我們被哨音驚醒，跟著是值星官的大嗓門，「起床！統統端坐在自己床沿上，有重要事宣布。」有人報告，要小解，立刻被吆喝，「忍著點，不要動！」死靜窒息中，彼此閃動著疑慮的眼光。從上鋪看下去，長廊進口處多出一張長桌，桌上有印泥、十行紙、卷宗等等。全中隊的官長們全到齊，三位分隊長、六位幹事，和一位指導員，特務長也來了，中隊長姓許，一待值星官喊立正向他敬禮後，便一字一句向我們喊話：「奉處部命令，為了使各位效忠政府擁護領袖的愛國情操，有所具體表現，準備在各位手臂上刺上『反共抗俄』四個字，願意刺字的人，請下來簽名。」

一片默然，好長的幾秒鐘，我們不知所措，來不及思考，來不及反應，結舌痴駭，目瞪口呆。

「考慮一下也好」，指導員配合中隊長的意思，「好好想想，這件事對各位的前途很重要，說不定會提早結訓。」我們耳語頻繁，「我不刺！」「打死也不刺！」年輕幹事們聽得不耐煩，開始了指名叫陣的技倆，「第一組組長……」、「第一班班長……」，不見反應；組長、班長都是被指定由新生們擔任的，沒反應的反應，似乎激怒了官長們的忍耐，開始了指名道姓的直接問話。幹事們繼續一一唱名，一一都回以紋絲不動。誰也不敢想像，這種事情如何收場？瓦斯燈的火舌冉冉上升，欲斷似續的火花吱吱叫，特務長正忙著提來一桶水，一一給瓦斯燈燈座裡加水，以惶恐的眼神窺探著新生們的神情。這時候，總算有人發話：「報告！」

石破天驚！大家心中一亮，是葉貽恒，不是組長，也不是班長，是籃球隊隊長，第一位向新生們發難的年輕幹事，便是兼管康樂業務，標準籃球迷，葉貽恒是他麾下愛將，愛將一定響應他，最起碼是替他解圍，或者說，替這場面轉換一下氣氛。

指導員搶著回應，「葉貽恒，你說！」「請問指導員，我們是不是一定要簽名，不管願意不願意？」「這……」

「如果是統統不願意，或者是大部分人不願意，對隊上官長們有什麼好處？」「這……」

「再說，在身體刺字的事，我們自己也做不了主。所謂，生我者父母，《孝經》上不是說過『身體髮膚，受之父母，不敢毀傷』這句話嗎？我們不是每天在『堯舜禹湯文武周公孔子國父蔣總統』的發揚固有文化嗎？這件刺字的事，能不能等過些日子專題討論後再決定？」

「這……」老到的指導員，一連被三「這」出局，一時間竟想不出應對的詞，幹事和分隊長們更火大了，可是，在牢房內，夜深人靜，眾犯難惹，無法施展其他法子。好好先生許中隊長，真應該記住他的名字，別看他平時婆婆媽媽的，在這關鍵時刻，他當機立斷，下達命令：「值星官，這件事以後研究再說，解散就寢。」

這件事無疾而終。一是葉貽恒的處變不驚，一是許中隊長的勇於掩蓋羞辱，四兩撥千斤斷然處理；原來讓步也是一種勇氣、一種能力，是一種智慧，更可以免於尷尬。多年後的今天，我們未見未聞全台灣的政治犯，在白色恐怖期間，除了在綠島，很少沒有被刺過字。

最後來談談〈綠島小夜曲〉這件牢房趣事。

一九五三年仲夏夜，有人創作了〈綠島小夜曲〉這首歌曲，曾被評為二十世紀「百年金曲十大排行榜」的第三名，首名〈望春風〉，第二名〈不了情〉，第七名〈何日君再來〉，〈小城故事〉是第十名。二〇〇二年七月二十三日，《中國時報》第十四版報導，「綠島小夜曲作曲者高鈺鐺辭世。」我見之大為吃驚，真是這壺不提提那壺，高鈺鐺怎麼也被扯上是該歌的作曲者？我立刻為文〈為綠島小夜曲作者辨正〉，於次日刊出，而且說明了，該歌在綠島曾經可能會變成一個冤案的趣事。

一九五四年的某一天，新生訓導處第二大隊指導員喚我問話，「胡子丹，你寫了一首〈綠島小夜曲〉，林義旭作的曲，他已經承認了，你坦白說出來，我會替你作主。不然，會成一案，會送你去台北軍法處審理。」林義旭是新生樂隊的指揮，聽說被捕前曾在全省鋼琴比賽中得過名次。我老實告訴指導員，我沒有寫，我也沒聽過這歌名。這真是從何說起，禍從天降啊！

冤枉即將疑為冤案時，不到十天，冤案破了。在一次迎新晚會上，新官上任的文奇中隊長的太太周報枝女士上台獻藝，自我介紹時，也介紹了要唱的歌名是〈綠島小夜曲〉，還報出「潘英傑作詞，周藍萍作曲」。哈哈！輕描淡寫，這案子破了，不破自破。

這件六十年前已經真相大白的趣事，六十年後的二〇〇二年，居然又來一次有趣的新聞報導。不由得你不相信，台灣在上世紀白色恐怖時期，尤其是在綠島的政治犯牢房裡，趣事何其多！你能知多少？

註❶：三大戰役（三大會戰）：遼西戰役，一九四八年九月十二日至一九四九年一月二日；徐蚌戰役，一九四八年十一月六日至一九四九年一月十日；平津戰役，一九四八年十二月五日至一九四九年一月三十一日。

註❷：劉斌，解嚴後改名劉侑，設籍高雄縣左營區田峰街十三號十七樓，但無其人。

註❸：「八艦」：二戰末期，美國協助我國海軍對日作戰，依據同盟國租借法案，贈予我國小型軍艦八艘，俗稱「八艦」：太康、太平、永勝、永順、永寧、永定、永泰、永興。

——原載二〇二〇年八月十二～十三日《中國時報》人間副刊

胡子丹，一九二九年生於安徽蕪湖。因涉「海軍永昌艦陳明誠等案」，於左營被捕，判刑十年。曾經開設翻譯社、出版社，著有《跨世紀的糾葛》、《綠島因緣》、《活著真好》、《我在1949》、《翻譯天地》、《國際翻譯手冊》、《我去大陸探親》等二十餘種。

普通人結弦的神話

袁瓊瓊

我和羽生結弦之相遇，非常稀鬆平常。就只是我在網路上亂逛，他的名字跳出來。這名字實在太不食人間煙火，我以為這是大陸古裝奇幻劇的劇名，或角色。因為對仙幻劇沒興趣，沒特別注意。後來又「相逢」，是在網路查占星資料的時候，「陰陽師」跳出來。點了看。是個短視頻，不到一分鐘，雙框畫面，一邊是真的人，一邊是卡通角色。兩邊人物動作一樣，服裝類似，滿有趣的。這視頻我還存了下來。知道那位真人叫做「羽生結弦」。不過實話說，還是不知道他是幹什麼的。

因為瀏覽器的喜好功能，這之後就很容易到處看到「羽生結弦」，發現他原來是日本人，並且被稱之為「破二次元壁的美少年」，對這稱號不解，因為並看不出美在哪裡。覺得他就是一張小日本奶油臉，眼睛細細，下巴肉肉。不過有一事很奇怪，感覺這個人好多張臉，不像是同一個人。之後才知道，網路上的羽生幾乎有完整的成長史，他的影像，從四歲到成年，網上全都有。少年時期牙有點暴。後來整了牙，調整了容貌。他有時尖下巴有時圓下巴，眼睛時大時小，還有時單有時雙。但真正讓羽生一人多面最大的原因，其實是他的表情。

羽生結弦可能是名人中表情最多變且複雜的人，甚至超過專業演員。他的神情傳達出的情緒情感，豐富到不可思議。如果對他不熟悉，很容易把他看成好幾個。網路上流傳「羽生三兄弟」的圖片，分別為「羽生結弦」，「羽生結實」和「皮皮弦」。看名字都可以分辨出「三人」的不同個性。羽生在花滑界固然功業彪炳，但是造成他這樣廣受歡迎，跟他的多變，每每行止出人意表，一定也有關係。

我後來在YouTube上看到一段影片，被迷住了。畫面上是空曠的冰場，打著淡紫色的光，三四個人在冰上滑來滑去，其間一人，全身黑，在冰上低頭站立，音樂響的時候，他微微抬頭，肩下沉，手臂打開，腳尖觸地在原地轉了一圈。之後，整個身子傾側，如同花開，伴隨旋律，他開展雙臂，風吹拂般向冰場中心飄去。

拍的是遠景，滑行者在冰面上只是朦朧的黑影，小而遙遠，並看不清楚臉孔。期間其他的滑冰人來來去去，但是這個人就完全像存在於另一個空間，跟別人毫不搭嘎，且也不受影響。我看得屏氣凝神，心完全被帶去。等看完這四分多鐘的影片，馬上去找標題，看到了「Yuzuru Hanyu」這個名字。上谷歌搜尋，發現這就是羽生結弦。

曲子是Il Volo的《Notte Stellata》。粉絲翻譯做「星降之夜」。是羽生表演滑的節目。我看到的視頻是他在演出之前的練習。直到現在，我還是認為羽生結弦的這段合樂練習，勝過他真正的表演。他穿的是運動服，場上沒什麼人。觀眾席也幾乎是空的，不像目前連練習場次都坐得滿坑滿谷的「盛況」。

羽生渺小，安靜，不動聲色。接近遺世孤立。他給我一種感覺，其實並看不清臉孔，但我認為他眼睛是閉著的。在一種絕對的安靜與空白中，他在冰上移動，不為任何人，甚至也不為他自己。只是夢，只是幻影。

事實上，羽生許多節目都有這種飄渺之感。他有一個動作，是其他滑冰選手少見的。他時常仰頭向天，臉上有時決絕，有時憂傷的表情，幾乎具有神性。他也時常在冰上閉著眼睛滑行。那樣側著臉，雙眼似垂似閉，從冰面上飄過去的時候，不像有具體的身軀。許多人形容羽生的演出帶「仙氣」，有時真覺得，除了這兩個字，還真是無從形容起。

那是二〇一七年底。羽生因為腳傷停賽，對全世界銷聲匿跡。因為沒有「新」聞，羽生於我，就有點像個古人，或者書裡，或戲劇中存在的人物，沒有實質感。雖明知他是有血有肉的大活人，可是感受上卻覺得他不存在。我因之不像一般粉絲，有那樣多渴望與期待，反倒得以用一種平常心去認識他。

並不像現在，二〇一七年的羽生結弦，聲望如日中天，全世界都愛他，包括目前正努力打壓他的國際滑冰總會（ＩＳＵ）和日本冰協（ＪＳＦ）。

日本媒體稱他是「六十四億年才會出現一個的滑冰天才」，歐美媒體對他則是一片不可思議的驚嘆聲。有一場比賽，有男女兩位講評人。賽完出分，羽生破紀錄。男評論員說明：「這是這個項目第六次破世界紀錄。」他問：「你知道前面那五次是誰打破的嗎？」女評論員回答：「羽生結弦、羽生結弦……」她說了一串的羽生結弦。

那時候的羽生結弦，勢不可擋。全世界都好奇他還能把花滑提升到什麼程度。如果在那時候認識羽生結弦，大概率會同意他的確是花滑之神，是不世出的天才，是絕對王者。他之強大，是超乎想像的，幾乎每場奪冠的比賽，他的得分都遠超銀牌十來分。要知道，在花滑運動中，勝與敗的差距向來極微小，有時甚至只差零點幾分。而如果「不幸」得銀牌，那通常都跟他帶傷上陣有關。

是的，羽生結弦是帶傷比賽的慣犯。他的競賽生涯幾乎有一半的比賽都是在傷病中完成的。最「著名」的是二〇一四年在上海的那一場，他與中國選手在熱身時高速相撞，羽生人癱在冰面上長達五分鐘無法起身，但是經過包紮之後，他仍然上場，得到銀牌。

這次相撞，導致一個半月後發作「臍尿管殘餘症」。病發時他正參加日本花式錦標賽，抱病上場。當時狀況是腹部已經化膿，他包紮後再封上塑膠布，避免血水弄髒表演服，跳出了完美而悲愴的「歌劇魅影」，獲得金牌。在節目結束的最後一個動作，二十歲的羽生結弦，張開雙臂，仰頭向天。眼中有淚光。面上那似痛苦又似希翼的動人神情，來自於腹部的劇痛，卻恰好深刻的詮釋了「魅影」的絕望。

然而，我必須說：這真的不是他第一次這樣幹。

見於文字的，羽生結弦的「第一次」受傷上場，應該是二〇一二年的世錦賽。他在自傳《蒼之炎II》中提到：練習時扭傷了右腳，「腳腫得幾乎穿不上冰鞋」，但是他仍然完成了短節目。雖然成績不理想，但是羽生頗得意，覺得自己扭到了腳還能滑完，證明自己「很努力」。

他把這點心思告訴了母親，沒想到母親卻回答：「受傷是你自己的錯。」意思是滑完了是應該的，沒什麼好得意的。相反的，媽媽跟羽生講了另一番道理。

二〇一一年，羽生居住的仙台發生３１１大地震。當時日本東北部近乎全毀，仙台別提冰場，住宅區也多數被海嘯淹沒，許多人無家可歸。羽生家也一樣。當時的羽生想過要放棄滑冰。是靠著過去的教練，和那些曾經關注過他的人，甚至他在少年時期培養出的粉絲，為他找訓練場地，為他安排冰演，延續了他的滑冰生涯。

母親跟他說：是因為那麼許多人幫助了你，支持了你，你才能走到這一步的。言下之意是：你該感謝的是那些支持你的人，不是你自己。

十七歲的羽生聽進去了。第二天比自由滑，他懷抱著滿滿的感恩，滑出了「羅密歐與茱麗葉」。這個被粉絲暱稱為「羅茱1.0」的節目，號稱是「掉坑神器」。看過這節目的沒有不動容的。羽生自己敘述，他在上場的時候，是閉著眼的。滿心想著要為了報答那些幫助過自己，支持過自己的人，呈現出最棒的節目。

「羅茱1.0」並非毫無瑕疵，中段羽生摔了，奇妙的是，那一摔，在比賽觀點，當然是扣分的，但是在表演觀點，不能想像這套節目失去了那一摔會多麼可惜。節目內容是羅密歐發現朱麗葉身亡之後的悲痛，羽生結弦一摔跪地，隨後起身的那幾步踉蹌，雖是失誤，情緒拿捏卻妙到毫巔。等到結束時，小羅密歐握匕首刺入腹中，全場沸騰，觀眾們站起來鼓掌，都明白他們剛才見證了一場了不起的演出。

這套節目無法複製，即使是羽生結弦自己也無法重現。整套節目情緒之飽滿，複雜，滿盈十七歲少年那種對橫逆無法置信，卻決定要拚死一博的，既悲傷又直接的決絕。沒談過戀愛的羽生結弦，竟在節目中呈現了超乎他經驗之外的情感。

這次比賽，羽生短節目第七名，卻以自由滑第二名的成績逆襲，獲得第三，站到了領獎台。

在羽生結弦人生中，這場比賽絕對是指標性的存在。不單是他首次成功的逆襲，也可能是他首次學到了控場能力。在這之前，他是優秀的花滑選手，但在這之後，他那種表演者的性質開始顯露。另外，「感恩」也開始成為他的常態。日本綜藝中曾經請來賓猜測，羽生結弦索契奪金之後的冰演節目中，他說得最多的一句話是什麼？沒有人猜對，最後揭曉的答案是：「阿里阿多。」不到四十分鐘的節目裡，他說了二十七次阿里阿多（日語「謝謝」）。

直到現在，羽生結弦的節目中充滿各種感恩的「儀式」。在比賽之前，他會感謝他的冰刀套，感謝冰場，感謝腳下的冰，感謝他的觀眾，感謝服務人員。這是別的選手中少見的。如果常看羽生比賽，一定會注意到他每每在表演結束時，會對著空間喃喃。看嘴形可以發現，他在說「阿里阿多」。

羽生的「感謝」是有名的。而目前這也成為慣例，無論參加冰演，或比賽後的表演滑，冰迷們都要等待羽生結弦拉直嗓子，對著觀眾大喊：「阿里阿多」，之後，才心滿意足的離開。

某種程度，會讓人懷疑，這是不是刻意設計的呢？奪金後披著日本國旗在冰場繞行，國旗升起時跟著唱《君之代》（日本國歌），跳著上領獎台，上場前撫摸（或玩弄）小熊維尼，熱身時旁若無人的唱「無聲」歌，還跳來跳去，雙臂甩來甩去……羽生結弦有一大堆奇妙的「習慣」。別的選手很少給自己安排這樣許多引人注目的動作，看多了會讓人想，羽生結弦是不是為了吸睛呢？不可否認，別人靜止，而他動個沒完的時候，所有的照相機都會對著他咔嚓咔嚓的。

我從二〇一七年開始「研究」他，看了他從八歲到現在的種種比賽和訪問的影像，看了電視台專為他製作的節目，看了他自己的傳記，各種報導，不得不公平的說一句：羽生結弦大概是全世界最透明的人。

他十歲起就有記者對他一對一採訪。到青少年階段，記者和粉絲開始追著他跑。活在眾目睽睽之下是他的日常。與其他「名人」的對應不同，羽生從不試圖迴避或躲藏，他的態度一直是「你過你的，我過我的」日子，無論記者或粉絲如何拍，他只活在自己的世界裡，幾乎無視周遭。他有許多在冰場上被粉絲拍到的「無意識」影像。幾乎可以準確的從他的表情「讀」到內心。例如粉絲非常喜歡的一張三連拍，羽生站在場邊，正想著什麼，忽然注意到有人在拍自己。他小小的翻了個白眼，之後不動聲色的別開頭。簡直可以「翻譯」他的內心：「啊有人拍我，我假裝不知道，就別拍了吧。」

這不是說他對於被拍攝沒有自覺，其實他自覺很強。在訪問中被問過：「應該對被拍攝很習慣吧？」他回答：「不，不會。」他只是選擇接受這些干擾。並學習在干擾中依舊自如，做本然的自己。

記者喜歡訪問他，拍攝他，這可能也是重要的因素。羽生結弦，在我看，他其實很有種「天然呆」的氣質。面對任何狀況，他毫無裝作，完全是當下的立即反應。心裡怎麼想，臉上隨即顯現。

他為人的直率也是出名的，被評論為「不是日本人的性格」。還小的時候，贏了就笑，輸了就哭。年事稍長，不這麼顯山露水，但是對任何事依舊是實話實說，不迴避也不虛飾。二十一歲被週刊爆料緋聞，聲稱女方已懷孕。羽生在某次賽後訪問時，主動向記者要麥克風澄清。說明此事子虛烏有，對於被牽扯進來的相關女性，羽生說：「我很抱歉，因為我，讓她遭受不必要的困擾。」平昌連霸，日本國內興起一種論調，認為得銀牌的宇野昌磨實力超過羽生，如果不是摔倒扣分，金牌應該是昌磨的。羽生結弦也不打馬虎眼。在回國記者會上直接分析昌磨和他自己的得分差距。表明這件事絕無可能。在這樣彪悍的發言之後，他也隨即柔軟，說：「不過能有昌磨這樣的後輩，我做為前輩，也覺得可以放心了。」

粉絲喜歡用「始於顏值，陷於才華，忠於人品」形容自己入羽生坑的過程，而我恰好是倒過來的。最初注意羽生結弦，真不是因為那張臉。羽生長相，平實論斷，實在是普通。又個子不高，並夠不上美男子的標準。

我對他有點興趣，是看到一篇報導。那是羽生十九歲得到第一枚奧運金牌之後，全日本的爹娘都想知道，這樣厲害的小孩，父母親是怎麼養出來的。

羽生母親是一般家庭主婦，父親是中學老師。背景超普通，但是對應兒子「出名」之後的反應，卻極為不普通。

首先，媒體完全連絡不上羽生的家人或親戚。兒子出名之後，這一家人就搬離了原有住處。而幾乎所有羽生的親戚或家族中人都謝絕採訪。有家小報的記者，本身是羽生迷，太想了解本尊，鍥而不捨到處查訪，終於找到了羽生的外婆家。想當然爾，外婆也拒絕採訪。但是小記者每天來按門鈴，求了她三天，動之以悲情，說自己是如何辛辛苦苦從東京過來，不得到點片言隻字，對主管沒法交代。她央求外婆無論如何，說點什麼讓她寫。最後外婆答應了，不是接受採訪，而是「不露面」，只回答問題，所以記者連張照片都沒拍到，大概率也從頭到尾不知道外婆長什麼樣子，只聽到聲音。

對於結弦如此之優秀，外婆的回答是：「與我無關，那是他父母教養出來的。」而羽生的成就，外婆則說：「那是那孩子自己的努力，我們什麼忙也沒幫上。」問外婆對於羽生未來有什麼期望？得到的答覆是：「那該由結弦自己決定，我們不想干涉。」

這種努力撇清關係的談話，一般而言，都是家裡出了殺人犯或銀行劫匪，親人才會有的反應。但羽生結弦可是奧運有史以來，第一位獲得男單花滑金牌的亞洲人。遇到這種可以驕傲的事，一般「正常」人會如何努力表現，我想大家都看太多了。我當下就覺得羽生這一家人，「很不正常」。

之後又發現，這一家人的「不正常」，還不只這一點。

311大地震，羽生的家鄉仙台也是災區。羽生經歷了全家四口分食兩個飯團當一餐的日子。全家跟災民住在收容所裡，四口人的容身處只有一個榻榻米大小。這件事對這個十六歲少年影響巨大。他考慮過要放棄花滑，當外地邀請他參加冰演時，他是帶著慚愧離開的。他覺得自己拋棄了家鄉受苦的人群，去做自己喜歡的事。或許是為了彌補這種歉疚，他決定要把冰演酬勞的一半捐出去。

羽生並不是不食人間煙火的孩子。在他少時的一次採訪中，記者問他有沒有什麼心願，他回答說：「希望日幣不要貶值。」花滑是養成期非常燒錢，而比賽獎金非常低的運動。當時的羽生在全日本排名不高，得不到贊助。訓練費用得靠自己不說，出國比賽也得自費。而花滑的比賽地區是全世界範圍的。機票、食宿都需要錢。而且羽生未成年，還得監護人跟隨，出國旅費需要雙倍。父母計較著匯率高低的情形，羽生一定都看在眼裡。

311當時，全家連容身處都沒有，困窘可想而知。好不容易羽生冰演可以獲取酬勞，而這孩子卻決定要把錢捐出去。我很難想像這個擔心匯率的孩子，怎麼會忽然這樣「不懂事」了，而更難以理解的是：父母居然還答應了。

表面上看，羽生是善良的孩子，父母親也是好人，但是往深裡想，至少是我，就會疑惑，是怎樣的家庭教育，使得孩子在全家明顯匱乏的狀態下，能夠開口提出這樣的要求，並且信任父母親會尊重和支持。可能的答案應該是：在這個家裡，「施予」是常態，與本身是否有餘裕無關。

後來的事例可以佐證：我這個「懷疑」不無道理。羽生結弦有捐款的「習慣」。他的許多收入是直接捐給家鄉的：出書的版稅，比賽獎金，甚至代言酬勞。在還不寬裕的時候，他多半是部分捐出，目前不愁錢了，他捐起錢來更是大手。近期較為人所知的是：平昌連冠的獎金，全數捐出。新書《以夢為生》版稅，全數捐出。新出的DVD《進化之時》版稅，全數捐出，找不到公開數據，但從銷售紀錄往回推，這麼多年來，上億日圓是跑不掉的，而這還只是他的個人捐款。他鼓吹大家來仙台旅遊，推廣仙台產品，勝利遊行在家鄉舉辦。對於仙台的復興念茲在茲，羽生以一己之力，帶動了整個仙台的經濟。甚至還惠及東北遭受震災損害的其餘地區。直到目前，他每年都回東北探望災區住民，為災民獻上冰演。整個過程電視台跟拍。主要是借助羽生效應，提醒大家：東北的重建和復興仍在進行中，需要援助與支持。而這件事他已經做了九年。

支持災區，對羽生結弦是至死方休的事。二〇一二年羽生結弦談到東北的復興，就說過：「可能要花二十年，甚至三十年。」還只是個高中生，羽生結弦怎麼就能有這樣的見識呢？

這還要從他小時候說起。

羽生「神話」之開啟，源由於二〇一〇年電視台播放的一部紀錄片。這一年羽生結弦拿到花滑「世界青少年錦標賽」的金牌，年僅十五歲，初中還沒畢業，是世青賽有史以來最年輕的冠軍。電視台特地為他做了專題。片中回顧羽生四歲起跟著姊姊學滑冰的過程。也播放了仙台本地電視台過去訪問羽生的內容。當時羽生還在念小學，留著香菇頭。看得出記者完全是逗孩子的心情，給這孩子吃糖，問他喜不喜歡花滑。小羽生就乖乖的把糖含在嘴裡，鼓著一邊腮幫子回答：「喜歡。」記者又問他學花滑有什麼夢想？羽生說：「參加奧運，拿金牌。」記者笑了，逗他：「為什麼這樣想？」羽生回答：「既然要夢想，不是就應該以最頂點為目標嗎？」

這樣明確的雄心壯志，很難相信是這個年幼孩子自己的想法。幾乎可以斷定他一定受到了大人的影響。而記者們似乎也只拿這個「夢想」當笑話，後來羽生又被採訪過兩次，每次都問他這個問題，羽生的回答始終不變：「在奧運拿金牌。」問他是哪一屆？他直截表達：「溫哥華的下一屆。」那就是二〇一四年的索契奧運。索契之後，對羽生的報導，幾乎都要重播他小時候這一段。我猜直到這時，周圍的人才明白：這個孩子對待他的夢想有多麼認真。他不是在預言，他只是告訴大家：他「想要成為」什麼人。

羽生結弦很喜歡「插旗」。他往往在事情還沒發生的時候，公開宣告他的目標。在索契雖然拿了金牌，他自己覺得表現不好，那時候就插旗說要在平昌連霸「雪恥」。我們現在看到結果了。而從索契到平昌這四年，他插旗無數，包括要成為「絕對王者」，包括要成為總分破三百的第一人。包括要呈現出「神一般的演技」，要「壓倒性勝利」，他全部做到。他在花滑的統治力是空前的。歐美的解說員這樣評論他：「有傑出的運動員，有偉大的運動員，而在這之上，是羽生結弦。」

羽生結弦的戰績，簡單說：他是兩屆奧運金牌「連霸」得主。唯一在所有國際賽事上（包括青年組與成年組）全拿過金牌的「全滿貫」（SUPER SLAM）選手。他破過十九次世界紀錄，同時也是短節目、自由滑以及總分的世界紀錄持有人。二〇一八—一九賽季，國際滑聯總會採取新規則與計分方式，羽生的這些紀錄永久保存，已不可能被超越。運動員代有才人出，總有強過前人的後人，但是羽生結弦，幾乎就在此時此刻，已經可以確定：至少百年內，他完全不可取代。不單是因為他的成績，而實實在在是因為他的人品。

羽生不大提自己的家庭，而家人也非常低調，媒體上幾乎看不到羽生家人的報導。偶而幾張羽生與母親的「同框」，多半是粉絲在機場偶遇時忙不迭地拍下來的。羽生的父母親從來不談自己是如何教育這個孩子的，而教養的成果卻歷歷具現在羽生結弦身上。

羽生結弦一直被盛讚「禮儀周全」。從十四五歲上電視台接受採訪，就被節目主持誇讚：「看不出年紀這樣小。」因為他對應極為穩重成熟，而且說起話來有條有理。表達能力，別說同齡人，許多成年人恐怕都還比不上。

上節目時，他提到自己八歲時曾經「差點」放棄花滑。他雖然喜歡滑冰，但是太調皮了，總被教練罵。他不喜歡挨罵。有一天就跟父母說：想打棒球，不想滑冰了。

父母聽了，只說：「好哇。那就不滑吧。」完全沒有斥責或想要說服他堅持下去的表示。羽生說：雖然小小年紀，這時也忽然覺得，好像有哪裡不對。於是對父母說：「讓我想一想。」他「想」了一個月。花滑他已然練了四年。雖然非常喜歡打棒球。但是又覺得，如果放棄，前面那四年不是浪費了嗎？就在八歲這年，羽生結弦面對了自己的未來。

這段經歷的不尋常處有兩點，其一是，父母將選擇人生方向的權力交給孩子自己。這是許多為人父母者不容易做到的。八歲的孩子，能有多少認知和判斷力呢？故事中沒有明說的部分，我推測，應該是這一整個月中，小羽生無數次跟父母親討論，而父母把這件事的好處與壞處，損失和利益，方方面面都跟他講清楚，但是並不左右他的選擇。其二就是，父母親並非單純的把選擇權交給孩子，同時也明白告知了羽生，做了選擇就要負責任。而第二點其實更重要。

羽生最終做了選擇：「想來我真正喜歡的還是花滑。」這之後，隨著這個選擇而來的艱苦訓練，身體的傷病，比賽的壓力，他全部承擔。羽生品格中讓人驚異和佩服的其中一點是，無論是環境打壓或自身傷病影響使他在比賽中無法奪金，他從來不提，只說是自己不夠努力。這種承擔，不找任何藉口的態度，其實是小時候就培養出來的。

值得一提的是，父母在要求他繼續花滑的同時，也明白跟他說：不能影響學業。所以羽生的

「責任」，其中也包含了保持學業成績優秀這一項。關於這個部分，必須說，羽生相當厲害。他因為比賽頻繁，上課時間很少，缺課時數，在他逐漸出名之後，甚至高達全學年的三分之二。報導中拍攝了他在機場候機時躲在角落裡讀書的畫面。而在這種情形下，好勝的羽生讓自己始終保持班上前三名的成績。高中畢業後，更放棄以體育資優生入學的優惠，以普通考生的身分考上早稻田，成為了村上春樹和是枝裕和的學弟。

羽生結弦平昌連霸之後，全世界最為驚異的，不是他三個月沒上冰訓練，卻依然保有高超技術和體能的「奇跡般的能力」，而是他對於奧運參賽的縝密思考和規劃。他能力很強，無庸置疑。在二〇一七年，他的教練就已經說了：羽生連霸毫無問題。但是羽生當時對破紀錄上癮，他不但要連霸，還要以難度最高的方式「破紀錄」連霸。教練布萊恩•奧瑟（Brian Orser）跟他爭論了一年：「你要贏，還是要跳？」在教練觀點，當然希望穩紮穩打，但羽生想法不一樣，幾乎任何一場比賽，他都在渴求「壓倒性勝利」。他覺得自己有能力，怎麼甘願不去放手一搏？但問題是，這能力是有風險的。二〇一七年底，果然，羽生在練他的殺手鐧時右腳韌帶斷裂。程度嚴重到三個月無法參賽，直到奧運都還沒治好。這件事完全可能發生在奧運比賽當時。所以羽生後來說：如果沒有受傷，他可能贏不了金牌。

因為破紀錄的「跳」已不可能了。羽生只剩下一個選擇：那就是贏。

而比起意氣風發的二〇一七年，這時候的贏，已失去手到擒來的優勢。賽後的紀錄片中，羽生公開了他的戰術。他分析自己和對手，估量自己要贏多少才能奪金。而在分差的基準下，規劃自己的技術構成難度。因為腳傷，平昌的比賽，羽生給自己安排的跳躍並不是高難度的，從技術層面，比不上其他選手。但是羽生精細計算到自己技術完成度，和藝術表現的每一項計分。他知道這是他的強項，確定只要不失誤，就有機會贏。

短節目「敘一」演出後，羽生排名第一，只贏四分。而第二天的自由滑是決定勝負的一戰。羽生知道，不拉長分距，金牌可能不保。但提高技術難度，又擔心腳傷無法負荷。可以說，這一晚的決定才真正是勝負關鍵。羽生衡量了自己的傷勢，與對手的實力，重新制訂節目構成。最終，以十一分的差距，贏得勝利。

觀察羽生結弦邁向「王者之路」的整個歷程，這一點從未被提及，就是，他一直是個用「腦」比賽的運動員。而直到平昌後才被注意，以至於有許多人讚嘆他的思慮與決斷力。

羽生的身體其實極差，可能還在許多普通人之下。他的氣喘一直帶到現在，比賽前必須做特殊調理。他脖子上戴的法藤，手腕上的手環，並不是裝飾，其實是鈦金和能量石，為了緩解他的氣喘。少年時期的比賽，結束時羽生時常張大口喘氣，被目為「賣萌」的表現，其實是氣喘發作。羽生在訪問中談過，許多次比賽，到快結束時，他幾乎不能呼吸，完全靠意志力拚命把動作完成。而結束後趴到冰上，累到站不起來的情形，在他青少年時期的比賽中也絕非少見。他之達到如此之高度，憑藉的真不是超強的體能，而實在是思考。有粉絲比較過羽生結弦和其他花滑運動員的上冰練習時間，羽生是其他人的一半，跟特別勤奮的相比，甚至還不到三分之一。

他練習的這樣少，成績卻這樣高，到底是怎麼做到的？

首先是絕對的專注。羽生的專注力幾乎是機器等級。跟他一同練習過的人透露。羽生上了冰，會呈「自閉」狀態。他心無旁騖，一股腦的練習，摔完立即站起來，繼續跳。全無遲疑。他少時練四周跳，有過一小時摔七十多次的紀錄，試想那種頻率，幾乎連檢查自己摔在哪裡的思考都來不及有。而這種專注，肯定也使用在他的學業上，在他的為人處事上，在面對逆境時的態度上。

「專注」意味著選擇，意味著在諸多項目中判斷出何者重要何者應當優先，之後便只面對目標全力以赴。而做出正確選擇的能力，來自於思考。選擇之後，不三心兩意，堅持方向的毅力，也來自於思考的鍛鍊。牽涉到判斷，思考因此就不單純只是動動腦，其間有資訊收集，利害權衡，甚至是無視主流意見的特立獨行。羽生的運動生涯中，他開了許多先例，可以說以一人之力改變了整個花滑的格局。如認真評論花滑歷史，「羽生前」和「羽生後」，根本可以說是截然不同的兩種運動。

而羽生結弦之養成，最最關鍵性的，其實就是八歲那一年開始的「學會思考」這件事。前面也談到過，二〇一一年的參賽，母親如何引導他從另一個角度看待事情。這種思考訓練，想必在羽生家早已習以為常。甚至我相信，在羽生已然成年的現在，這種思考依然在進行。

所謂人生，無非就是無數的選擇。是我們的選擇，將我們帶往不同的人生道路。而任何人不能免於這種選擇。作為人生道途上的先行者，身為父母，給孩子最好的教養和禮物，我認為就是從小訓練他們思考，給機會讓他們學習選擇。

網路上有人說過，羽生結弦最特別的地方是：「他非常普通。」他出身小康家庭，父親是普通的教師（現在是校長了），母親是普通的家庭主婦。他和日本境內大多數的孩童一樣，在家附近上小學和中學，在家附近的普通冰場練習。教練也不是知名的教練。不像一般的所謂名人，背後有諸多光環。羽生結弦出身普通，成了名人之後也還是普通，無論衣食住行都非常之簡單樸實。父母親也一樣。直到現在，羽生的母親看兒子演出，都還跟普通人一起排隊買票。羽生名氣之大，身價之高，我不需要介紹了。然而他毫無驕氣，彬彬有禮。待人體貼溫心，始終維持著有點傻氣的無厘頭作風，在平昌為了不干擾記者採訪宇野昌磨，跪著從昌磨背後爬過去的行徑可為例證。用粉絲的話說是：「大佬是不是對於自己的人氣有什麼誤解？」他似乎還把自己當普通人，對於自己的行為會引來什麼騷動，還認識不深。

這個普通的羽生結弦，創造了自己的神話。然而，他的所為所行所言，其實都非常普通。他遵守著一般的人情義理，並不因為成名而改變，他之成功，也只是執行了至為普通的法則：就是「努力，再努力。只問耕耘不問收穫。」他之被稱讚「禮儀周全」，其實只是最普通不過的「有教養」，只是當今之世太多人缺乏，因此被凸顯。羽生結弦向我們證明：一個普通人，按照普通的法則，便可以出人頭地。唯一的難處是：對於這些人人都知道的真理，如何堅信不移，並且堅持執行到底。

我認為答案是思考。如果思考得足夠清楚，會帶來力量，會讓我們堅持我們的選擇。習慣於思考的人，通常眼界開闊，識見不凡。教育小孩子，我因此認為，比讓他學鋼琴學外語，更為對他未來人生有幫助，並且至為重要的，是教會他思考。而這個教育，實話說：開始得越早越好。

——原載二〇二〇年八月二十四～二十六日《聯合報》副刊

袁瓊瓊，祖籍四川眉山，一九五〇年出生於台灣新竹，專業作家及電視電影編劇。一九八二年赴美參加愛荷華國際寫作班（http://iwp.uiowa.edu/）。最初以筆名「朱陵」寫現代詩，繼以散文和小說知名。曾獲中外文學散文獎、聯合報小說獎、聯合報徵文散文首獎、時報文學獎首獎。已出版著作涵蓋小說、散文、隨筆及採訪等共計二十二種。《自己的天空》（洪範）並入選「百年千書」。

電子書：https://readmoo.com/search/publisher/41

臉書：https://www.facebook.com/jade.yuan.14

這大概就是代溝：為什麼我一直不想談ＩＧ攝影

——汪正翔

我對於網路照片一直沒有感覺，即使我知道年輕人都把照片放在ＩＧ上，也透過ＩＧ認識許多攝影師，即使我認為網路照片改變了攝影的定義，但我就是跨不過那個門檻，這大概就是代溝。但日前發生了一件事，讓我對於網路照片有了想法。據新聞報導台灣藝人潘瑋柏的妻子在ＩＧ上的照片與其他網美的照片非常類似，然後有人進一步發現ＩＧ上有許多網美都會在同一場景拍照，於是有人推測這是一個有計畫的組織，甚至懷疑他們鎖定藝人作為交往的對象。讓我感到有趣的並不是有這樣的一種集團在運作，而是這些ＩＧ上的照片反映了一種新的攝影。

首先我們要確定討論範圍，這裡我想討論的是以網路為主要發表平台的個人照片，可以是自拍，也可能是個人對於日常景物的紀錄。以下是我的一些觀察。

一、關於目的

我觀察到這些照片第一個特徵是，它們表面上看起來私密，但常常摻雜了某種超越個人的「目的」或「意識形態」。我並不是說我們的照片也受到一個集團經營與控制，但人們可能會不由自主或被規劃在相似的場景譬如餐廳、景點或是展場拍照打卡。有時候這種目的很隱微。譬如大家喜愛拍攝淺景深的照片，這可能是相機廠商為了推銷大光圈鏡頭的策略運作結果；還有看似平淡無奇的證件照，其實是將個人單位化以方便掌控；更不用說各種充滿刻板印象的照片，譬如燦爛笑容的非洲小孩、奇裝異服的異國人士，這些照片即便不是「有目的」，也潛藏特定的意識形態。

二、關於真假

第二，這些基於特定目的所拍下的照片，並不被認為是虛假的。其中一個原因是，現代社會是一個圖像氾濫的世界，我們每天舉目所及都是廣告、海報、電視、電影乃至於充斥於社交媒體上的照片，我們看這些東西的時間幾乎超過了我們面對真實世界的時間，所以某種程度上，這些爆量的圖像才是我們生活中的真實。最足以說明這種現象的，就是有些人平常打扮隨便，卻致力於在網路上呈現一張自己好看的照片。

《景觀社會》（*The Society of the Spectacle*）的作者居伊德波（Guy-Ernest Debord）早在一九六〇年代其實已經描述類似的現象。他所說的「景觀」其實就是資本主義邏輯下所製造出來虛幻的真實。但是與德波描述不同，在現代社會裡，身在其中的人並不是以假為真了。相反的，我們可能充分意識到這一切都是安排好的，我們並不是真的覺得出入那些場合就真的與眾不同，而是所謂的與眾不同，就是照片裡面呈現的樣子。

三、關於對象

第三，數位時代的照片重視對象更勝視覺形式。這可能與當代大多數照片以手機攝影有關。雖然手機攝影也會強調井字構圖、順光逆光這些傳統攝影也會強調的重點，但是手機照片根本上不是以抽象的視覺形式來吸引人，而是以照片所指涉的對象。所以ＩＧ上的照片通常都不會很複雜，它在視覺上被要求立即提供一個鮮明的特徵，而非在方框之內建構出一個微型的世界。

就這一點而言，手機照片與傳統攝影當中的家庭快照有些相像。確實兩者都重視拍攝的對象更勝過視覺形式，手機攝影經常以直式的構圖表現，這也與許多私攝影的作品很相似，這是因為直式構圖容易製造一種臨場感。但是手機攝影與家庭快照與私攝影的差別是，手機攝影中的人物更像是在扮演一種角色，而不是直白的紀錄。另一個差別是，手機照片或是ＩＧ照片被設定是給他人觀看的，這個「他人」的範圍固然有大有小，但是相較於家庭快照範圍還是大許多。

四、關於「裝」

第四，數位時代的照片更加具備社會性。我記得以前微單眼流行的時候，網路上還出現了許多非常個人視角拍攝的照片，當時心裡覺得這些好文青，可是現在回想起來，那其實也是一個特殊的狀態。因為等到手機攝影消滅小相機之後，這種個人式的照片也慢慢式微了，取而代之的是大量的照片具有相近的「梗」。

照片在這個時代某種程度上變成像是衣裝、化妝一樣的東西，我們不也會購買一樣的衣服與包包，同時希望這些配件能夠營造一種形象。事實上，整個數位時代充斥於網路上的照片，或多或少也都具有這種「衣裝」的特性。論者指出數位時代的照片更多時候是以社交為目的，這一點當然沒錯，但是所謂社會性並不只有社交這一層意義，許多時候我們將照片發表在網路上，是要支持一個訴求、或是標榜自己的特異。如果說這是社交，其實它也是一種非常抽象的社交。

五、關於均質

第五，數位時代的照片有其獨特的美學，其中一個特徵就是，在手機中的事物更加均質了。攝影師都有一個經驗，就是同樣拿手機跟相機拍攝一個高反差的環境，你會發現手機明暗對比較小，而相機相形之下比較激烈。這並不是手機的動態範圍比相機好，而是手機預設了一種低對比的視覺風格，這讓大多數民眾在一般生活當中，即便面對高對比的環境，也可以拍出不會太失敗的照片，但也因為這樣的設定，手機攝影當中任何事物看起來都有點平。基本上，手機的成像更多是為了成功率，而不是為了視覺上的驚奇。

另一個使手機均質一切的就是濾鏡。不論你在什麼地方拍照，當你套用了一個濾鏡，你看起來就會像是與無數使用相同濾鏡的人在同樣的地方。某種程度上，數位時代的照片美學讓我想起了「拍貼」。它們運用了許多特效加工照片，甚至於人們會在照片上進行二創。它不能說不好看，但在視覺上因為強調成功率而有一種粗糙廉價的調性。

我們都在把現實形塑成各種符號

這些觀察聽起來很抽象，但在實際的接案攝影當中其實已經產生影響了。譬如有一次我去拍攝一場活動，我發現案主希望我的照片可以用來標示他人，更勝過照片本身的美學。當然案主也希望照片好看，可是好看的標準比較接近於手機拍出來的效果，譬如對比低，人物面容要平滑甚至液化。這些照片表面上像是活動側拍，但實際上不是為了記錄現場氣氛，而是透過這些照片聯繫到某些關鍵字，譬如成功與尊貴。

在某一瞬間，我覺得我所做的事情，其實跟網美培訓集團所做的事情沒有兩樣，我們都在把現實形塑成各種符號，然後希望看的人會因此被打動。

我並不是要說這個現象有多麼歪曲，我只是有點哀嘆我過去所學習的各種攝影技巧與觀念，在這種新攝影當中變得不是那麼重要。新一代的攝影師們勢必要面對所謂的好照片不是一張能夠雋永流傳的名作，而是一張能夠不斷轉發但三天後被湮沒的影像。攝影不再是捕捉現實獨特的氣味，而是透過照片把現實與已知的形象產生連結。我想起為什麼我一直不想談ＩＧ攝影，因為我不想面對照片終究被社會收編。

——原載二〇二〇年九月十四日《新活水》

汪正翔，一九八一年生，台北人。台灣大學歷史研究所碩士，後赴美攻讀藝術攝影。創作以攝影為媒材，主要探究觀念藝術之後攝影與藝術之關係。現從事攝影教學、評論與創作。著有《那些不美的台灣風景》（台北：田園城市，二〇一五）。個展經歷：《Ice Black Lake》，台北：覓空間，二〇二〇；《台北民宿藏畫》，台北：Onfoto Gallery，二〇二〇；《台灣聖山》，台北：MOCA Cube，二〇一九；《To Thomas Ruff》，紐約：456 Gallery，二〇一六。

張愛玲為什麼那麼紅？：龔之方憶述他問那句話的時代

——季季

張愛玲奇事不少，就以書來說吧，一九六八年迄今，台灣出版她的書最多也最齊全，但她只於一九六一年十月來台一次；且是由美赴港途中順路，停留不足一月。在那之前，她僅於一九五七年一月二十日在《文學雜誌》發表〈五四遺事〉短篇。在那之後，她於一九六三年三月二十八日在美國《*The Reporter*》發表台港行見聞；稱這兩地為「邊城」（Frontier）。——那時她離開「大陸」已十二年；作品仍被中國封鎖。

一九五二年她離開上海時，誓言不再返國。一九八五年後，從盜版猖獗到合法風行，其作品早已伴她返國三十餘年。「張愛玲」三字衍生的「張學」論文無以計數，「張派」創作徒子徒孫，海內外不絕於途。

哪位作家曾有如此的百年膜拜？

二〇二〇年恰逢張愛玲百歲。其陽曆生日九月三十，但她習慣過農曆生日八月十九；換算今年陽曆恰逢十月五日。台灣、香港、上海等地的紙媒、網媒，開春之後即紛紛籌畫紀念專輯，八九兩月陸續推出。——從春天到秋天，紀念隊伍綿長浩蕩；哪位作家曾有如此的百年膜拜？

然而，也在紀念隊伍的行進中，我陸續聽到兩岸三地文化界朋友對百年膜拜的「異見」；絮絮叨叨未能盡錄，在此僅綜而略述。

邊城台灣：張愛玲為什麼那麼紅？她算台灣作家嗎？她的小說寫過台灣嗎？

大陸上海：張愛玲是我們上海的啦，她在上海出生，成名，出版第一本小說，第一本散文；編過第一齣舞台劇和第一個電影劇本上演。

邊城香港：張愛玲也是我們香港作家呀，她在香港翻譯海明威的《老人與海》，寫了《秧歌》和《赤地之戀》；出版《張愛玲短篇小說選》，後來還編了好幾部電影劇本，這都很重要啊！

今年也是張愛玲逝世二十五週年。她看不到百年膜拜的隊伍，也聽不到兩岸三地此起彼落的雜音。然而，「張愛玲為什麼那麼紅？」這句話非自今年始，她的上海恩人龔之方一九四四年也問過；而且「當時很多人也這麼問！」

一九九五年十月我在蘇州與龔之方前輩暢談一下午，說了很多他年輕時代的上海往事，以及和張愛玲共存的背景與合作細節：明的暗的橫的直的較勁拉扯；歌頌，批判，爆炸……。從實際合作到黯然分離，一九五二年後未曾再見。

「她很精明，許多事裝作視而不見……。」龔之方也曾這麼說。

雞頭米・張愛玲・《一九九五閏八月》

龔之方是「民國同齡人」（一九一一～二〇〇〇・六・二十八），急智善言語，熱情好交遊，外號「龔滿堂」。他生於上海浦東，二十多歲進入影劇界與新聞界後，看盡上海灘的政治起伏及文化界與商業界的形色風華。一九九五年九月張愛玲去世後，我十月十四日去上海找她弟弟張子靜討論合作出書，進行相關訪談與查證。十月十六日上午由上海《文匯報》資深同業蕭關鴻及謝蔚明（蘇青女婿）陪同，前往蘇州探訪比張愛玲大十歲的龔之方前輩。那年龔先生八十五歲，身材微胖，拄著拐杖，依然急智練達，言語風趣。我去蘇州前曾先打電話向他致意，他立刻問：妳在蘇州有沒有朋友？我說只有一個陸文夫，以前編副刊時和他通過電話約稿，但沒見過面，他立即說，那好辦，我帶妳去見他，吃他館子的好菜，你們星期一來，人比較少。

陸文夫（一九二七～二〇〇五・七・九）比龔之方年輕，一九八三年以小說《美食家》飲譽文壇，一九八八年創辦《蘇州雜誌》，致力回復文革時期被淹沒的蘇州文化；包括文人，文物，工匠，風土，把曾被下放的蘇州菜師傅找回來，訪問記錄老菜食譜並重新複製，於一九九二年在十全街開設「老蘇州茶酒樓」。

我們近午前抵達蘇州，找到干將路通和坊一幢老舊公寓，上樓按了龔家門鈴，他一開門即說，快快，文夫和他女兒都在等我們；我把禮物放進門內即跟著他趕去陸家。

陸文夫住在鳳凰路，房子雅緻，後院旁著蘇州河，垂柳飄拂，古典幽靜。茶几上一碟雲片糕，一壺碧螺春，他笑說：中午了，先吃一點喝一點就好，待會兒去館子再多吃點，我都吩咐女兒備好了，但我今天腸胃不舒服，就不陪你們去了，對不起啊……。

陸文夫身材高瘦，說話緩慢低沉，和龔之方恰成對比。我們在他家吃一點喝一點，閒話半小時就被趕去「老蘇州茶酒樓」；果如龔先生所說，星期一人較少，僅三桌有人。陸錦小姐先領我們去角落高大的木櫃前翻看《蘇州雜誌》，整櫃書香與滿屋肉香交揉撲鼻卻又層次分明，讓人目眩神迷。

在窗邊入座後，陸錦來問喝什麼酒？龔先生說，不喝，吃了飯要談事情。過不久，陸錦親自端來第一道菜。龔伯伯，先給你們嚐嚐這河蝦仁炒雞頭米，你們運氣好啊，還趕得上，過兩天就快沒啦……。

我看著盤子裡白潤的圓珠子；這是雞頭米？

陸錦轉身後，龔之方說，來，趁熱吃，這是一道功夫菜，河蝦小小隻的，殼又細，不好剝，雞頭米卻是從硬殼裡慢慢剝出來的，兩百多年前鄭板橋就寫啦，「最是江南秋八月，雞頭米賽珍珠圓」，這雞頭米中秋過後開始採收，一個多月就沒啦，不過今年閏八月，第二個中秋剛過沒幾天……。

嗯，清香甜潤鮮嫩！我說，這圓珠子為什麼叫雞頭米？關鴻說，這是芡實啦，長在沼澤裡，一個個巴掌大，那外殼形狀像雞頭，很硬的，半夜就得去河灘割下來，費時費工剝出裡頭圓珠子，趕著上早市……。我說，好巧啊，張愛玲一九六一年來台灣也是十月，我聽王禎和說，他與白先勇、陳若曦他們一起和張愛玲聚餐的石家飯店，也是蘇州菜館，但台灣沒有雞頭米啊。龔之方說，哎呀，那真可惜，愛玲也喜歡吃雞頭米，有一次我們去太湖吃船菜，船家特別做了一盤清炒雞頭米，她吃最多；愛玲出國後，大概沒吃過雞頭米啦！我說，台灣沒雞頭米，美國大概也沒有吧？龔之方說，哦，說到台灣，我鄰居有個台灣老兵謝先生，每年中秋都回來探親，去年帶一本你們台灣出的《一九九五閏八月》來送我，唉，裡頭東拉西扯的，我是不信啦，譬如上個月愛玲去世那一陣，我們這邊已在打飛彈啦，那時根本還沒閏八月嘛……。

從雞頭米，烤方，蟹粉豆腐，香菇菜心，芙蓉蒓菜羹到糯米藕，龔之方老神在在，邊吃邊罵《一九九五閏八月》與尚未結束的兩岸飛彈危機，喝蒓菜羹時還不忘說，吃過飯我們就去網師園，那裡離這兒不遠，金桂、銀桂也開花了，這時候金風送爽，在茶座裡談天還有花香作伴，多好哇，我們去那兒再談愛玲吧。

國民黨又回到上海，文化界變化也很大……

謝蔚明雖是蘇青（一九一四～一九八二）女婿，卻只比她小四歲，在蘇青、張愛玲活躍上海灘時，即因新聞採訪結識龔之方；我們能來蘇州探訪前輩，即是託他居間牽成。——本來也想託他陪同訪問桑弧，他說桑弧不見人，尤其不談張愛玲……。

謝蔚明瘦削拘謹，沉默寡言，卻在去網師園路上說了一句妙言：「龔滿盤」開盤啦。

「龔滿盤」是張愛玲的上海恩人。她崛起上海文壇遇到不少貴人，如《紫羅蘭》主編周瘦鵑，《萬象》主編柯靈，《天地》主編蘇青；以及當時被她視為貴人後來判為「無賴人」的胡蘭成……。但有一些恩人較少為人知：如抗戰期間的《雜誌》社長袁殊、主編吳江楓；解放之後的《亦報》社長龔之方。

一九九五年秋天，在網師園的花香環繞中，「龔滿盤」端出一盤盤他與張愛玲認識前後的因緣。

張愛玲成名那一陣，他在電影界奔波，讀她的小說不多，有一次碰到吳江楓就問：「張愛玲為什麼那麼紅？」吳江楓答：「寫得好！」後來他也聽很多人問那句話，也就照著答：「寫得好！」

龔之方解釋說，那時上海灘有很多各黨派背後支持的刊物，登最多張愛玲作品的就是吳江楓主編的《雜誌》，幾乎每期登一篇；〈傾城之戀〉、〈金鎖記〉、〈花凋〉、〈紅玫瑰與白玫瑰〉那些名篇都是在《雜誌》發表的；她的第一本小說《傳奇》，也是《雜誌》社出版；還幫她在報紙登廣告，辦各種座談會活動，讓不少人忌妒；也因為跟胡蘭成的事遭人物議，但她根本不在乎。她是多才呀，還把《傾城之戀》改編為舞台劇，一九四四年十二月在新光大戲院演出，我也趕去看了一場。那齣戲轟動得很，聽說演了八十場，直到次年二月才結束；但戲還沒演完，她就出版散文集《流言》，哇——，那一陣，她真是紅啊！

不過我跟她認識是抗戰勝利後的事啦。那時國民黨又回到上海，文化界變化也很大，像張愛玲最常發表作品的《雜誌》，社長已逃去蘇北解放區；蘇青的《天地》和胡蘭成的《苦竹》也因汪偽垮台，都停刊啦。司馬文偵出了一本《文化漢奸罪惡史》，列了十六人；張愛玲、蘇青也在名單裡；這是國民黨搞的鬼啦。

總之，那一陣沒再看到張愛玲發表作品。一九四六年我和桑弧去她家請她寫電影劇本，以後就熟了，直到她離開上海之前那幾年，我們來往密切多了……。

陪桑弧去張愛玲家請她寫劇本

龔之方和桑弧（一九一六～二〇〇六）去請張愛玲寫電影劇本並演出成功，可說開啟了她後來以電影劇本賺外快的活路。關於這一點，龔之方說，他不敢居功，得從認識桑弧說起。

一九三二年秋天，龔之方進入藝華影業公司做宣傳主任，負責電影宣傳並主編《藝華畫報》。藝華老闆嚴春堂，賣鴉片賺了很多錢，田漢要他「拿點錢出來辦文化事業」，他就成立了藝華影業公司。那時中共在上海成立「電影小組」，為各電影公司供應「進步劇本」，由夏衍任組長。藝華也拍了《民族生存》、《肉搏》、《逃亡》、《中國海的怒吼》等「左翼電影」，引起國民黨不滿，一九三五年十一月暗中派人炸掉藝華的攝影棚。嚴春堂受此「警告」後，決定改變路線，拍些《化身姑娘》一類的娛樂片。

一九三六年夏天，龔之方遂轉去新華影業公司，仍是宣傳主任並創辦《新華畫報》。新華老闆張善琨和太太童月娟都喜歡平劇，同時經營「共舞台」戲院，專演連台本戲，也由龔之方負責宣傳。

「就是那一陣，我認識了桑弧，請他寫劇評，他懂戲，文筆也好。」

桑弧本來是銀行員，業餘喜歡看平劇，寫劇評，後來也學著編劇，得到朱石麟導演賞識，編的《靈與肉》、《人約黃昏後》、《洞房花燭夜》一九四一年後陸續搬上銀幕；後來辭去銀行工作，專事編劇又做導演……。

「一九四六年七月，桑弧在石門一路旭東里家中宴客，我第一次見到張愛玲；在座還有柯靈、炎櫻、唐大郎、魏紹昌等人。後來我才知道，吳性栽邀桑弧合辦文華影業公司，桑弧想請張愛玲編劇，特別拜託柯靈去邀她來。那天大家談笑風生，愛玲卻鬱鬱寡歡，心事重重的樣子。桑弧也想找我去文華做宣傳主任，那天也請我去見見張小姐。」

一九四六年十二月二十五日，桑弧要龔之方陪同去張愛玲家，慎重邀請她編劇。桑弧有才華，但內向拘謹不擅言詞，起先張愛玲面露猶豫之色，說她沒寫過電影劇本，很陌生。龔之方能言善道，稱讚她的舞台劇《傾城之戀》編得好，力勸她再開拓寫作新領域。後來她答應了，半個多月就交稿。這就是文華影業公司的創業作《不了情》；桑弧導演，張愛玲編劇，男主角劉瓊，女主角陳燕燕，都是一時之選，一九四七年四月十日在卡爾登、滬光兩家戲院同時放映後，一炮打響，賣座極佳。

因著《不了情》的轟動效應，桑弧想乘勝追擊，再請張愛玲寫個劇本。他的構想是喜劇，已有腹稿，張愛玲受到《不了情》賣座的激勵，聽了桑弧的建議後，也很快完成劇本《太太萬歲》。這是文華的第二部，因為劇本編得很流暢，笑料又豐富，一九四七年十二月十三日放映時，觀眾笑聲不斷，也是很賣座。

張愛玲鄭重否認曾參加「大東亞文學大會」

龔之方說，他和「江南第一枝筆」唐大郎交情也很好，一九四七年初，唐大郎邀他合辦《大家》月刊，他當社長，唐負責編務；張愛玲那時除了寫劇本，也又開始寫小說，四月《大家》創刊號就登了她的〈華麗緣〉；她在開頭還特別寫了案語：「這題目譯成白話是『一個行頭考究的愛情故事』。」五、六月號接著登〈多少恨〉；是她根據《不了情》故事改寫的中篇小說。

由於這些合作，他和桑弧、唐大郎也常去張愛玲家聊天談事情。那時她跟胡蘭成已經了斷，看來開朗多了，聊起天來也會哈哈大笑。唐大郎說話口沒遮攔，戲謔起人來不留餘地，她倒不以為意，似乎還滿欣賞他的機智。

《大家》月刊之後，龔之方與張愛玲的再次合作是《傳奇增訂本》。

「這次可不是我去求她，是她來求我了。」

有一天張愛玲突然抱著一袋東西到他辦公室，說是「我要你幫我做一件事。」這件事就是出版《傳奇增訂本》。一九四四年九月《雜誌》社出的《傳奇》，收十篇小說，二十多萬字，定價偽幣三百元。一九四七年十一月的《傳奇增訂本》，增加五篇小說，近五十萬字，定價法幣三千元；張愛玲請炎櫻設計封面，內頁自己編排，每一頁都仔細校訂甚至大加修改……。他還特別和桑弧去恭請當時馳名滬上的金石名家鄧散木幫忙題字；楷書寫的書名厚實奪目，配上炎櫻那古典又現代的封面設計，可說相得益彰。張愛玲還為這書寫一短序，鄭重否認曾經參加「大東亞文學大會」；這是她初次對所謂「文化漢奸」一事公開辯白。

不久之後，有些小報繪聲繪影說張愛玲和桑弧有男女之情。桑弧比張愛玲大五歲，當時未婚，很多朋友認為他們是很理想的一對，要龔之方代桑弧去探一探，他也就熱心的去找張愛玲，婉轉說明來意，請她考慮結婚的可能性。

「張愛玲對我這個提議的回答不是語言，而是搖頭，再搖頭，三搖頭，意思是不可能，要我別再說了。」

——張愛玲離開上海後他才恍然大悟：那時她已決定出國了。

參加共產黨文藝大會後不久就離開上海

龔之方和張愛玲的最後合作是解放後的《亦報》。三〇年代曾暗中在上海掌控戲劇隊伍的夏衍，一九四九年五月二十七日也隨著上海解放，纏著八路軍的臂章重返上海，在軍管會任文管會副主席，接管上海市的文化工作。上海的十多家小報，已在解放前自動停刊，有些文人與小報老闆相繼離滬赴港，上海一時之間成了「沒有小報的城市」。

六月間，夏衍去找龔之方，要他和唐大郎組織一個「素質較好、能力較強的小報班子」。他強調說，「新中國」並不是不能容許上海小報的存在，但不能再像解放前的小報，專事捕風捉影，聳人聽聞；「要端正小報風氣，提供讀者有益的、多樣化的、趣味性的內容。」

一個多月後，《亦報》創刊，龔之方任社長，唐大郎任總編輯，兩人又去找張愛玲，請她寫長篇連載。

「她雖然答應了，卻堅持要用一個筆名，我們對她的作品有信心，也就答應了。」

一九五〇年三月二十五日，張愛玲以「梁京」之名開始在「亦報」連載《十八春》（後來改寫為《半生緣》）。這是她第一次在報紙發表小說，夏衍向龔之方打聽「梁京」是誰？得知是張愛玲，很高興，決定請她參加七月二十四至二十九日的「上海第一屆文藝代表大會」。當時大家都穿灰藍色人民裝，獨有張愛玲穿旗袍並外罩有網眼的白絨線衫，坐在後排仍很醒目。——那是張愛玲僅有的一次參加共產黨主辦的大會。

《十八春》全文十八章，二十五萬字，一九五一年十一月由《亦報》出版；並接著連載《小艾》至一九五二年一月二十四日。那段期間，夏衍升任「上海藝術劇院」首任院長兼「上海電影劇本創作所」所長，很想安排張愛玲進去專任編劇，但有些人對她背景仍有疑慮，需要稍待一些時間化解。夏衍請龔之方去張愛玲家，先轉達這層意思。

「我也順便問她對未來有什麼打算？會不會出國去找媽媽？她沒給我正面答覆，只是笑而不語……。」

後來夏衍覺得時機成熟，改請唐大郎去張愛玲家報告好消息，她姑姑卻說，已經走啦！

夏衍得知之後，直嘆可惜。

龔之方在網師園的暮色中嘆息的說：

「夏衍當時不知道中國後來有那麼多的政治運動，才會直嘆可惜。其實，張愛玲決定出國是很機智的選擇，否則一九五七年反右那一關，她就可能受不了，更何況後來的文化革命？妳看夏衍，後來雖然升任文化部副部長，文革時還不是被抓進監牢關了八年！」

戈揚六四後拒絕回國，跟張愛玲一樣留在美國

張愛玲出國之後不到半年，一九五三年一月初，中共對上海新聞機構重加整頓，大幅調整人事與編輯方針；英文《上海新聞》、《亦報》也遭停刊，龔之方被調去北京《新觀察》雜誌任業務經理；主編是戈揚。

走出網師園途中，龔先生突然問我：

「妳知道戈揚吧？」

我說知道，「她八九年去美國參加五四慶祝活動，六四後宣布退黨，拒絕回國；跟張愛玲一樣，留在美國。」

龔先生又長嘆一聲，沉默下來。

——原載二〇二〇年十月五～六日《自由時報》副刊

季季，台灣雲林人，一九六三年畢業於省立虎尾女中。一九六四至一九七七年專職寫作。一九七七年十一月進入媒體服務。一九八八年美國愛荷華大學「國際寫作計畫」作家。二〇〇九年從媒體退休。現專事寫作。曾任《聯合報》副刊組編輯、《中國時報》副刊組主任兼人間副刊主編、時報出版公司副總編輯、印刻文學編輯總監。出版小說、散文、傳記等三十餘冊。

教堂——羅菩兒

秀蘭化濃妝，用厚厚的粉底砌滿皺紋，像一堵刷了一百遍的牆，又好像烈日照在山坡地，陡峭又險峻，土壤被曬翻了面，更濕潤的內裡暴曬在外，風一吹，掀不開更多土地，只能帶起一陣蒼老可怖的黃沙。秀蘭眼睛特別黑，嘴巴也紅，耳環是耳環，頭髮是頭髮，太陽照得發灰，滿坡的洛神花，熱浪撲面，她是最黯淡的那朵。

我說不上她化得好不好，但那種圍繞著眼睛一圈的睫毛明顯讓我害怕，像一隻隻蜘蛛的腳，幸好現在太陽很亮，樹葉也安靜，沒有一隻腳蠢蠢欲動。

秀蘭是秀蘭，我從不喊她外婆。

那一年暑假我認識了花椒。她帶著花椒來和我玩，我看著他，好像看到自己的幼時，一樣的清醒，卻是浸泡在水裡的荷葉。

但他始終不是。我已經離開，而他背著書包，穿著小學制服，一身朝氣，金黃的太陽被潑了桶油漆，黃的發膩，一半被山峰啃食，一半灑落馬路，一盞路燈都沒亮，每一盞路燈都被照得發亮。

金光閃閃，宛若初升，他叫花椒，是舅舅的孩子，也是秀蘭的孫子。

秀蘭每週帶我們去教堂，我不是一個基督教徒，也不懂什麼聖經，更搞不清楚禮拜的程序。就只是和花椒一起沉默，當一顆深藏在熱帶的果實，辛辣尖銳，在那個世界沒有蝴蝶，也不會產生任何蝴蝶的連鎖反應。

我害怕蝴蝶。花椒是和我很像的人，我已經離開這裡很久，久到連回憶都只記起秀蘭是外婆這件事而已。而他剛剛到來不久。媽媽在她離婚那年就把我從台東接到身邊照顧，我知道她只是需要我。

花椒雖然叫花椒，但他不屬於這裡，他今年才和秀蘭一起住，在這之前，他是一個十足的，不曾與原住民接觸的都市小孩。而我是一個離去很久，被沖刷的只剩核心價值，把樹木氣息都褪去的孩子，等待一個烤融城市的暑期，才能再次見到外婆的孩子。我從沒見過夏季之外的台東，從來沒有陪她過過年。我本以為花椒會比我更不自在。

我從不喊秀蘭外婆。媽媽和父親離婚後，我便一直生著媽媽的氣，我氣媽媽從沒想過我應該怎麼面對接下來的一切。

秀蘭是原住民，她挖薑，也種洛神花，在滿山開滿洛神花的時候，太陽也照得特別刺眼，一片光暈中，花朵好像變成了一顆顆紅寶石，我和花椒在一旁，秀蘭往往要很多時間採收，要是我們耐不住性子，她就會掏出幾顆糖。

但那糖融化得太快，糖紙黏在一起，像一張被噴了劣質顏料的牆，香味刺鼻，靜默的躺在秀蘭的棉布手套上，混合著她身上的汗味，糖果溫熱，她背著光，汗水讓她的妝花了，看上去像一隻融化了的蝴蝶。

我不喜歡那糖，香精的味道壓過泥土的乾燥氣息，我也不想喜歡秀蘭。如果我不曾離去，知道城市裡的人不喜歡原住民，也許能說服我自己，說服我自己去成為她曾經最疼愛的外孫女。

我不喜歡這裡的太陽，但秀蘭是為數不多願意這般愛我的人。我說花椒不屬於這裡，而我又屬於哪裡呢。我既無法習慣城市的節奏，懂事後又害怕於坦承自己的血緣。

教堂的外面有一道白牆，樹葉繁茂，一腳踩上去會有清脆的聲響，葉子被曬得乾枯，落在地上，堆成一座小山丘。來教堂的路上全是破碎的石子，我們三個排成一列，跟隨秀蘭的腳步，這個過程艱辛的就好像身在老舊廢棄工廠，搬運一塊塊的信仰，沉重灰暗，一眼望不到頭，但秀蘭一直如此。有時清晨山被霧環抱，恍惚間自己也變成了霧，滿眼氤氳，山間吵雜，秀蘭總是走在前頭，等待嘴碎的麻雀叼來濃霧過後的第一束光。

偶爾不去教堂時，我們在她的養雞場。我從小時候就害怕雞，當需要幫忙時，她總是叫花椒。我嫌她這些舉動像是疏離我，卻不知道我總是在逃避她。

她只是希望我不要再恐懼，不管是雞，抑或是融化的蝴蝶。我們一直如此重複，在教堂，在烘乾洛神花的工廠，度過了很多夏季。

再次見到教堂，是另外一個很久遠的暑假，秀蘭被媽媽接去了安養院。在秀蘭還記得起事情的時候，那些我因為升學而錯失掉的暑期，被花椒一一填補。

我們像從前那樣禱告，儘管我依舊不是基督教徒，白牆依舊很白，像是重複砌了幾百次，但它顯然坍塌得過分。那是我最後一次在她面前喊她外婆，和花椒一樣的稱呼，但她沒有回應。花椒沉默，我也沉默，只是嘴裡發鹹。秀蘭甚至已經忘記自己是誰。

秀蘭總是我尋找情感時最矛盾的寄託。我始終不敢和她親近，唯恐所有同學知道我有一個疼愛我的原住民外婆。又唯恐自己捨棄掉的除了過於魯莽的童年又多了些什麼。

花椒不是花椒，他是另一個無限爭論的我。

一隻蝴蝶燃燒殆盡，重複凝固融化。秀蘭不該在這裡，她靜靜矗立，夏時採花，早晨禮拜，流淌她該流淌的血液，來自哪座山都沒差。

很多個夜晚，我會回想起秀蘭手上的糖。我和花椒最大的不同，在於他只是需要習慣，也有那份善意去習慣，而我在無數次大廈和燈火的照耀下，已經不覺得太陽值得驕傲了。可花椒他沒有被這種太陽灼傷過，他只適合去學習擁抱，不適合學習逃避。花椒是在熱帶灌木裡灼燒發熱的存在，他所擁有的勇氣和浪漫比我看到的還要多。

秀蘭的教堂已經倒塌了，把她和幼時的我一同埋沒，而那些枝微末節，是好不容易逃出來的記憶。我是站在窗外的人，看到的牆是如她一般的蒼老，她能給我的，僅僅是一顆內裡糖心還沒全化的糖。她是我見過的唯一一座教堂。

——本文獲第十屆新北市文學獎散文青春組首獎

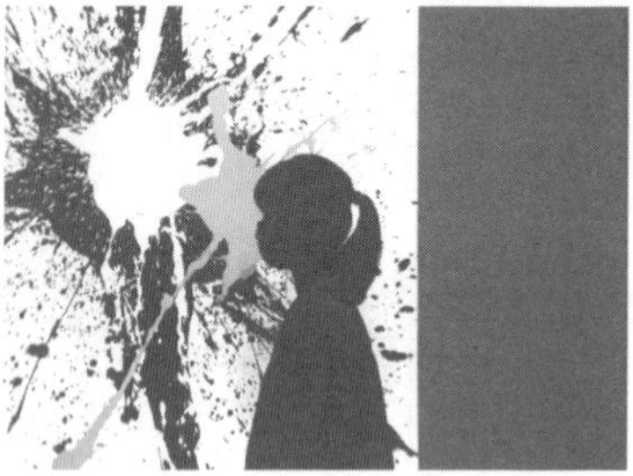

羅菩兒，就讀台東女中美術班。曾獲二〇二〇新北文學獎青春組散文首獎、全球學生華文文學獎散文第二名、台中文學獎國高中組散文首獎、後山文學獎散文第三名、二〇一九全球學生華文文學獎散文首獎。

那些字條和那把椅子——陳素芳

二〇一七年，蔡先生九十一歲，那一天，我到九歌剛滿三十五年，看完他交代我寫有關出版社四十週年慶的文章後，蔡先生抬起頭來對我說：「謝謝」。第一次聽到他對我說謝謝，我搖頭擺手跳針般重複說著：「您怎麼這麼說？」一直以來，都是他「發令」，我「銜令」，他「指示」，我「回報」。何曾用得上「謝」字？那一刻，我驚慌多過驚喜，悲傷地面對一個現實：眼前這位我長年追隨的長者，內心堅硬的盔甲已被老病滴穿，有了裂縫。

每一本書都當95分來編

一九八二年，我從第一份工作狼狽敗走，再求職，四處碰壁，於是重振旗鼓，找出大學時期的創作附上三大頁滿溢對文學憧憬的求職信寄到各大報副刊，二個月過去，毫無音信，沮喪之際，突然接到一通「中華日報姓蔡」的電話約我面談，我依約前往，不是位於熱鬧的松江路上中華日報所在的大樓，而是在八德路一條安靜小巷裡一棟舊公寓的一樓，招牌寫著：九歌出版社。

就這樣開始了我追隨蔡文甫先生三十八年的歲月。從台灣文學黃金時代到文學蕭條的年代，由公司員工四名到現在擁有兩間子公司和一個基金會的規模。

初到九歌上班，我對編輯一無所知，就跟著蔡先生從頭學起。他鄉音重，說話快，動作更快，常常一本書稿的問題我還沒記清楚，他又拿出下一本稿子繼續說。那時，他還在《中華日報》主編副刊，每天下午兩點趕去報社上班。早上九點，拎著鼓鼓的公事包進門，先倒茶，再將塞滿公事包的稿件放在辦公桌左手邊，掀開對翻的桌曆將電話簿放在翻過去的那一頁上面，拿起電話不假思索撥號。講完電話看報紙，拿起紅簽字筆在報紙上打勾，按內線電話請員工進來並分享報紙內容，有時是生活小常識，健康須知，業界動態，最多的當然是我必須留意的副刊上的文章。

約翰生說：理性和良心會刺穿懶人的遮掩。我天性疏懶，蔡先生規律得如永不誤點的時鐘成了我理性的尺規，他不捨晝夜工作的身影映照我因倦怠而不安的良心。在他面前，懶人如我無法遮掩，成了長年被叨唸的主題。每次經過我書桌，他總說：「桌子太亂了，怎麼工作？稿子看完是要疊起來，不是攤在桌面上。」有一次我忍不住抱怨：「蔡先生，您都唸我幾十年了。」他回我：「因為妳幾十年不改。」

有六年的時間編輯部只有我一人，那也是市場上文學書小兵立大功的年代，蔡先生約稿，審稿，我編務、印務一起來。從威權時代走來，他有著那個年代編輯人對文字特有的戒慎小心，就怕文字惹禍，他說：「要死也要知道怎麼死的。」預計出版的書每一個字都要細讀。自己如此，對我也是這樣要求。

初入行，對文學我有一套自以為是的標準，常對來稿不以為然。他對我說：「好編輯最忌眼高手低，九歌用稿75分到95分，不可能本本95分，重要的是妳要把每一本都當95分來編。」

他常說：編輯就是拒絕與被拒絕的工作，拒絕要委婉；被拒，不要輕言放棄。還說，不要讓投稿的人等太久，等待的心情很磨人。這些話，他奉行不渝，卻是我經常被提醒的重點。

週一的字條

蔡先生是熱愛工作的行動派，他每天六點準時下班，未完成的工作則帶回家晚上繼續做，所以每年歲末，他總是要買三本一日一頁的桌曆，一本放公司，一本放家裡的書房，另一本則留給我。他說：「我家鄉有句話：好記性不如爛筆頭。」他很少提家鄉事，對他來說，與工作無關的事都是閒話，我惟二聽到有關他家鄉，是有一次他見我字跡潦草，笑著對我說：「我不是要嚇妳，我家鄉話說：一筆寫不完會短命的。」

他假日總會進辦公室，看稿，看發書單，劃撥單，打電話，然後給我寫字條。所以，每逢週一，我凌亂桌面上最顯眼處一定擺著他的字條，上面寫著交辦事項：一，二，三，……至少五到八項。數十年如一日。

二〇〇〇年，蔡先生正著手寫自傳，有一天，林清玄到辦公室來，看到字條，笑著對我說：妳以後星期一進辦公室，也給他回一個條子：一，加薪，二，加薪，三，加薪……。

他對林清玄提起自傳的事，林清玄說：「蔡先生，您的自傳一定不好看，因為您都做好事，不像我。」蔡先生笑著回說：「那你幫我寫。」林清玄搖頭；「不行，除非你告訴我不可告人的祕密。您有嗎？」蔡先生搖頭，我一旁竊笑。

隨著公司規模漸進式擴大，我被賦予的任務也更多。有時，我都懷疑自己是否辦得到，卻常接到同事轉來他們工作上的難題，附帶一句：「蔡先生說，只有妳可以解決。」我自覺邀到好稿時，他點點頭；我低聲試圖找出邀稿失敗的理由時，他默不作聲，沒過多久，他署名的邀稿信完成了，我問：「如果對方還是說不呢？」他說：「至少表現我們的誠意，這次沒有，還可以等下一本。」

工作上，他對我既不責備，也極少稱許。有一次，一位作家對我說起在某個公開場合，另一位作家向蔡先生抱怨我稿子延宕說話口氣不佳，他不但馬上為我解釋，還當場給我打個出乎意料之外的高分，我不敢置信，這不是他一再提醒我要注意而沒做好的事嗎？

那把椅子

字條除了工作摘要外，有時是條列糾正我的言行。升上總編輯那年過年，蔡先生給了我一個紅包，紅包內外加一張紙片，手書：「不輕易發怒　勿口出惡言　以溫和治事　用禮貌待人」，還要我放在辦公桌玻璃墊下，時時警惕。隨著時日久遠，那紙片早已字跡漫漶，那四句「箴言」卻長在我心。

和蔡先生共事的日子裡，對他辦公桌旁那把椅子，我是愛怨難分。每當他說：「妳坐下，我有話對妳說。」我心裡總是七上八下。當他說起新構想、大計畫時，我滔滔不絕接續，但總忍不住要加一句：「這要花很多錢，您不擔心賠本嗎？」他說：「行有餘力，該做的事沒有理由不做，我們賠得起，更何況未必會賠。」

每次，他寫完一封邀稿信或一篇文章，總要我坐下來看，我提出看法，他立刻修正。有一次，我看完說：「很好啊！」他竟說：「我們就是這樣一起成長。」

我想，這就是他對我的最高讚美了。

然而，當我違反他寫的四句「箴言」時，他叫我坐下，我不禁內心哀號：「又來了」。那天，我出口反擊一位作家對公司的不滿，我還以讓對方當場無言有幾分自得，回到辦公室，坐下後，他問我：「妳有沒有看《三國志》，妳知不知道楊脩怎麼死的？」我回說：「我有看，我還知道諸葛亮怎麼死的。」我心想：我哪有楊脩聰明反被聰明誤地惹來殺身之禍，倒是有點諸葛亮「鞠躬盡瘁，死而後已」的精神。他接著說：「妳書讀得不錯，ＩＱ這麼高，為什麼ＥＱ就不及格？」嘆口氣繼續說：「唉，除了我，還有誰有資格當妳的老闆？」我低聲碎唸：「ＥＱ及格就不是我了。」

對我而言，蔡先生是嚴師；然而，對其他員工來說，尤其是年輕的一輩，他是可親的長輩和可愛的老紳士。

早年，他雖專注公司業務，員工家有長輩過世，不論多遠，他都親往弔唁，遇有急難，他主動提出讓員工預支薪水。第二代接手後，他常常走到其他同事面前，含笑地看著，還主動說起文壇軼事，可惜同事太年輕，他又鄉音重，他說的人、他講的年代，對他們來說，是另一個世界，只能傻笑地看著。只有我能和他回應，他卻總是講到一半，突然警覺；「妳太忙，不要浪費時間。」欲知後事如何，我自然會想辦法找時間繼續追問。

近年來，不時有老同事回來探視蔡先生。閒聊時一位同事說：「您不是會跳交際舞嗎？您教我跳好不好？」蔡先生臉色一正說：「那不行，我有固定的舞伴，是我太太，和別的女人跳舞，太太會不高興的。」好不容易找到的話題，難以為繼。已過九十高齡，蔡先生一貫的一本正經，竟巧妙地符合網路上那句流行語：句號王。

晚年儘管身體虛弱，蔡先生依然每天進辦公室，坐著輪椅經過我的位置時總要轉頭看擺擺手。我起身跟著他進辦公室，坐上往常那張椅子，此時換成我以慣用的藍原子筆給他寫字條：「一，今天身體好嗎？二，……三，……」他拿起紅簽字筆費力地逐條回答，字跡日漸潦草，幾不可識。坐在同一把椅子上，看著那些紅藍交錯、字跡凌亂的字條，我心裡明白：過去他說「妳坐下，我有話要告訴妳」的情景永不再現，將成為我們如師徒般歲月裡最鮮明的一枚印記。

七月十五日下午三時三十一分，蔡先生離世。能趕上最後一刻向他致謝、告別，就像蒙老天爺特赦，我滿懷感恩。走出醫院，卻只覺內心塌陷了一個大黑洞，回到辦公室，同事問我：可以發新聞稿？我突然憶起，過去有消息要對外公布時，蔡先生總要我在下午六點前完成。

我不禁想：難道連這個您都想到了嗎？蔡先生，我服了您啦！

——原載二〇二〇年十月《文訊》雜誌第四二〇期

汪正翔攝影

陳素芳，台灣大學中文系畢業，自一九八二年進入九歌事業群服務至今，現任九歌出版社總編輯，曾獲第二屆五四編輯獎、第四十二屆金鼎獎特別貢獻獎，編輯圖書超過一千本。

最後一篇總統文稿——李靜宜

麗日晴空的週六，坐在早午餐店裡，喝一杯醒眠的咖啡。這曾是我多年前所一心嚮往的凡常生活。

儘管如今的工作與生活依舊纏結不清，假日於我並無太大意義。但就這樣放空思緒，什麼也不想地在閒話家常的人們中坐享一杯咖啡，在我的某一個人生階段裡，曾是個奢侈的夢想。很長一段時間，我都過著這種表面上看來什麼事也沒有，但腦袋卻運轉不休，不斷消化、轉換資料的生活。

那是因為在表面的祕書身分之下，我還有另一個祕密的撰稿工作。

撰稿工作究竟為什麼會掉到我頭上，是我迄今仍百思莫解的謎題。因為在總統辦公室工作，所有的公文稿件都會經過我的辦公桌。起初或許只是依據老闆慣用的語句，稍微潤飾送呈的文稿，但改著改著，不知從哪一天起，寫稿就成了我的工作。

撰寫講稿，難的是在於如何精準傳達要藉由致詞場合所釋放的訊息，不只遣詞用字必須精準，邏輯鋪陳必須正確，同時還要顧及總統的口語發音，以及總統身分的高度。除此之外，最要掌握的是文氣，因著場合的不同，總統的致詞或要氣勢磅礴，或要溫暖動人，除了讓在場的聽眾感受到之外，更必須讓透過書面媒體閱讀的廣大受眾也能體會得到文字中所包涵的力量。

而這也是我常常必須動手修改諸多長官與學者專家所撰擬的文稿，最主要的原因。

記得某次國家統一委員會的總統致詞稿，因涉及大陸政策的定調，事前由總統府、國安會、行政院等首長與重要幕僚開過多次撰稿會議，匯整而成的總統致詞稿，經過多次修改，老闆都不滿意，最後只好由我動筆，就送呈的文稿大幅修改，重新擬定一篇。

重要文稿的內容由重要幕僚集思廣義，絕對有其必要。但是文稿的撰擬卻不能經由眾人討論匯集，因為東取一段，西取一截的結果，往往成為一篇至多只能成其平穩，卻很難有高度的文章。

那次撰稿會議的成員收到總統交下的稿子，詫異非常，反覆討論多次，決定修改其中一個句子。這樣的情況並不罕見，撰稿會議的成員，面對交下的文稿，反覆斟酌，挑出可能的疑義，是極其自然的事。我一般也不會有異議，就遵照修改，盡量滿足各方的需求，避免造成不必要的誤解。

但是，這一次他們提出要修改的句子，是從主動的動詞改成被動的語態，儘管看起來意思沒什麼不同，但唸起來的語氣就大不相同。以主動的動詞，彰顯的是雄心壯志，而被動的語態，卻讓這一整段理當昂揚的文字，因為結尾的一句話而顯得疲弱，嚴重影響整篇文章的氣勢，因此我堅持絕對不能改。僵持不下的結果，最後請出了當時在總統府擔任國策顧問的國學大師倪摶九先生，確認我所用的動詞並無問題，整件事才告結束。

當然，在這整個過程裡，沒有任何一位撰稿會議的成員知道這篇文章是出自我手，雖然我整天在他們之間穿梭往來，傳遞訊息，但所有的人都以為我只是個跑腿送信的小祕書，從未對我有任何的疑心。

事後，有長官試探地來問，這篇文章是誰寫的，我都故作無辜，說是總統直接交下的，我也不知道。時任國安會祕書長的丁懋時先生，還找了當時也在國安會工作的外子，要他回家打聽撰稿人是誰，說以後再碰到類似的情況，乾脆直接委託這位撰稿人來寫稿，可以省掉很多麻煩和時間。我聽到這消息慶幸不已，因為我的隱藏身分終究沒被拆穿。

但撰稿實在是耗心費力的事，碰到重要的文稿，大腦馬達更必須二十四小時轉動。有時，我表面做著極其日常的事情，腦袋裡卻正思索著國家大政方針。有回在廚房裡洗碗，洗著洗著就想起了國慶祝詞，水嘩啦嘩啦流，我愣在水槽前，不知過了多久才回過神來，不覺啞然失笑，會一面洗碗一面想著今年國家重大建設方向的，大概只有我一個了吧。

某年赴美進修，一租好房子，就立刻在家電賣場搬了一部傳真機回家。隔天，長達數十頁的國民大會國情報告就從台北傳來，我一個字一個字修改謄寫，再傳真回台北的辦公室。事隔二十年，那幾天不分晝夜修潤稿件，偶一抬頭就看見窗外大樹上的松鼠瞪大眼睛盯著我，那畫面至今猶歷歷在目。

但撰稿工作最可怕的是截稿時限，既是要在特定場合發表的談話，當然絕對不能耽誤時機。截稿的壓力，是所有文字工作者共同的夢魘，但大概很少有人像我一樣，是寫不出來就可能鬧出政治風暴的吧。正也因為拖稿的嚴重性難以估計，我也從來不敢以身試法。有無數次，都是修改再修改，直到最後一刻才把稿子交出去。

有次深夜十一點多才終於寫完第二天要用的文稿，趕緊送到官邸，門口傳達室的值班警衛官擔心總統家人都已就寢，說什麼也不肯幫我把稿子送進去。後來我只好自己踏進已經熄燈的官邸，拜託總統長媳張小姐下樓來，幫忙把文稿送給還在二樓書房等待的總統。

在從事翻譯工作多年之後，才從熟識的編輯口中知道，我是極為罕見從不拖稿的人。當時非常意外，難道拖稿是常態？後來想想，這也不足為奇，畢竟拖個幾天，也出不了人命。我那種人命關天的截稿死線，才是例外中的例外啊。

二〇〇〇年五月十八日，我站在老闆的辦公桌前，一面講著致詞重點，一面看著他用鉛筆一個字一個字照著寫下，然後交給我，說：「就拿去打字吧。」

親愛的全國同胞，與會的各位貴賓：

總統交接典禮已經完成，登輝想要藉此機會，對這十二年來，全國同胞對登輝的支持與愛護，表示最誠摯的感謝之意。同時，也祝福新政府順利成功，全國同胞平安如意，中華民國國運昌隆，再見。

這是我為老闆所寫過最短的一篇文稿，也是我為老闆在總統任內所寫的最後一篇文稿。

——本文原篇名〈Day 19〉，收錄於《漫長的告別》，二〇二〇年十月出版（東美文化公司）

李靜宜，政治大學外交系博士，美國約翰・霍浦金斯大學研究，史丹福大學訪問學者。曾任職外交部與總統府，為李故總統登輝先生總統任內的祕書與撰稿人，協助撰寫出版《台灣的主張》、《九二一救災日記》等書。長期投注翻譯寫作，著有《紅樹林生活筆記——近寫李登輝》、《橋——走近王金平》，譯有《追風箏的孩子》、《燦爛千陽》、《那不勒斯四部曲》、《此生如鴿》、《寂寞芳心》、《地下鐵道》、《莫斯科紳士》、《正常人》等多部跨領域作品。現為東美文化執行長兼總編輯。

老祖——木匠

一個月前遞了辭呈，五天前才正式向家人公布，妻以為，我下一個工作已備妥，得到否定後只是碎唸了一下，隨即回復平常。

而在離職前一天晚上，介壽公園旁的那間宮廟差一名廟公（祝），兩班制，離家近、又清鬆，薪資二萬四，隔壁常年去誦經的阿敏說的。

廟公是什麼概念，臨近末段班的人生，在妻眼中價值，就剩下看顧廟殿燈火打掃香灰的廟公？晚上飯桌討論，兒女並沒有幫忙曾經瀟灑的我發聲。

晴空萬里很悶熱的上午，找到公園旁的廟，是在重慶路與館前東路交接點上，步入廟門，恰巧一位梳著道士頭白鬢老人擦身而過。

我是來應徵廟公ㄟ。

對方一愣，將就口的小茶杯放下，坐在一旁，看似廟公的人也望過來，此外，大殿上沒有香客。

是在廟裡誦經的阿敏說的。

喔……惠敏，誦經ㄟ惠敏，對方隨即有了笑容，順手遞來一杯茶。

你之前是什麼工作？（那白鬚道人走進廟）

我雙手奉上履歷。

對方在看，經歷欄我特地將幹過一個月的廟公排在最前頭，再來是南亞科的支援工，最後才是木工。之所以都寫工是為了配合廟公職務。

悶熱的空間吹著電扇的熱風。那白鬚道士就坐在廟公對面，沒有交集。

他說他也是做木ㄟ，在林口阿榮片場做布景，說《海角七號》和……都有參與，從木材聊到製作宮裡神桌發生的神跡，再聊到戰國時代的孫臏與龐涓到廟裡的人事。直到中午，二個多小時，沒有人來參拜，那白鬚老道和廟公依然沒有交集，約百來坪的大殿熱氣不散。臨走前他遞給我一張名片，原來是宮裡的管理委員。

隔天的晚上，管理委員來電問：會不會電腦？

基本的會。

那做過總幹事嗎？

沒有。

想不想試看看。

好啊！

那我跟主委報告，過幾天來廟裡聊聊。

好啊！謝謝。

後段班的體能不可閒置過久；後段班零用金匱乏之下更不能不去開拓，總幹事一職畢竟是個未知，所以仍得打開二大報分類廣告，那五彩繽紛的頁面刊登著資方需求。心情是滿期待地，後段班當然特注意能勝任的二度就業，偏偏此等工作少到可憐。一般而言，一度失敗過的人生，百分之八十九會在二度中再戰敗，所以老闆很難任用二度中高者，三度就業就免談，在人生機運的或然機率上幾近零。

也不知是巧合或是剛好廟公離職潮，有幾則徵廟祝藏在作業員版面。查了固狗的地圖，選了離家六公里的一家撥電話去應徵，約定時間，順道看另則廟祝需要住廟，再來是清潔員及管理員占了多數版面，有的還要求「良民證」。

我在約定時間十五分鐘前到達，是一樓住家型宮廟，人行道內側門口擺著義大利麵攤。說明來意，麵攤老闆娘上下打量：有約時間嗎？有。

老闆娘自顧切著小白菜和一旁看似鄰居歐桑聊天，沒再搭理我。感覺上的冷漠似乎可以降些眼前空間的悶熱。我入廟內合十拜著，神桌上端坐黑臉白鬚頭戴皇帽神像，旁邊陪祀神像大都是我所能認識的名字，神龕上燙著金字：歸綏城隍。

等待龜速的時間，手機顯示時間已超過約定的十點，電話中的男人尚未現身，只能欣賞馬路上車流，再不就聽著兩位女人在神明前談論別人家務事。

十點三十分，再等下去會覺得對不起自己的尊嚴，硬著頭皮趨前向麵攤老闆娘說：拍謝，不等了。

她客氣的說：不再多等一下喔！

我鞠躬說：謝謝啦！隨緣。

隨緣是到了人生後段班才明白的道理。

那是一種覺得無能為力又無奈的最後嘆息。

現在已開始後悔換跑道的時機點，更惶恐找不到跑道的起始線。

後段班再加上得使用慢性處方箋來安身，這情境，如同眾人口中的弱勢，就別人眼中也許是，但我要為保留顏面的內在靈魂抗議，然卻常收到抗議無效的日常，也就只能默默收藏在櫃庫裡，久而久之，滿溢了，就是扛去種的時候。

宅在家裡搜尋分類廣告，無聊時讓電視看我，此後的日子若是如此，那肯定是痴呆的開始。終於接到總幹事職缺面試的電話，是一個農民曆標註很多紅字的日子。

走進廟裡，又與上次那位梳著道士頭白鬚老人擦身而過。

主委也是個老人，無鬚。他介紹自己今年九十四歲，很想退休，會不會基本電腦？

我點頭：會（在這裡，電腦好像極其重要）。

旁邊一位女士補嘴：還要會EXCEL。

第一次聽到EXCEL，所以沒回答，而大家都還站著，只有上次遇見的那廟公坐著。

主委介紹總務組長給我認識，那位女士是會計，而白鬚道士走來，坐在廟公面前（主委怎地沒介紹）。

桌上並沒有電腦，喔！牆角高腳桌上放著一台筆電，會計正在教總務操作列印。與主委對坐，氛圍裡主角是那台筆電。

會電腦就好，主委說。

也要會EXCEL，會計再度提醒。我問總幹事要做的事項。

廟會、陣頭安排、信眾捐款登錄，現在都放在電腦裡，神明生日要通知信眾，寄通知單……凡一切廟中什務都要做。我看著他的言情，明白是有經驗的，然而想不透為何廟殿這般冷清，百來坪的空間，雖是在非假日，也該是有二三信眾吧！靜靜聽他講演不陌生的種種神蹟過往，很難想像會演變到眼前這般景象。

白鬚老道離座，往內殿走。桌上電話響起，廟公接聽：沒人回應。那白鬚老道已不知去向。

我向主委說回去和家人商量，起身，特地搜尋大殿四周。

主委坐著問：幾時回覆？不要讓我們等太久。

最慢後天，我說。臨走前，三跪頂禮端坐神案上、他們口中的老祖神像。

晚上公布了面試結果，兒子馬上從我手機抓出EXCEL的固狗教學。不就是表格的製作填寫。

老婆聽後表示：覺得怪怪的，那麼多工作，可以嗎？要我還是當廟公較妥。

兩個女兒，像是聽完故事的行人。

夜深人靜時，獨自在書房盤膝數息，冷氣吁呼響著機台的老舊，意念從丹田數起，到會陰、尾閭、夾脊、玉枕、泥丸、印堂、檀中，再回到丹田，往返的數……。當意念停在泥丸與印堂間，一幕幕的過往在腦海中浮現。每每舉棋難下時；獨自坐著數息是想在有限的智慧中求取圓滿的結果，但每次都先目睹跌倒的舊傷痕。若將自己當做一枚棋子，那操弄棋子的那隻手又會是誰？怎地每盤都輸……走到檀中，回到丹田。決定放棄自性的解答後回到現實，老舊冷氣賣力運轉，就在這深夜，特別明顯。

我還是覺得有必要再到廟裡去了解，即是廟方願意將應徵廟公者提升到總幹事，必定有其須求及原因。

這次入廟並沒再與白鬚老道相遇。廟公背對著大門在看電視，大殿上依然冷清，五尊木雕金身，靜寂的看著眼前娑婆。我還是習慣跪拜三頂禮，廟公未察覺我的到來，空氣間瀰漫著電視劇的情節。

走梯上三樓玉皇大帝殿，金面金身有著南斗、北斗星君陪祀。據傳：一個註生；一位註死。我知道北斗有貪、巨、祿、文、廉、武、破，七星。南斗就不知了。註生是喜事，也許不用太多幫手。

頂禮後走到殿外露天陽台，正前方筆直的重慶路遠方坐擁青山翠林。

是不是發現朝山案山都有，就是少了左輔右弼？那白鬚老道不知何時在我身旁。

我們進入殿內坐在拜椅上聊開，他從太極、兩儀化四象、五行八卦的先天與後天到政治，我也只能意會著大概，畢竟易經也只懂得些皮毛，而政治又興趣缺缺，而他論及的都是未來，像在聽未發生的前瞻故事。預言在這顆恆轉的星球上從沒少過，而眼前這位只不過裝扮奇特。

時間不知不覺中流逝，一直都沒信眾上樓參拜。他似洞悉我的心思，當下分析了信徒少的前因後果。我心念才燃起要提振廟務增加信徒的方法，他馬上告訴我：沒用的，時代背景不對，機緣早已流失。最後他說：謝謝你的用心。

「謝謝你的用心」讓我愣坐在原地，看他緩緩走向樓梯。心中開始懷疑老道的真實身分來歷。後來我也下樓，來到一樓信眾茶水區，撥行動給總務組長，告訴他願意試看看這個職缺，但得讓我身心準備，我們約定端午節後上班。

我仍繼續看分類廣告，並未放棄找尋更能勝任的工作，而什麼才是自己勝任的好工作？就如同在霧裡看花，別人都說那很香很美，自己就是沒把握擁有，這可能跟自己的才學經歷有關吧！但是與否都沒法確認，是不是很悲哀。

過了一天，老婆反倒是支持我做總幹事（大概是比廟公高尚），兒女也贊同。為此，我也更深入去把EXCEL製表填寫弄得更明白，也從固狗裡的維基百科中收集廟務科儀的一些知識，既然已認定了這份工作，那就用心全力的去準備與學習。

到了初一，特地來廟裡燒香參拜，遇見沒戴口罩的廟公與主委，他們看我如同路人甲路人乙般的陌生，難怪大殿依然冷清，不若二十公尺附近的土地公廟般的人山人海。而那白鬚老道不見其身影。這麼一座宏巍廟宇立在後站的精華地段，就如置身在深山叢林般的清靜。

拜完後，獨自坐在廟旁的介壽公園石椅上，酷暑中難得的涼風拂面，四條路在廟前呈為五個路口，那白鬚老道說是五行財聚，無奈在公園的邊角臨路處又開了一口園門，破了廟地的格局，是或不是，我不得而知，不過今天是初一，麻雀飛降在廟埕尋食；斑鳩也來湊著熱鬧在眼前倒是事實。戰國時代的風雲人物群，縱橫天下經過星轉物移來到這個年代，也只能紙上談兵接受冷漠。

絕對不會想到日子恆常過時天下變化莫測，疫情仍在世界各地橫行時對岸陸地漫天洪水；蝗蟲趁亂起兵吞食地物，海洋戰艦、雲間戰機你來我往，隨時可能成現代戰國時代。這些，都在待業中的時間軸中轉動。

終於吃了粽子過完端午節，自認一切廟務總幹事的百般武藝都備妥，就等通知。

一天過去了，是看著新聞度過。

第二天以分類廣告及看電視影集告終。

第三天試著去收集分類廣告中：大樓管理員、清潔員、洗碗工的市場需求。

第四天，耐不住了。遇事不明，盤坐又無解，只好從抽屜找出有點銹綠的古幣三枚，放入木龜款內搖弄，擲在桌上，巽下斷，再放入，置於胸前上下搖晃，再擲，得上缺兌，兌上巽下為易卦，是二十八卦的澤風大過卦：漫天風雨中仍得重擔前行，起於自負，文書糾紛。

猶豫了，是困守而孤掌難鳴的卦象，突覺自己的粗陋寡智，到了人生後段班兀自走在泥濘裡也就是必然了。把自己關在書房讀經，從普門品，地藏、金經到悟達國師的三昧水懺。好歹也要圓滿：是最後的決定。於是給總務組長電話，他卻意外的問我何時能來上班？我回答：看你們。他說就明天吧！這讓我很驚呀。

黃昏時，會計小姐來電：說組長忘了明天要去金門三天，改在下星期一的九點正式上班，他會親自過來詳談。

星期一早上提前十五分到廟，大殿上清靜幽閒。主委坐在位子上，未見組長，向主委說明來意，他卻回說：可是看你這樣子跟年齡，你說會電腦，我不敢相信。我無言，當下呆坐，再環顧四周，仍不見組長身影，只能站起，鞠躬轉身，走出廟門，見那麻雀斑鳩在廟埕上尋食。

——本文獲第十六屆林榮三文學獎散文獎三獎

曾經是木匠，就學十一年，現職管理員。曾獲台北文學獎、彩虹青年文學獎、林榮三文學獎，作品入選過九歌年度散文選，尚未出書。

棋盤上——劉沛林

一條路，赤足走到著履，山和棋盤依舊在。

不過是五月，盛夏便來了。台北的蟬聲像是施工的鑽地聲，鑽得我腦疼，並把我從週末的宿舍床上翻了下來。兀自懶散在椅上，堂而皇之地開始挪動起腦海，找出最深的那片齊整，我喜歡秩序，例如棋盤。

有什麼棋盤能比家鄉的那片田更有秩序呢？

小學六年，重複地走一條上學路。恰好容納一輛小客車的寬度，卻並沒有什麼車，於是一整條路都是我的了。走在馬路中央，向右手邊眺去，若是能清楚描出遠方八卦山的輪廓，那定是天氣極好。尤其是剛下過雨的晴天，雨後初霽，暫且澄淨下能朦朧一片天的塵埃，山影重新被雨水描繪過，連零星幾點山腰上的橘紅都辨得分明。

視線從八卦山溜下來，似乎還有城市的依稀影子，但從沒看清過便也未曾留意。我更中意眼前那片田，像田那樣的棋盤，一格一格便不知不覺布滿我的童年。落子無悔，真正有風骨的棋士將綠色的棋落在土底後袖手旁觀，任它們抽芽發綠葉，偶爾為它們修剪。那是另一種秩序，生機的秩序，叫做「自然」。

看向左手邊依舊是大片一望無盡的棋盤，遠方低矮的樓房併攏成一條崎嶇的地平線。每當夕陽西下，我伸出手，用指尖精準地切割開在夕照下漸漸模糊成一塊的沃土，再瞇眼一瞧，沃土又恍惚成金色海洋。

彰化的蟬聲總鼓脹在我心頭，如同一呼一吸那樣的韻律牽絆著我。無數次走過的那條小徑至今仍延伸到夢裡。如霧的夢。偶爾我遠離預定路程走下小路，踏上迂迴的田埂，沿著田埂一路往更遠的地方去。一開始是與我同高的幾棵桂木，頂著精心修剪過的樹型，卻蓬亂著一捧捧的桂香到我跟前，桂花的香氣即便再濃也不像百合花那般唐突，一種君子的香氣悠緩地簇擁我，繼續向前。

像素似乎隱約被調低了，那些回憶都像是迷幻時見到的錯覺，迷人、隱約。我抓起一樹桂香踏步向前，之後目光所及依然是稻田和菜園，以及私人的葡萄園。葡萄樹嶙峋地攀在方格鐵架上，間或有菜蟲羽化而成的小白蝶騰飛。我就那麼走著，懷揣一股無來由的衝動。盡頭卻轉瞬就到了，我看到了站在小路上時所看到的地平線的盡頭。

我站在田埂上望著不遠處的幾棟樓房，說是樓房大概抬舉，大多數是僅有一層的平房，再就是兩層的鐵皮屋。樓房低而矮、灰而舊，和斜插著的電線杆一同在天色漸暗中輪廓消融。原來這就是盡頭。不知怎地，胸口一陣空茫。

田野一畝畝地、排列作棋盤的同時，我竟無端生出了一種幻覺，那些柔軟的在田地上搖擺的草木在風中揮舞，揮著揮著就連著整片土地飛揚，觸目所及，田是田，田也不再是田，如被風操弄的大網，就要兜頭將我網住，卻不知網向何處。

風突然就揚了起來，起風自八卦山的方向。我回頭望向八卦山，向來時的方向跑去。風托住我，接著穿過。在那或許極短我卻覺得極為漫長的一瞬間裡，那張網鼓風猛力收起，將我網回這片大地。而我赫然發現，在我人生裡的無數次個回首，卻也再找不回荒野田梗上漫跑的孩子；長大後數不盡的抬眸中，只見陰翳，卻再停不下都城大路上奔走的沒有盡頭的步伐。

我的腳要比同齡人長了一點，不論腳掌或是腳趾，都遠沒有一般女孩子的玲瓏嬌小。以往我是介意的，媽媽總說腳要小，才好看。國中時舉凡電腦、表藝那些需要脫襪的課堂，總是我最沒有安全感的時刻。蜷縮起腳趾，盡力不讓人注意到我那雙長腳，縮著縮著就好像成了習慣。回頭我不禁思考起鑄造這雙長腳的原因，想到頭，依舊是棋盤。

田埂並不好走。這是表姊告訴我的。她們久久從大都市來一趟，那時我們都還小，拉起手來就興高采烈地肩並肩去賞「田」。田有什麼好看的呢？千遍一律，都長一個樣。我納悶，卻還是帶著她們下田去了。我走在田埂上時的速度不慢於平地，甚至要更快些，走著走著便亟欲飛奔。

「喂！拜託妳慢一點！」表姊遙遙墜在我後頭大喊，這樣的喊話持續不下五次。我不得已又放慢了速度。

表姊們追上來了，「妳怎麼能走這麼快啊？田梗很不好走耶！」她們不斷這樣埋怨著，我卻更加不解：「田梗嗎？我覺得比平地還好走耶？」

那時的我並不知道，田梗的確難走，卻不適用於我。自小打赤腳的我，小學才開始學穿鞋，在那之前，只要在家就視鞋如無物。那是一種「放足」的暢快，一穿鞋便覺得拘束。還記得童年某個日正當中的時刻，被催促著去追趕經過的行動雜貨車買蛋，我鞋也不穿就奔了出去，一開始尚無感覺，停下腳步才發覺柏油路的滾燙，我那時一邊跳腳一邊挑蛋，腳下的熱度像是我手中的蛋扔地上立即便能吃，回到家後險些燙掉一層皮，好險我赤腳打慣了皮厚，卻從那個時候便開始學穿鞋。

於是我知道，田梗泥土觸到每一寸肌膚的感覺，是濕涼的、是熨貼的，如同熾陽籠罩時睡在室內大理石地板上的貓，偶爾翻個身子、伸個懶腰，便深深地將泥土裡的每一個突起和凹陷都記得明晰。即便往後穿上鞋，這般敏銳的知覺也未曾改變。

自認找出打赤腳便是我腳特別長的理由後，好一段時間我都懊悔當時不聽大人勸堅持不穿鞋的行為。然而，這長長的腳掌與腳趾好處才堪堪顯露。

當我發覺自己竟全然能在賽道上享受奔馳的快感時，才知道這雙腳為我帶來多大好處。平心而論，我在其他運動上表現平平，連帶著便討厭起來。只有跑步是唯一的意外，我喜歡跑步。

跑步時總像有一團火在胸口燃燒，火不大，僅僅是尋常地燃盡所有肺中的氧氣後從我口中吐出聲息，無法知曉火種從哪來或燃燒後的餘燼將歸往何方。走慣田梗的雙腿推磨跑道和時光，一圈一圈地犁，一如整田的規律。不知終點，僅僅只是燃燒。過不久又添新柴。

跑多了，便一次次重溫那些童年的夢境。是八卦山的風，是走不厭的路，長長的、長長的，似乎永遠也沒有盡頭。但我知道，夢有醒時，路有盡頭，而我總有應歸的家。

一條路，赤足走到著履，山和棋盤一直在。

——原載二〇二〇年十一月二十三日《中國時報》人間副刊

劉沛林，二〇〇一年生於彰化，現就讀於國立臺北教育大學語文與創作學系。北漂生活適應良好，但仍想念彰化的陽光。創作方面仍在持續摸索與學習，對於自己能夠入選感到受寵若驚，謝謝大家。

長照森林——黃信恩

再也沒有一個病房，比它流速更慢了。

久久一床轉出，一床轉入。我恍惚地以為它靜止了、不代謝。彷彿每張床都長出根，緊扎地表，日復一日，莖葉歧生，扶疏成林。

幾年前，一位醫師離職，我接手他的職務。兩週一次，半天時間，來到一間收容清寒植物人的機構。這間機構歷史不算久，有幾位住民是創院住至今的。

八年、五年、三年，臥床時間以年計算。

「如果加上轉院前躺床時間，就十一年了。」護理師說了其中一床。

十一年是長還是短？國衛院統計過，若以三十五至三十九歲成為植物人來算，平均餘命約十八年。但命無人能預測，當年北二女管樂隊的王曉民成了植物人後，一躺就是四十七年。

說病房靜止並不精確。它其實有細微的流動，可能因一次嚴重感染、久未癒且見骨的褥瘡、急性腎衰竭、電解質不平衡、呼吸窘迫等外醫，穩定後復返。

這裡約四十多床，常見的診斷碼是R40.3，永久植物人狀態（persistent vegetative state）。這並非病名，而是一種狀態，一種定格，一方與外絕緣的暗地，輻射出先前不同的路徑：中風、車禍、羊水栓塞、雷擊、休克、溺水……殊途同歸傷及腦。

住民幾乎不語，一點喃喃聲都難發出，聽見的多半是痰音；眼睛的動作稍多，有人對聲音睜眼，有人對痛眨眼；至於肢體，即使未有刺激，有人已呈屈曲，有人呈伸直，扳不開，張力強。

就醫故事往往從急診開始，病歷行跡常混過神經內科、神經外科、或復健科。尿管、鼻胃管、氣切管，外來物在身上插旗掠地；抗癲癇藥物，錠丸、水劑、膠囊，在此集大成，幾乎藥典索引列的都有人用。

「順手捐發票，救救植物人。」當社工和我講述衛材、尿布、牛奶、水電、人事費用等一年兩千餘萬的開銷來自募款、義賣、政府補助，我才想起車站外頭，捧壓克力箱、募集發票的義工。

這裡收案條件除了植物人，還須中低收入戶。貧與病如此近，共生長出了自己的模樣。

一位父親，為了掙點加班費，過年赴工地，失足墜落，頭部嚴重外傷；一位男孩，半工半讀，有日騎車買阿嬤的粥，路上遭撞，就此昏迷，當年二十一歲。

住民的平均年齡較其他機構輕上許多，十來歲的多半是罕病或生產時缺氧缺血導致的腦傷；二十來歲的多半是意外，車禍為大宗。

有時見了與我同齡，甚至比我年輕的住民，我不敢想像，十九歲車禍，就此沉默至今是怎樣的人生？

「後來家屬有來探視他嗎？」我問。

「幾乎沒有了。他父母離婚，阿嬤老了不能來，最有血緣的姊姊也嫁了。」護理師說。

病房望去，床尾都貼了一張手寫的祝福：「媽媽，你要醒來，參加我的畢業典禮」、「親愛的爸爸，願您康復，我們一直在家等您吃飯」……

三年、五年、八年，會再醒來嗎？

事實上，幾次巡診後，我觀察到幾位院民是有眼神的，瞳眸有話，甚至流淚。他們有微笑，有皺眉，只是淡淡的、淺淺的。他們應是能感知的。

不動不語，不是植物，是人，是有感情的，是靈魂體皆俱的。

「有遇過醒來的嗎？」有次我問某位資深護理師。

「有。」她說。

但我心想，她認知的醒，或許是「最小意識狀態」（minimally conscious state），這意味大腦損傷有部分修復。

然而躺愈久，醒來的機會就愈渺茫。而即使醒來，也殘留一些後遺症。

《鏡週刊》曾做過一集植物人甦醒短片。主角長明慧，十歲時騎車被客運撞傷，意識喪失，八個多月後甦醒。昏迷期間母親口述過往點滴，錄進錄音帶，不斷讓她聽。

她算是少數真正「醒」來的。但醒後之路才是最遙長的，智力、動作、語言，所有的學習從零開始。她練習由口進食，移除鼻胃管；重新認識數字注音；有時復健中，會抱怨一輩子坐輪椅，母親對她說：「這是我們的命，既然遇上了沒辦法，有媽媽陪伴就好了。」

片尾來到一幕，母親對撒嬌的她說：「媽媽有一天不在怎麼辦？」長明慧看著母親不發一語。

兩週一次的巡診似乎意義不大，有哪個疾病會規則兩週一次？對植物人而言，每次外醫都是大工程，如能即時給點判斷、處置，儘管有限，也是好的。

我們來組一個LINE群組吧。有天我和護理師提議。

於是，可能是餐中、睡前、醒後、休假、看診時段裡，收到一通LINE簡訊，內容錄了一段住民癲癇發作的影音、翻拍一張不穩定的血糖紀錄、照數張皮疹膿瘡，或者水腫的雙足、混濁的尿袋、深黑的鼻胃管反抽物。

有回我收到一則LINE。這次不講症狀，而是詢問一個照護方向。這位有著反覆膿胸病史的住民，近半年出入院四次，一度併發敗血性休克。關於後送外醫，家屬反應漸趨冷淡。

我知道這則LINE想談的是安寧。二〇一九年初，《病人自主權利法》實施。許多社會名人紛紛立下醫療決定，表明生命有天走到此，心肺復甦術、插管、輸血、人工營養……任何維生醫療都拒。其中一項臨床條件便是永久植物人狀態。有時我會想，如果他意識仍在，會如何為自己預立醫囑？他會終止、撤除這些治療嗎？還是繼續抗戰？

巡診期間，為了到宅鑑定身障證明所需，社工常請我寫診斷書，內文總會提到：全癱無法自行下床。翻著那掐頭去尾的病歷，句子如此短，但逗點後的故事卻如此長。當年幾個簡潔的動詞，成了人生的分頁：掉落魚池、產後大出血、腦瘤破裂……都是毫無準備與預警的。

我漸漸覺察，這病房有個通則叫「突然」，彷彿是種隱形的收案條件，生命在此說著猝、驟、一夕之間的故事。倏忽降臨，凌雲壯志崩滅。而後迢迢無盡，終線不清。

也許，生命的教導，往往是那無法掌握的變數。

＞一一八分貝。二〇一九年九月中旬，當我做完聽力檢查，報告上寫著。

那是怎樣的狀態呢？我知道飛機起飛的音量是一二〇分貝，超過一一八分貝才能聽見的右耳，還能接收哪些聲音？

我以為是夢，休息一下睡一覺，聽力會如常。但隔日手機鬧鈴從左方響來，伸手欲按，卻勾不著，原來手機放在右邊；出門過街，所有車聲都從左方來，即使車輛已由右方漸漸靠近。

那個清晨，二分之一的聽覺世界，安靜的右側，我知道自己是聾了。

事件太突然。病發前只覺累、微暈、鼻塞，深夜裡天旋地轉醒來，吐了幾回，數小時後便診斷突發性聽覺喪失。即使在黃金時期服用高劑量類固醇，初始逐日恢復，但兩週後就止步了，聽損停在重聽程度。但最困擾的是日後才出現的耳鳴，像收音機對不到頻率的雜訊，二十四小時在耳內聒噪，把睡眠攪擾得碎裂、淺短。

多麼希望回到雙耳聽覺的日子、睡一場無聲的覺。但現實不許我原地悲傷，我還是得工作，一忙，也沒時間意識到已失去的聽力。在麻木裡，取得共存。往往夜深人靜，聽見耳鳴擴張逼近，我才感到失去。

我學著告訴自己，不是失去一耳，而是還有一耳能聽。

病後幾週，有日來到長照據點，對一群老人衛教中風。他們多半維持不錯的生活功能。

「能看、能聽、能說、能吃、能走，就是人生最平凡貴重的祝福。」我很訝異三十七歲的我，竟對平均八十來歲的他們說這段話。但我清楚知道，這是發自內心的。

賞賜與收取，我無能決定。這話聽來老生常談，卻如此真實。

好長一段時間，病房無進無出。有日，護理師告訴我有新住民：三十三歲，女性，甲狀腺癌術中ＣＰＲ。話未說完，我便可以想像，當時開刀房所有人急於搶救，誰也不願意，心跳呼吸回復後，卻沒了意識。

她身上氣切尿管鼻胃管都有。嘴開，眼神呆滯，四肢攣縮。

我記得那幕：孩子與先生至床邊探望她。三歲的女兒，站得遠遠的，什麼話都沒說。她該是如何想著眼前的母親？

植物人的長照，何其長？長到天荒地老，無盡無涯。

即使兩週一次，幾年下來，這些床位與名字，一次次複誦，竟也記住了。我才漸漸感知到，這個看似不動的病房，其實已跟我說了人生的善動。

——原載二〇二〇年十一月九日《自由時報》副刊

黃信恩，醫學系畢，現事醫療。作品以散文為主。曾獲聯合報文學獎、梁實秋文學獎、全球華文青年文學獎等獎項，並入選九歌年度散文選等。散文集《體膚小事》獲文化部金鼎獎優良文學圖書推薦獎。二〇二一年二月甫出版散文集《12元的高雄》。

媽媽在某處——王文美

「這是我最小的女兒。」從小媽媽總是這樣向外人介紹我。外籍看護米娜開始照顧失智病情加重的媽媽後，每個星期我回家探視，媽媽亦屢次這樣鄭重其事地向米娜介紹我。

不知從何時開始，媽媽偷偷竄改了介紹辭，她說：「這是我們家最小的。」雖然說法不同，嚴格來說意義相同，我照例點頭微笑，說不出哪裡不對。

後來我才發現，面對自身親口說出的話，媽媽竟已無力掌握，只能勉力抓住隻字片語，暗中忖度，揣測其意。所謂「家裡最小的」已被移花接木偷渡了語意，加上我的小名近似「妹妹」發音的推波助瀾之下，我竟成了媽媽的妹妹。雖然現實生活中，她並沒有妹妹，然而又有何妨？她甚至幫我取了一個名字，叫林月里，還跟隨她的姓氏及輩分，名字中都有個「月」。

第一次確認媽媽錯認，是在醫院裡，她因膽結石住院，也許病痛侵襲擾亂神智，她半臥在病床上，看見我來，開心地問：「卡醬在家嗎？」

卡醬是日語的母親，媽媽從未對我這樣呼喚過她的母親，僅僅對她的同輩如此，而且早在我出生數十年前，外婆便已離世，我瞬間明白，媽媽已飄移到另一個平行世界。

強壓住不安，我顧左右而言他，不願深究，想就此略過這小小的bug，但她不肯放過我，偏要固執地不斷問著：「卡醬呢？」「怎麼不管卡醬了？」我繼續專注聊我的，不去理會她的問題有多少破綻。後來她反而先不高興，我情緒一下子湧上來，搶先發作：「妳管那麼多？妳根本連我是誰都忘了！」

媽媽的臉瞬間皺成一團，低下頭沒有辯解，嘟起嘴露出孩子挨罵但不服氣的神情，也許是不明白發生什麼事，也許是想說也說不清楚。

當天媽媽要進手術房，我來不及示好，只慌亂地與護理師確認前置作業，在家屬等候室我不斷自我催眠，媽媽馬上會忘了這件事，她不會放在心上的，等過一陣子就忘了，我們又可以重新來過。

她果然忘記這件事，出手術室後照樣乖乖地吃藥打針，見我來開心地問吃飽了沒，我依然是她最小的寶貝女兒。

只是，在往後的日子裡，錯認我為她妹妹的頻率，從零星偶發到蔓延擴散，終至無力翻盤。而我，則學會在媽媽猛然問我：「卡醬呢？」平靜以對，深吸一口氣，回答「在家裡」就好。

因為暴怒的背後是深深的恐懼，煩躁的背後是被遺忘的不安，站遠點其實就能看清楚，這時我已明白。

「I am somewhere.」（我在某處）《老媽的便利貼》紀錄片中罹患阿茲海默症的老媽常這樣說。我告訴自己，somewhere是空間也是時間，如同媽媽的誤認，只是身處不同的時空使然罷了。在那兒她十歲就逝世的阿爸仍在家裡等她，她要快點趕回家否則阿爸會擔心，但有時她又急著回家煮飯，否則孩子要餓肚子，還有個從未擁有過的妹妹幫忙照顧卡醬。她有時在這兒，有時在那兒，每個時空，每個somewhere，像星球各自運行，軌道交錯但並行不悖。

在媽媽自行建構的小宇宙裡，我仍是她親密的家人，不存在的妹妹。

小宇宙裡另一個謎樣的人物是「莫皮」。幾年前一個深夜，媽媽突然自床上起身，打開每間房門探頭探腦，徘徊，尋找，皺眉問：「莫皮呢？（台語，指塌鼻）」姊姊以為指我，（好吧我鼻子是很塌），告訴她現在住在外面，媽媽搖頭說不對那是妳妹妹，不是莫皮。

從此莫皮開始不期然自媽媽嘴裡蹦出來，鬼魅般寄居我們的生活，有時媽媽固執地重複詢問她的蹤影，不到目的不罷休。更多時候，她順理成章直接對姊姊喊莫皮，問她「妳媽媽呢？」、「長大要好好孝順妳媽」之類令人哭笑不得的話。

據悉莫皮是鄰居的小女兒，曾與當時已婚但尚未生育的媽媽同住在鄉下的大宅院一段時間，但數十年來未聯絡也不曾提起，是怎樣的懸念讓媽媽掛在嘴邊時刻問起呢？

總以為，記住的是最在乎的，然而忘記什麼，為什麼遺忘，從來不是決定後的選擇。當媽媽連自己也不認得，指著照片中白髮蒼蒼的自己說那是阿嬤時，我也只是附和著略過。也許真不是她，在時空旅人或莊周夢蝶混沌的秩序裡，線性的時間不是唯一答案，主客觀也沒那麼絕對。

而且案情沒麼單純，媽媽有時直接喊姊姊莫皮，卻從未誤認我是莫皮，又是怎麼回事呢？可見在媽媽的小宇宙，仍遵循某種無人知曉的運行規則。

至少看照片時，她總是認出我來，不論照片中的我小到只有兩三歲，還是青少年頭髮削短到連我自己也認不出來，以為是哪個野小孩，或是成年後暴瘦或發胖的模樣，她總是回答：「這是我女兒美（我名字）啊！」理所當然的語氣，顯然覺得問題荒謬。

然而有時她問我：「妳媽媽在哪兒？」代表她又走得更遠一些了。我不知道這一次我是誰。不打緊，我試著想像，媽媽在某處，一會兒就回來。如大夢初醒，一切終將清明。

因此也有這樣的魔術時刻，我珍而藏之。

在媽媽賴床不肯起來的時候，米娜常會打視訊電話向我求援，我便在電話那端好說歹說，利誘哄騙，把媽媽叫起床。

那一次，媽媽仍躺著不肯起，左看右看觀察環境，可能覺得電話傳來的聲音好熟悉，緩緩望向電話的螢光幕，皺眉瞇眼，突然看著電話裡的我，如大夢初醒：「這不是美（我名字）嗎？」蒲島太郎似的隔世感。

是啊我是我是，情緒陡然翻湧，一直是我啊，我一直在這裡啊。

媽媽開心地笑了，如久別重逢，對著視訊畫面呵呵笑，正看側看不夠，還歪著頭看，發現身旁的米娜，急急要介紹我：

「這是我最小的女兒。」她說。

一直是這句介紹詞沒錯，果然是媽媽無誤，是我無誤。媽媽此刻在這兒，安全著陸。

——原載二〇二〇年十一月十七日《中國時報》人間副刊

王文美，輔仁大學哲學系畢業，曾任傳播公司、電影公司、週刊及網路之行銷企畫，曾獲林榮三文學獎、宗教文學獎、國語日報牧笛獎等。

山與木頭人——小令

烈日下的金剛山，風不斷從上自下，送來加熱過後的種種植物氣味；濃烈馥郁而寧靜的土壤氣味。路邊廢棄的小巴士座椅，灰撲撲且布滿附近工程鐵鏽的碎屑。長濱的街道上，沾著滿褲子的沙礫，哪也不去，就在小巴士座椅上，讓風搖晃滿髮。

要是不時搭配抖腳的節奏，遠看起來，上半身就像正在乘車中；小巴士彷若還在永恆地持續前進，即使車身僅剩拆卸下來的一雙露天絨布座椅。

不斷有更多車子來往，座椅上的我的不動，對後方來車而言就是超前，旋即後退；對前方來車而言就是靠停，旋即錯過。盤腳露出只曬了前半的大腿、上色不均的小腿、腳背上像被車輪輾過的三條涼鞋曬痕，不時調整坐姿，繼續用日光上色，一邊赤著目光，在路邊，細細聞山。

有小段時間獨自僻靜，一個人關在房裡，每日聞得要死要活的老山檀香、惠安水沉、星洲系等等各路貨色，或盤狀或線型，甚有讓和尚每日誦經並連續誦完七七四十九天的西藏藏香，都燒到不想再燒，鼻子到底想品香還是吸藥？

決定把喝茶時最貼身心愛、連旅行都要帶在身上的一個日本赤野燒陶杯，當成收集香灰的容器，不同區域系統的香系，燒出來的香灰也難分高下，就全混在一起——終究不是真正的木頭——收集香灰像鋪床，只是在準備著類似棉被的東西而已；祈望安臥於上的主體，是回憶中熾熱焚盡的那一小塊甜美無比的奇楠；也許，能在某些吸吐的幽微瞬間，重回某一條嗅覺神經曾受過的感動。

灰燼也是有質感的。即便全是細微的粉末，透過粘黏粉再重新成形；透過燃燒又重回粉末之身，也無法掩藏的質感。燃燒過程，香氣迷惑是香氣的事，煙身繚繞是煙身的事，皆入無形之境。留下來的灰，才是剩下來的人的事。

用灰占卜也好，把灰留著當棉被給往後有緣焚燒真正的木頭也好，現在有的就只是灰燼呵。指腹一按上去壓，想捏取，就全都服貼於指紋間不見蹤影，再怎麼搓揉，回來的也是身體皮屑混雜不可逆的灰燼之身：兩者合成的灰塵。

雖想去摸摸感覺，只一觸，就成無。決定性的剎那，有形之物復入無形之境，這麼輕的東西，怎麼能夠相信？但也只有這麼輕的東西，才有看不見的空間可以遍布覆蓋一小塊奇楠後，給予焚燒時所需的空氣進出，使奇楠熾熱焚盡，發香無比。我終究是沒有擁有木頭的人，只有滿滿一陶杯的灰與塵。

金剛山下，曬成木頭色的我，日日出門坐在廢棄的小巴士座椅上，嗅聞從山上吹來的風，夾帶大地一切激昂的生命與情緒的隱訊；那麼多生靈的氣味。偶爾真想燒木頭的時候，就去海邊撿漂流木，回來劈哩啪啦地在夜色漸深的山邊，煨一甕雜炊。站直了看煙，站久看久，也是一塊木頭了。

那時的陶杯遺落在房內一角，淹滿水，混雜底部的灰，像入夜後的海——

——原載二〇二〇年十一月十八日《自由時報》副刊

至今的設定是你會擁有一對不需要擔心的父母和兄弟，你會離家許久，分別在男性與女性身上，認知刻骨銘心。你會失去你的孩子兔子，並從此拒絕。你會找到一個洞穴，在樹與樹間久久站著，等待心中的大火，焚盡你至今為止的所有設定：小令，一九九一年生，景美人。台東大學華語文學系畢，專職侍茶數年，著有詩集《日子持續裸體》。

你說我們下了那幾年的棋到底能幹嘛？——石明謹

有人問我，要是小孩子踢了幾年球，球踢得很爛，書也沒念好，那怎麼辦？以後能幹什麼？可以當足球球評啊！我說。

這是一句玩笑話，但也不是玩笑，因為你能幹嘛，其實跟踢不踢球完全沒有關係，但是踢不踢球跟你將來能不能做好其他事，有很大的關係。你以為我要跟你說踢足球對人生很有幫助嗎？不是，足球沒那麼了不起，我想說的是另外一件事。

從小我就喜歡下象棋，沒有人教，自己看著長輩下棋，在一旁觀看就自己弄懂規則的那種，上了小學，藉著有一點會考試跟背書的小聰明，進的都是一些升學主義的重點班級，碰到了兩三個跟我一樣愛下棋的同學，他們多少也有點小聰明，於是在沒有正統教育的情況下，我們彼此對奕，還自己到書店買了棋書，研究起棋譜，到了高年級的時候，常常下課走到板橋介壽公園看老阿北的對局，假日就搭２３４公車去中華路北站，在中華商場拿零用錢學大人賭棋。

我喜歡下象棋的原因是，我不喜歡賭博，撲克牌、麻將等遊戲我也懂規則，可是我對於需要靠運氣的東西沒興趣，象棋很公平，把所有的棋子攤在檯面上，沒有隱藏的實力，能夠走的每一步，也都在棋盤上，你一定看得到，差別只在你有沒有比別人想得更多更遠而已，所有的勝負，都只能靠你自己，跟身高、體重、速度也完全沒關係，所以我很沉迷在這種幾乎沒有幸運成分的遊戲中，我的父母對此一竅不通，學校老師除了揮棍子也沒什麼其他技能，所以一直都是自學的狀態，到了小學高年級時，連上高中的堂哥也已經不是對手了。

國中念的學校有象棋比賽，於是試著去報名，以前不知道自己到底程度如何，國一開始參加比賽後，發現自己可以拿下冠軍，以前都不知道自己能打，開始參加各種小型比賽，也代表學校去參加縣級以上的比賽，以前一起下棋的同學進了中學也進入不同的層次，彼此的競爭更激烈，也跟著去考到了初段的段證，段位只是一個表示你對象棋理解程度的認證，跟實力其實沒什麼關係，然而也開始讓自己飄飄然，以為自己很厲害，雖然在身邊的人眼中確實如此。

要升上國三的時候，因為某些因素，突然轉學到了馬來西亞（這個突然交代起來需要五千字），到了班上的第一天我做了自我介紹，說了自己的興趣之一，是下象棋，下課鐘聲一響，有個同學就沒頭沒腦的跑過來問我：「你說你會下象棋？」「是啊！怎麼了嗎？」「那你明天下午到×××教室來，我們要比賽，缺一個人。」就這樣，非常莫名其妙，我還不知道這人是誰，就被叫去參加校隊的對外比賽。

這比賽改變了我的象棋生涯，因為我贏了，替學校的棋隊拿下了冠軍，而邀我進棋隊的同班同學，是後來在馬來西亞也非常有名氣的「大鼻神童」林蒼泉，在這以後的數年，他拿下了全國青年賽冠軍，以及全國大專盃冠軍，我說過下棋是赤裸裸而且殘酷的遊戲，我看到林蒼泉的棋局，我知道我贏不了這個人，我再怎麼努力也贏不了，棋手的自知之明遠勝於其他競技活動，而更殘酷的是，因為跟著林蒼泉四處比賽，我開始有機會跟真正的好手對奕，很幸運的跟大馬棋王李家慶、檳城好手陸建初交過手，而林蒼泉跟這些人的距離，都還很遙遠。

此時的我開始質疑下棋的目的到底是什麼？是為了讓自己將來有更好的出路嗎？不，下棋是沒什麼出路的，是想贏得冠軍來自我肯定嗎？不，看過這些棋手，你已經知道自己不是那塊料，那，為什麼還要繼續下棋呢？難道只是為了好玩打發時間，那其實你可以改玩一些更輕鬆的活動，或是多花一點時間念書討老師的歡心，我也想過，像林蒼泉這樣的人，為什麼要那麼拚命的下棋呢？雖然他很厲害，我現場看過許銀川本人比賽（中國象棋亞洲特級大師），他跟我們同年啊！但他已經是世界級了，那個世界你根本就連望都望不到，你還下什麼棋呢？

我的疑惑一直持續到我輸了一場比賽，我一轉學就幫學校贏得了團體賽的冠軍，但是兩年後，我在同一個比賽中輸了，輸給一個我一開始認為一定會贏的對手，然後學校失去了三連霸的機會，我開始回想，在到了馬來西亞之後，我碰到了一群真正會下棋的朋友，我們真正的在一起研究、一起練棋，我們四處挑戰超級超級厲害的棋士，然後輸得一塌糊塗，輸真的沒有什麼，輸會讓你進步，而這進步也不是為了什麼冠軍、獎金，而是讓你在這過程中尋求真正的自己，我喜歡下棋的初衷是因為他是一個公平決勝負的遊戲，我不怕輸，但我喜歡認真後輸掉的自己，而不是隨便贏棋的自己。

輸了棋之後我才覺得，下棋好像可以有更多意義，同時想彌補些什麼，所以我接了棋隊的教導職位，開始訓練低年級的後輩，我發現自己的才能不是下棋，而是講棋，我喜歡象棋然後又愛哈啦，於是我的目標變成了指導新手，而且贏回曾經屬於我們的獎盃，努力了一年之後，我們真的重新贏回了比賽，這種小比賽的勝負其實一點也不重要，重要的是我找到了下棋真正的意義，就是把自己變成你喜歡的樣子，絞盡腦汁、堂堂正正、全力以赴的大幹一場。

我在棋隊的隊友，有人成了傑出的工程師，我就心想，他的邏輯推理能力超強的，做工程師好適合。有人成了金融交易員，我就心想，他的眼光跟判斷力很毒辣，果然適合這一行。有人成了攝影師，我就心想，他就是那種棋風飄逸灑脫的人，當攝影師真的是太棒了！就算是我的天才神童隊友林蒼泉，在拿到全國冠軍之後，也沒有依靠象棋吃飯，但是他業餘時，在檳城從事象棋教程的編輯，作育未來的英才。

你說我們下了那幾年的棋到底能幹嘛？真的不能幹嘛，但我相信在人生只有一次的青春裡，無怨無悔的做自己，同時一起讓自己成為更好的人，這就是最大的意義，少了這其中的任何一段過程，我都不會是現在的我，至少，我是這麼相信的。

世界就是這麼奇妙，我因為一盤棋沒下好，所以跑去教棋，養成了對自己有興趣的東西發表意見的習慣，最終成了球踢得爛，跟足球圈也沒什麼淵源，卻成為足球球評的人，我踢球跟下棋一樣失敗，但沒有因為這樣而人生失敗，也沒有因此成功，只是造就我最後的樣子，是我喜歡的那個樣子。

——原載二〇二〇年十一月十七日作者Facebook

石明謹，研究所念的是公法，因此對於各種社會議題有高度興趣，常以體育人的角度，為各種社會現象做出評論與註解。中心思想是：救體育就是救國家，救國家就能救體育。

關於一片海的重新敘述

鄭雨光

母親曾有個男人，到底是在離婚後才交往還是之前，作為兒女，顧及體面，故不明察，禮貌上祝她新生活美滿。男人喜歡釣魚，常半夜偕母驅車向海，隔天冰箱冷凍庫會被魚腥味塞滿。我和哥哥都不吃，不為維護父親尊嚴，僅僅是因為我們與男人並不親近，他見孩子便給錢，我沒有表現出排斥，但哥哥因為經濟獨立了，看不起我手軟拿錢的行為。聽說他們曾論及婚嫁，但男人被水永遠地釣走（慶幸母親無意冥婚，我重隱私，可能會私下找道士在房間畫結界），尋屍無果，我假定自己那幾年吃下的魚，或多或少有男人的一小部分，自認不算愧對當初收下的零用錢。母親已經不再談論那個男人，除了我現在提起，他已經消失很久。印象中，那些男人剛死的時日，母親傍晚回家，進門坐在鞋櫃旁的矮凳上要脫鞋，垂首靠牆不動許久，玄關燈不開，頹在家裡最深的陰影裡。我不知如何開口和母親搭話，她好像不在那裡，或者說，那個我熟悉的母親不在那裡，縮進某處我不知曉的時間裂縫，那裡誰都無權進入。

男人生前和母親撿到的狗，一直養在我們家，除了男人偶爾夜釣時領走，很少機會相見。在家裡，有個詞指涉那個男人，每當聽見那個代稱，牠便極聽話地自動坐下，雀躍擺尾，以為男人就要來接牠兜風。男人生前，這指令是拿來捉弄狗的；男人死後，這個詞的意義是永遠缺席，沒有誰會等一個空位；狗已老，也不能再等誰。哥哥偶爾會故意說出男人的代稱，狗好像已經明白這指令已經沒有實現的可能，除了注視，不再有更大的反應。狗失去的，我不能替牠失去，我也不會說自己失去這個男人，但我察覺缺席就在這些言說之中，就在牠每一次注視又低下頭的鼻息之中。母親和狗適應這個男人缺席的過程很像：不提及，並接受另外一個男人。而我始終認生，不知道如何接納新事物進入自己熟悉的地方。

假如母親提起那個男人，總會問：記不記得他曾在放學後載我去吃牛肉麵？只有這件事，我沒有任何確切的記憶。那可能是一家普通小麵攤，但那個男人到底是坐在我的對面，還是左或右手邊，我不能確切指出來，甚至我的座位是面向店門口還是店內，每次都不一樣，但我清楚記得自己拒絕過男人請客的邀約。我是不可能和他單獨坐在同桌吃飯的，我總覺得是男人對母親說了謊。我對男人最清楚的記憶只有一個：親戚在車庫舉辦了小型家宴，母親帶著男人和我出席，這也是我印象裡唯一一次，母親在公眾場合讓人看見他。男人見我嘴角有碎屑，直接用手抹了我的臉。我還記得母親看見他的舉動笑了；她覺得溫馨，有一家人的感覺。我尷尬，但微笑道謝。事後努力為當時的感覺命名，原來那就是噁心。記得桌上擺著合菜，受這男人影響，我對合菜的直覺反射都是：一切都是冰的，一如冷凍庫裡沒人要吃的魚。我會記住這些事，無意表示感恩，只是為了不要重蹈覆轍。他的死沒有為我帶來些許安慰，這厭惡永遠地黏著在回憶裡。

正正因為他死了，而臉孔也年久失修，男人的位置可以是任何人、小吃攤可以像換背板一樣；一切都可以替換成另一個和母親有關的死者：父親。

父親死時，大二暑假就要結束，我還住在一間多蚊蟲的潮濕地下室，哥哥打給我說，他收到父親死去的通知。我知道血親間不必訃聞，總感覺少了一紙實體的死亡證明，直到看見遺書才發覺——啊，是的，這才是給親屬的訃聞（連真正的死亡解剖書都沒有這種實感）。父親的遺願是把骨灰灑在溪裡，於想像裡浪漫，實際上荒唐，沒有人要冒著被舉發到環保局的風險照辦。喪禮畢，百日畢，我仍躺在那間地下室的床上，回想那小小靈堂擺著的父親遺照，說實話，我不知道那是誰，我沒有見過眼睛那樣發亮、頭髮烏黑的父親。父親似乎是明白過去不可盡信，不曾對我講過以前的經歷，關於他年輕時如何、遇見母親時如何……他人生前半段種種於我陌生，後半段亦陌生，我只參與其中十年，此後杳無聯絡。我記得他會不分對錯地偏袒我，離婚搬家前卻說他不需要我。我明白這大概不是愛，類似放縱，我從中得到的好處不過是能多吃一個杯子蛋糕，無視哥哥背了黑鍋。偏袒並不是什麼養育（甚至不是溺愛，溺愛至少還有不合理的鼓勵），是一種很簡單就能辦到的無視，經典故事「鄭伯克段於鄢」便是這樣的，鄭伯是刻意地養壞了共叔段，而父親或許在無意間便做到。這個由父親主動拉出來的距離，讓關於他的一切都極其模糊，成為一個難以敘述的存在，除了親族間的記憶和身分證件欄位，再無此人；於是我不曾真正認識過他，回憶生前的父親成為一件有點虛無的事。

父親離婚後便獨居，亦不與人親近，沉默寡言。死前不知為何，在外縣市賃租了半年，回來後不久便自死。他在那個租賃的小套房裡沒有留下任何物品，回程也丟棄所有隨身行李，沒有人明白為何他要這麼做。等到我自己也經歷過非常靠近死的生活才能稍微想像。大三搬進一間有雙陽台的小套房，室內採光充足，過午仍躺在床上是因為無法下床盥洗，翹了兩個禮拜的課，參加期末考也無太大意義。我想自己是不太對勁，但無力抵擋毀滅自己的意念，躺在床上，當時房間的光，就是小時候從父母臥房旁邊大落地窗照射進來的，我進到主臥室，窗簾透光，我想看看還會在陽台養花草的媽媽，那株我調皮打落肥厚葉瓣的多肉石蓮不知道在不在。推開大落地窗，父親半空中的腳懸在那。那段分辨不清時空的日子，我不由自主地往返那不可能親眼見到的場景。那時見到父親的自己，總是以幼稚園的身高的視角去看，什麼都很巨大，那雙腳也變得很巨大，然後一切突然亮地讓人失去視覺，再無限地重新開始，於是父親不停地死。

蝸居在房裡兩個禮拜不停重複的，並不是試圖重現父親的真實死亡經驗，不是成為鑑識人員重現還原事發現場，應當算是一種被稱為「父親」的死法，一種純然想像的死法——我是在體驗自己如何死於「父親」。這體驗和父親本身無關，和親情的渴望無關，和習俗崇尚的追思懷親無關。過亮的陽台、懸空的腳掌……全是從無數回憶中擷取再重新組裝後的自創，一切取之於我自身，一如那雙腳掌並不屬於父親。這甚至比後來自殺未遂，還貼近死亡。

休學回家療養，家裡離海很近，但從海回家很遠。我想過把帶狗到海邊，而我就不回去了，但狗並不往前。那段時間一直以為自己大概就是走向和父親一樣的結尾，我想像自己把父親的骨灰灑到海裡了，然後泡進海裡，拖鞋被沖走，那天浪大了一點，蓋過頭，但爬回岸上，呼吸不那麼嗆咳之後，我蹲坐在岸邊思考：自殺的人都在想什麼？但這不就是我現在要想的問題嗎？難道我不是要自殺的人嗎？那還要再試著到海裡一次嗎？

當時太笨，大腦一片空白，既不能肯定也不能否定。發呆過久，我意識到遠處有個青年往我這裡看，似乎是個釣客。我不能繼續待下去。離開時，他背海盯住我的視線讓我很是不爽，朝他昂然伸起中指，讓他看見我活著離開海。回到家的時候，空無一人，洗了澡、煮了水餃吃。原來想死的日子和平常的日子，其實並沒有什麼區別。我的自殺失敗，僅僅是一種不小心被發現而僥倖地推遲。自殺的人到底都在想什麼？我當時無法回答的問題，現在依然沒有辦法回答，也許這個問題對於當時的本人來說太抽離了，也許該問：「想死的時候，感受到了什麼？」這似乎有回答的可能，需要花時間去分析，於是愈去想，便延遲主動的死亡一些。最靠近死亡的，也許是那一瞬間發生的，但根本什麼也記不住，即便寫實地描述咳水、抽鼻子這樣的生理反應，也已是脫離死亡後的事了。於是當我問自己能不能描述那天在海邊發生的事情，我寫出來的，始終是另一片海的事情，是站在自身背影之後的思索。

父親的遺書，沒有讓誰更能理解他，他的苦悶始終完好地關在骨灰罈裡，化成粉也不會比較容易消化；他丟棄行李的時候，把一切可能性也丟棄了。我只是為了有別於父親，而去思考讓人理解自己如何可能。如果自己死得像是父親或那男人如此無從記憶，我隱隱感到一種恥辱；某方面來說，我學習書寫是一漫長的準備，為了寫出一封足以使我超越父親的遺書。

——本文獲二〇二〇桃園鍾肇政文學獎散文組正獎

鄭雨光，東海大學中文系畢業，現就讀東華大學華文文學系碩士班創作組。作品曾獲二〇二〇桃園鍾肇政文學獎散文組正獎。

羊事——陳雨航

第一次波灣戰爭的美軍統帥史瓦茲柯夫，在他的自傳《身先士卒》（麥田，一九九三）裡寫了一段年少經歷：

一九四六年他十二歲時，隻身從美國飛到德黑蘭去投靠父親。老史瓦茲柯夫也是西點官校出身，二戰期間即派到伊朗去協助國王巴勒維建軍，是伊朗當時最有權勢的兩個美國人之一（另一位是大使）。有一晚，他父親帶他到德黑蘭郊外參加巴路支人一個部落酋長的晚宴。盛宴開始，僕人先挖下烤全羊的眼珠，巴路支人認為眼珠最為精緻，他父親身為貴賓，獲得第一顆眼珠後，毫不猶豫的送進嘴裡，莊嚴地咀嚼起來。在酋長和幾位高階族人之後，小史瓦茲柯夫也得到了這份「榮譽」。他對父親說：「我絕不吃那東西。」他父親悄聲說：「你一定得吃。」他只好屏住呼吸把那顆眼珠吞了下去。事後他父親很高興地和他說，拒絕人們的敬意就是侮辱了他們，「好在你把它吃了，你這樣做已經對美國與伊朗的關係有了貢獻。」

忘了T. E.勞倫斯的傳記或其他書有什麼類似的情節了，偏食如我，很早就知道沒什麼條件當探險家，閱讀書籍電影代入就好。我不吃羊肉，想來就算有機會遇到羊眼睛更只能敬謝不敏。住在台北這樣美食匯萃的大都市幾十年，據說普羅好吃的羊肉爐，據說鮮嫩美味的高級羊排，吃的人都說毫無腥味，終未能破除我無端的禁忌。最尷尬的一次，是一位經營知名餐館的大廚師在他練新菜的私廚宴客，席開兩三桌，不知是哪位朋友代邀了我，食物味美悅目，賓客讚賞連連，直到羊排出現。我當然沒伸手，期待哪位特別喜好的人可以來上第二支。偏偏這當兒大廚師抽空招呼敬酒，發現盤中剩下那支羊排，大廚師和舉座來客一番勸食，我就是支吾道歉不肯就範，弄得局面不知如何是好，我心想像我這樣的人也是一種奧客啊。

成長時代的東部小鎮，我從未在市場看見過賣牛肉或羊肉的攤子。但生活經驗裡，有一次看到軍人子弟的同學便當裡有看來不太一樣的肉，他說是牛肉。我們在鄉村的家，時不時也有腳踏車後面載著木箱的販者經過，口裡喊著「LAGAJE，LAGAJE」，說是賣牛雜的，主要對象是我們家前面那帶保留區的原住民。有牛雜有牛肉，想必在我不知道的地方有著牛肉生意，只是不吃牛肉的我們家不會接觸吧。其實嚴格說來，我也曾經吃過牛肉的，那是小學福利社賣的牛肉乾，兩片郵票大小的辣牛肉乾封在透明小紙袋裡，要價五角，如此昂貴零食，想來是好友分享而來。

羊肉呢，外面從未見過蛛絲馬跡，就只在家裡遇到過，因為我們家養羊。

家裡養羊，我特別會注意別人寫的關於羊的事，這方面的文章似乎不多。印象最深的是作家季季在她的散文集《攝氏20－25度》（爾雅，一九八七）裡的一篇〈羊的故事〉，敘述他們家養羊的情景。他們家養羊是為了獨子小弟的哺育奶水，說到小孩與母羊的感情，母羊生小羊，小羊多麼可愛……等等。然後就是羊的命運了，小母羊因為將來會產乳，經濟價值高，養若干時日後售予他人，公羊只能當肉羊，養大成本過高，兩個星期後便宰殺而食了。小弟知道父親要殺小羊，傷心哭鬧的求父親不要殺，終是未果。而那隻失去子女的母羊的夜啼，真是襲人心腸啊。文章若只是到此，那僅止於感人肺腑，但作家提出了更深沉的意義。「那時我已經上了中學，一次又一次的體驗，我彷彿越來越能領會父親那種不忍殺又不得不殺的痛切心情。……沉默地承受那過程中的悲切、繁雜、無奈的心情。」她若放學在家，便會幫父親的忙，她不迴避，「從小我就向父親學得這點兒面對現實的勇氣。」

季季家只養一隻母羊，我們家可是養了二十幾隻母羊，因為做的是羊奶副業。說是副業，動員的人力可不少，我們的青少年時期許多心力和時間都用在在這件事上了。規模有差異，許多事自然不同，也複雜得多，但她講的羊的命運和人的惻隱之心與現實的矛盾基本上是一樣的。

我們的經驗裡，母羊每回生產從一胎到五、六胎不等。因為小母羊要繼續養大產出羊奶，所以並不脫手（羊媽媽的傷心少一些）。小公羊我們試過閹割，讓牠長大一些再出售（也不知道賣給誰了），但得在本已繁重的工作裡再增麻煩，後來便放棄了。最常的處理方式是若有熟人來要便予以相送，有時候是村子裡的原住民用一把柴火來換。有幾次，我們也宰殺了成為餐桌上的肴饌。

羊羔真的很可愛。天氣好的時候，我們也會將牠們從欄舍裡放出來，讓牠們跑動。常常我坐在房間榻榻米邊沿的廊下，看著那白色的小羊羔，一隻或兩隻，睜著好奇的眼睛仰頭四處張望，時而又奮力地跳躍，從禾埕這頭衝到那頭，停下來的時候，用鼻子探險似的去撩撥攤曬在地上那些我們從外頭砍回來讓成羊吃完葉子的榕樹、構樹、血桐等樹枝，又巡到葡萄架下張望，有時候還衝到香蕉園裡踢踢泥土。牠們時不時細聲又悠長地咩咩叫著，脖子下兩撇小小的肉髯（肉垂）微微顫動……微風，藍天，白雲。唉，這就是牠們僅有的幾次歡樂時光了。

不知道我們家餐桌那幾次羊饌是誰殺的，大概是大人罷，只記得最後那次是哥哥和我。我們都已經讀高中，要做大人的事了。在後院的芒果樹下，哥哥拿來一個小小的布袋，麵粉袋那種材質，把它套在羔羊的頭上。沉默的羔羊，羔羊的沉默。牠並未尖叫，當那把小斧頭背敲往額頭的部位時，羔羊軟綿綿地倒了下來。

我不是因為這樣而不吃羊肉的，我沒有什麼心理創傷。早在十歲上下，我就不喝牛奶、羊奶、羊肉和任何乳製品了。我的口腔和胃與它們不合。

住在鄉下，過著農村生活，再覺得小動物如何可愛，再如何不忍，終究難免要面臨到為難的這一關。不，它終究會成為人們的日常。殺羊那件事是有些震撼到我，但那是唯一一次，可能那之後我們家就不吃羊了（本來那時代羊肉就少見，之前和之後我們家都不吃羊的），也可能是我離家了。要不然，可能這件事也會和從小就參與的殺雞殺鴨殺火雞一樣變成平常吧。

很殘忍？嗯。別忘了這也是許多美好生活的一個基底。

——原載二〇二〇年十一月《聯合文學》第四三三期

陳雨航，高雄美濃人，一九四九年生於花蓮。曾任報紙副刊、雜誌、出版編輯多年。著有短篇小說集《策馬入林》（一九七六）、《天下第一捕快》（一九八〇）；長篇小說《小鎮生活指南》（二〇一二），散文集《日子的風景》（二〇一五）、《小村日和》（二〇一六）。作品曾多次入選年度小說選和年度散文選。

你那填滿Bhring的槍射向我——Apyang Imiq

機車跟著我十幾年了，行駛在蜿蜒林道上，遇到排水處，路面陡然下降，輪子踩過，Kong、Kong發出破爛聲音。車底好像即將臨盆的孕婦，多走一個凹洞就要卸貨，引擎和馬達流洩滿地。

舅舅在我的背後，雙腳外八像青蛙，跨坐在機車和我的身上。有那麼幾刻我想過，舅舅會不會因為我是hagay（註❶），是同性戀，不願意肢體接觸，以為齷齪的侄兒會就此勃起，所以始終我粗壯的大腿感受不到他的雙腳。

好一陣子我們沒見面，透過表妹聯繫舅舅，讓他來協會擔任講師，帶著一群對山不熟悉的人走一趟林道。林道從部落蜿蜒展開，七〇年代的時候曾經延伸到六十K，如今車子只能通行到十九K，再往裡面就得砍草步行了。

剛回部落的時候，心裡熱切盼望能成為會狩獵的男人，我跟過幾個人一起上山。第一位是大我差不多十歲的哥哥，他身材魁梧，一頭光亮頭皮，平時在桃園做板模，放假回部落就邀我一起打獵。

他的獵區沿著支亞干溪擴散到Sipaw，我們稱對岸的地方。這裡屬游擊戰，戴上頭燈，手拿獵槍，沿著溪流上下追蹤獵物。我們在黑覷的深夜，用頭燈掃過，倏地看見冒出的雙眼火光拔腿就跑。我忘不了第一次追山羌，「跑啊Pyang！」腳底肉忘記尖銳的石頭，雨鞋變成軍靴，Kang、Kang在河床上結實地敲。奔跑的速度令我吃驚，我以為自己適合平地和ＰＵ跑道，沒想到在凹凸不平、布滿大小石頭的路上，跑得如此酣暢。

我們常常沿著溪水走到盡頭，毫無收穫的時候，大哥問我要不要過河走對岸。每一次的詢問都像祈求，打獵是一種迷戀的執著，打到一隻飛鼠，不夠，至少再一隻果子狸或猴子吧；打到一隻小山羌，不夠，至少再一隻水鹿或山羊吧。最終打到一隻肥山豬，這條路才算圓滿。

「好啊！」我們手拉著手，相互抵擋河水的衝擊，用頭燈探照水花散開的流速，用雙腳交疊成一個百來斤的巨石；我們像機器人，再凶猛的河水都能劃開，像摩西領以色列人走海尋樂園。

月光下的支亞干溪，有我們一起奔跑的腳印，還有很多裝進竹簍裡，等待呼吸聲散去，那些祖靈給我們的禮物。

一段時間過去，大哥再也沒打電話給我，期待半夜的電話聲再也沒響過。我曾經想過Bhring，是風也是靈力，當一個人的bhring和你氣味相投，倆人聚合，Bhring是強大的颶風，什麼獵物都能輕易捲進槍口下。但如果bhring不合，上山都會有危險。我們的bhring曾經那麼契合，那麼有默契，如今什麼原因搗亂我們的風。

也許他知道我是hagay，他不再那麼單純以為我牽著他的手，僅是為了做彼此的大腿，一起渡河到對岸找山羊。也許他認為我有淫穢的想法，每一次拉他的手，幻想浪漫月光下，我們隨著溪水擺盪身體，渴求他一槍命中心臟的手臂，打到我頭暈目眩。也許他認為我的bhring就這麼骯髒……。

第二位是住在我家附近，一個七十歲的baki（註❷），他初來找我，溫和地說：「我很老了，背不動了，你幫我背好不好。」我大力點頭好啊。我們上山幾次，每一次都滿載而歸。

Baki的獵區在Ayug Qicing附近，那裡天空狹窄，一座山壓著一座山，陽光灑不進去，所以我們稱Ayug Qeycing，是陽光照不到的地方，也稱清水溪。

清水溪是一條美麗的溪，是部落的水源地，也是大家常去戲水烤肉的地方。從小我就不斷從岩石上往下跳，翻開石頭抓螃蟹，潛到水中用魚叉射魚，卻不知道抬頭望見的綠色山上像迷宮。

我跟著baki的腳步走進這座雨林，腳底的土石像果凍，踏過去停一會，身體自動向下滑。Baki的雨鞋好像沾黏雙面膠，牢固的踩過這片要崩塌的森林，我很害怕他回頭，笑我走路像跳舞。

第一次進去，走到一半，Baki停下來，問我知道怎麼走回去嗎？我笑著搖頭，「你第一次來這裡，會覺得很遠，多來幾次後就會覺得很近。」他一貫溫和的口氣說。我懂他，他想要我多跟他來山上，但我說不出一聲好，怕哪一天他也發現我的bhring與眾不同。

Baki在這裡設下好幾門陷阱，抓山羌、山羊和山豬。他挖一個又一個的洞，套索圍圈小心地放進去，另外一端繫在有彈性的九芎頂端，擺置好木板，鋪上腎蕨葉或山蘇葉，掩蓋人的氣味。每隔三到五天，帶著獵狗上山巡邏。

我忘不了第一次抓到山豬，狗軍隊聞到氣味，紛紛衝上去咬一口，一隻咬臉，一隻咬腳，一隻在旁邊叫囂，血跡四散。山豬是被圍困的山大王，逃不出鋼索套住的右前腳，身體一跛一跛的反擊。突然黑色獵狗被山豬咬住嘴巴，嗚咽大叫。Baki走上前，用槍托狠狠地敲擊豬頭，命令獵狗散去後，開一槍命中腦袋。四周沉寂下來，只剩山豬抖動的雙腳，摩擦落葉。

我背起那隻將近五十斤的山豬，姿勢很詭異，前腳和後腳雙雙用繩子綁起來，我穿過他的身體扛起沉重的皮毛，銳利的牙齒在我耳邊，血從嘴巴慢慢流下來，滲透我的背，浸濕我的臀部和內褲。下山很難走，每一步踩穩了才敢往前踏，趁baki不注意，我和山豬一起自拍，他的舌頭下垂搖擺，好像跟我一起開心的笑。

沒多久，Baki沒再找我上山，這次不因為bhring，只因為他身體不行了，他的雙腳無法再支撐流血般的山上土石，他把獵區給了自己的孩子，我卻從沒看過他帶著獵槍和獵狗進去。

第三位就是舅舅，他的獵場遍布整個部落，從林道二十多K延伸到對岸，四處都有他的專屬領域。我跟著他一起上去Ulay，一處野溪溫泉，整條路程來回六小時，我們不斷涉水，褲腳乾了又濕，他索性把褲管捲起來，露出結實雙腿。舅舅的肌肉全數集中在那裡，發達的小腿肚鼓譟得像一座山，令人羨慕。

「你知道嗎Pyang，我真的很喜歡爬山。」某次我們爬行數小時後，他突然回頭跟我說這句話，一字一句刻印在心裡，他喜歡山，喜歡打獵，跟我一樣迷戀山上的一切，迷戀老人家取的地名和那些山上人寫下的歷史，他開心說這裡叫「工寮沼澤」，那裡是「混濁的溪」和「背起Watan」，Watan跌斷腿，大家輪流背他下山，因此命名。

這一切，我都打從心底，瘋狂地喜歡……。

我在臉書出櫃前，舅舅帶我走過一條自己開發的獵徑，那裡位於山腰，入口處一條緊鄰懸崖的小路，他用樟木搭建小橋，用石頭堆起崩落的邊坡。他扛起土製獵槍在肩上，差不多一米五，像周星馳在沙漠扛金箍棒，回頭笑著介紹自己的豐功偉業，那樣帥氣。

「過段時間，這條路給你管理。」舅舅說。

那一天，我開心的騎機車下山，每繞過一個轉彎，心情都在旋轉，機車都在微笑。我要有獵場了，一座自己的獵場了。

出櫃後數個月，舅舅沒再提起這事，直到現在他坐在我的身後，巔簸著一起上山。

舅舅的話一樣很多，飛快地說這塊地是誰的，這座工寮是哪個老人家的，現在沒人工作，等著被雜草吃掉……我想開口問他我的獵場呢？卻又想起前些日子，表妹跟我說的話：「舅舅知道你喜歡男生，他很生氣，他要來罵你……」怎麼舅舅開口盡是其他人的歷史，我只想知道自己的歷史，只想知道你罵完我後，到底還讓不讓獵場給我……。

十二K把機車停下來，舅舅帶我們走進一座柳杉林，深褐色的樹皮，像我被太陽曬黑的雙頰，筆直粗壯的樹幹，像舅舅隆起的小腿。他敏捷的踩過久未砍草的路，找到日本人過去伐木時留下的軌道遺跡，學員們紛紛稱奇，原來山上還有這些地方。我已然不驚訝於舅舅豐富的山林知識，他從小跟紋面老人一起穿梭森林，我只想要你也帶我，我只想要你也給我一座獵場，讓我有紋面的感覺……。

兩個小時後課程結束，我載著舅舅回到辦公室，拿出領據給他簽名，叮囑他不要寫錯位置，他潦草簽完，講師費遞過去，他收進口袋說謝謝啦，「舅舅，下次……下次，再開課讓你來教好嗎？」我小聲地問他。

「我的Bhring沒問題，我們一起走過溪流，走過高山，一百公尺到一千二百公尺，我們打過很多獵物，有飛鼠、黃鼠狼、白鼻心、猴子、山羌、山羊和水鹿。我們沒有一次受傷，如果bhring有問題，我們早就跌落懸崖，斷一隻腿變成地名。我喜歡男生沒問題，我騎車載你沒問題，我拉你的手一起過河沒問題，你的bhring不會讓我勃起，不會有亂七八糟的想法，因為我跟你一樣，真的很喜歡山啊。」

舅舅說好，機車避震器記得修，關上門離開。

註❶：太魯閣語，男同性戀。
註❷：太魯閣語，男性耆老。

——本文獲一〇九年第十一屆台灣原住民族文學獎散文組佳作

Apyang Imiq，漢名程廷，花蓮太魯閣族，支亞干部落人，男同性戀，已婚人夫。台灣大學建築與城鄉研究所畢，現職部落雜工，於社區發展協會打雜，同時準備開部落旅遊體驗公司。七次獲山海文學散文獎，二〇二〇年獲台灣文學獎原住民漢語散文金典獎。

附錄

一〇九年年度散文紀事

杜秀卿

一月

・二日，二〇二〇台北國際書展大獎公布小說獎、非小說獎、兒童及青少年獎、編輯獎、金蝶獎得獎名單，非小說獎：任依島《屋簷下的交會：當社區關懷訪視員走進精神失序者的家》、陳怡如《女同志X務農X成家：泥地漬虹》、蔡慶樺《美茵河畔思索德國：從法蘭克福看見德意志的文明與哀愁》。

二月

・一日，原訂四日開幕的台北國際書展，文化部因疫情考量，先宣布延至五月，後又取消，改以「閱讀新風景Online」為主題舉行線上書展。

三月

・十三日，作家楊牧因病辭世，享年八十歲。本名王靖獻，一九四〇年生，柏克萊加州大學比較文學博士。早年筆名葉珊，後改用楊牧。與葉步榮、瘂弦、沈燕士創辦洪範書店。詩文被譯為多種外文，曾獲國家文藝獎、紐曼華語文學獎、蟬獎等。

・十九日，九歌出版社舉辦「一〇八年度文選新書發表會暨贈獎典禮」，年度文選由凌性傑、張惠菁、林哲璋分別主編散文選、小說選、童話選，「年度散文獎」得主：王盛弘

〈甜蜜蜜〉。

．二十五日，作家郭漢辰病逝，享年五十五歲。郭漢辰一九六五年生，創作含括詩、散文、小說與報導文學，致力耕耘地方書寫。

四月

．一日，第二十二屆台北文學獎公布得獎名單，競賽類散文組：首獎ㄩㄐ〈Leak〉，評審獎王天藝〈苔雲〉，優等獎游以德〈族語認證〉、郭惠珍〈上去台北〉；年金類入圍：張娟芬《流氓王信福》、蕭信維《海獵》、楊隸亞《台北男子圖鑑》。

．三十日，作家於梨華因新冠肺炎過世，享年八十九歲。於梨華一九三一年生，著有小說《又見棕櫚，又見棕櫚》、散文《記得當年來水城》等。

五月

．十三日，二〇二〇中國文藝獎章揭曉得主，隱地獲文學類榮譽文藝獎章；姚嘉為獲海外散文文藝獎章。

．十六日，鍾肇政辭世，享年九十五歲。鍾肇政一九二五年生，戰後成為跨越語言的一代，著有「濁流三部曲」等長篇。曾組織《文友通訊》，主編《台灣文藝》與《民眾日報》副刊。

六月

．十八日，第二十三屆夢花文學獎得獎名單揭曉，散文類：首獎及優選皆從缺，佳作張舜忠〈在天堂與地獄之間盪鞦韆〉等九名。

．三十日，第七屆聯合報文學大獎揭曉，由作家張貴興獲獎。

七月

．五日，第三十八屆全球華文學生文學獎舉行頒獎典禮，高中組散文：第一名李家恩〈綠手指〉，第二名羅菩兒〈貓瞳〉，第三名黃喬柔〈小城故事〉，佳作黃芷瑩等八名；國中組散文：第一名黃美金〈如夢令〉，第二名張容瑄〈貓膩〉，第三名李欣妤〈繭〉，佳作陳柏維等五名。

．十五日，九歌出版社創辦人蔡文甫辭世，享年九十四歲。蔡文甫一九二六年生，曾任《中華日報》副刊主編二十一年，一九七八年創辦九歌出版社。曾獲金鼎獎特別貢獻獎。著有《雨夜的月亮》、《天生的凡夫俗子——蔡文甫自傳》等。

．十九日，第十七屆台積電青年學生文學獎公布得獎名單，散文類：首獎吳昕愷〈潮間帶生活〉，二獎洪心瑜〈原來是一池的荷花〉，三獎賴宛妤〈粉紅〉，優勝獎張羽晴等五名。

．十五日，一〇九年教育部文藝創作獎公布得獎名單，散文類教師組：特優廖美珍〈掌葉蘋婆〉，優選呂政達〈我的記憶是白〉、詹佳鑫〈回診〉，佳作郭昱沂等三名；學生組：特優黃筱嵐〈白水木〉，優選何玟瑋〈蟲居〉、沈芸巧〈透天，光〉，佳作曾稔育等三名。

八月

．三日，第二十二屆磺溪文學獎公布得獎名單，散文獎：磺溪獎林郁茗〈脫模〉，優選獎陳昱良〈豆腐心〉、林佳樺〈星沙〉、徐麗娟〈華美的林子〉、何志明〈我看過妳沉默的樣子〉、曾昭榕〈青史〉、陳志恆〈焦慮的焢肉〉；特別貢獻獎：楊錦郁。

．四日，第四十四屆金鼎獎得獎名單揭曉，圖書類文學圖書獎：賴香吟《天亮之前的戀愛》、陳淑瑤《雲山》、林皎碧《名畫紀行》、陳思宏《鬼地方》；特別貢獻獎：何飛鵬。

九月

・六日，嘉義市第十一屆桃城文學獎公布得獎名單，散文組：第一名劉雅郡〈環城一周〉，第二名蔡欣佑〈髮內情〉，第三名陳曜裕〈對山〉，優選汪龍雯等三名；小品文組：第一名李威霖〈花非花〉，第二名陳薇安〈漸漸駛離河堤〉，第三名杞亮昀〈桃城。一九四七〉，優選洪宛瑩等五名。

・十四日，二〇二〇書寫高雄文學創作獎助計畫入選名單出爐，以散文獲選者：楊路得《不只是料理——18個料理人與飲食文化的故事》；報導文學獲選者：古雯《高雄的幽靈列車》。

・二十九日，二〇二〇台灣文學獎創作獎舉行贈獎典禮，台語散文得獎作品為林連鍠〈望後冬〉，客語散文從缺，原住民華語散文得獎作品為程廷〈家的流速，回家或離家的沒語季〉。

・四日，二〇二〇南投縣玉山文學獎公布得獎名單，散文類：首獎林郁茗〈掌溫〉，優選徐麗娟〈陽光密密縫〉、張俐雯〈銀碗盛雪〉、王瓊茹〈山居之律〉；文學貢獻獎得主為林彧。

・二十四日，第二十三屆菊島文學獎公布得獎名單，散文類：首獎危敬文〈父親河、母親海〉，優等李鄢伊〈壞的美〉，佳作陳昱良等三名，另有高中組得獎者。

・二十六日，第十九屆文薈獎——全國身心障礙者文藝獎公布得獎名單，文學類大專社會組：第一名李欣恬〈夜空星熠〉，第二名林家宇〈穿山甲，想飛〉，第三名廖婕茹〈真的，很努力了〉，佳作林淵智等三名，另有高中職、國中、國小組得獎者。

・二十八日，二〇二〇打狗鳳邑文學獎公布得獎名單，散文組：高雄獎曾稔育〈夜知道〉，優選獎汪恩度〈高雄巨山蟻飼養日記〉，佳作莫格扉〈家在白城〉、雨諄〈調度員〉。

・二十九日，二〇二〇後山文學獎公布得獎名單，在地書寫散文類社會組：第一名童淑美〈山問〉，第二名洪珮綺〈一路向海〉，第三名卓家安〈阿公去過阿拉伯〉，優選劉于倫等五名，另有高中職、國中組得獎者；全民書寫類：特優〈父親在那座山上〉，優選趙謙郡等十五名。

十月

・十四日，第十屆新北市文學獎公布得獎名單，散文一般組：首獎黃茵〈行腔〉，優等黃品璇〈廢〉、陳育律〈初級文法〉，佳作田家綾等三名；散文青春組：首獎羅菩兒〈教堂〉，優等黃馨旋〈瘤〉、柯惠馨〈小陳〉，佳作崔嘉元等三名。

・十六日，二〇二〇馬祖文學獎公布得獎名單，散文組：首獎姚宗祺〈捕魚的那一天〉，評審獎蔡欣佑〈飛天薯條〉，優選陳玉孃〈藍色故鄉的大陽台〉；青年創作散文組：首獎及評審獎從缺，優選龔貞心〈藍眼淚〉。

・十八日，作家魏可風過世，享年五十四歲。魏可風一九六六年生，近年投注於研究張愛玲，著有《臨水照花人：張愛玲傳奇》、《謫花：再詳張愛玲》等。

・二十二日，二〇二〇竹塹文學獎公布得獎名單，青春散文類：第一名蔡庭綸〈彼個所在〉，第二名黃辰淳〈回頭你還在櫻花盛開處等我〉，第三名黃喬柔〈港灣〉，佳作莊芸萁等五名。

十一月

．三日，第三十三屆梁實秋文學獎公布得獎名單，徵件類別為散文創作類和翻譯類，首獎：林念慈〈我住在我裡面〉，評審獎：包文源〈家族的記憶〉、陳曜裕〈吾土的風景〉、陳柏言〈刻舟小史〉。

．四日，二〇二〇台灣文學金典獎揭曉得獎名單，百萬年度大獎：陳思宏《鬼地方》；金典獎：林新惠《瑕疵人型》、陳昌遠《工作記事》、郭強生《尋琴者》、黃春明《跟著寶貝兒走》、廖瞇《滌這個不正常的人》、劉宸君《我所告訴你關於那座山的一切》、蘇致亨《毋甘願的電影史：曾經，台灣有個好萊塢》；蓓蕾獎：蔡翔任《日光綿羊》、林新惠《瑕疵人型》、陳昌遠《工作記事》。

．七日，第十六屆林榮三文學獎舉行頒獎典禮，散文獎：首獎騙人小鬼愛阿布〈格列佛〉，二獎李達達〈浮蝶〉，三獎木匠〈老祖〉，佳作學長〈蕨路〉、王麗雯〈花非花〉；小品文獎：小冰等十名。

．七日，一〇九年高雄青年文學獎公布得獎名單，十九至三十歲組散文類：首獎簡天琪〈暗影微光〉，二獎楊智傑〈最小的海洋〉、鄭春熙〈自衛〉（並列），另有十六至十八歲、十二至十五歲組得獎者。

．二十一日，二〇二〇吳濁流文學獎舉行頒獎典禮，散文類：首獎及貳獎從缺，參獎左家瑜〈家〉，評審推薦獎周淑貞等八名，佳作夏意淳。

十二月

‧二十三日，第十七屆浯島文學獎公布得獎名單，散文組：首獎楊筑君〈家書〉，優等獎賴俊儒〈生活在他方〉、林美華〈金色之島〉，佳作陳昱良等三名。

‧二十九日，二〇二〇桃園鍾肇政文學獎舉行頒獎典禮，散文類：正獎鄭雯玲〈關於一片海的重新敘述〉，副獎張燕輝〈做料仔〉、陳泓名〈走河〉。

‧一日，二〇二〇Openbook年度好書獎公布，中文創作得獎作品散文集：馬翊航《山地話／珊蒂化》，陳宗暉《我所去過最遠的地方》，夏夏《傍晚五點十五分》。

‧一日，《文訊》雜誌推出「二十一世紀上升星座：一九七〇後台灣作家作品評選」，就詩、散文與小說各選出作家作品二十部，作品以二〇〇〇至二〇二〇年出版為範圍，作家以五十歲以下為限。散文包括言叔夏《白馬走過天亮》、黃信恩《體膚小事》、楊富閔《為阿嬤做傻事》和《我的媽媽欠栽培》、黃麗群《我與貍奴不出門》等二十本。

‧十二日，第四十一屆旺旺時報文學獎舉行頒獎典禮，散文組：首獎林佑軒〈在巴黎，我亞洲的身體〉，優選獎崔舜華〈遊當記〉，佳作獎何曼莊〈今年煙花特別多〉、黃庭鈺〈衣戀〉。

‧十二日，二〇二一台北國際書展大獎公布小說獎、非小說獎、兒童及青少年獎、編輯獎、金蝶獎得獎名單，非小說獎：陳沛珣《暫時先這樣》、韓麗珠《黑日》、蘇曉康《鬼推磨》。

‧十三日，第十屆全球華文文學星雲獎舉行頒獎典禮，人間佛教散文：首獎蘇雅芳〈寂境〉，貳獎夏意淳〈石榴與玫瑰〉，參獎呂眉均〈煙火人間〉，佳作左家瑜等五名；貢獻獎得主為司馬中原。

・二十二日，金石堂書店公布「二〇二〇年度風雲人物暨十大影響力好書」，年度風雲作家為龍應台，十大最具影響力的書多為人文史哲、親子教養、財經心理類，文學類為小說《尋琴者》。

・二十三日，第九屆台中文學獎公布得獎名單，散文類：第一名達瑞〈口〉，第二名陳秀莉〈斷身〉，第三名MBKBN〈蟻生〉，佳作鄧榮坤等三名；文學貢獻獎得主為瓦歷斯・諾幹。

・二十六日，第十一屆台灣原住民族文學獎揭曉得獎名單，散文組：第一名卑南族然木柔・巴高揚〈姓名學〉，第二名泰雅族陳宏志〈回部落的幾個日子〉，第三名阿美族卓家安〈Malasang / Mapatay〉，佳作太魯閣族程廷〈你那填滿Bhring的槍射向我〉、泰雅族林佳瑩〈太平洋的風〉。

年度紀事線上版

九　歌　文　庫　　1　3　4　9

九歌 109 年散文選
Collected essays 2020

國家圖書館出版品預行編目（CIP）資料

九歌散文選 . 109 年 / 黃麗群主編 . -- 初版 .
-- 臺北市 : 九歌 , 2021.03
面；　公分 . -- (九歌文庫 ; 1349)
ISBN 978-986-450-334-6(平裝)
863.55　　110001857

主　　編——黃麗群
特約編輯——杜秀卿
創 辦 人——蔡文甫
發 行 人——蔡澤玉
出　　版——九歌出版社有限公司
台北市 105 八德路 3 段 12 巷 57 弄 40 號
電話／02-25776564・傳真／02-25789205
郵政劃撥／0112295-1

九歌文學網　www.chiuko.com.tw

印　　刷——晨捷印製股份有限公司
法律顧問——龍躍天律師 ・ 蕭雄淋律師 ・ 董安丹律師
初　　版——2021 年 3 月
定　　價——420 元
書　　號——F1349
I S B N——978-986-450-334-6

本書榮獲 台北市文化局 Department of Cultural Affairs Taipei City Government 贊助